D1391398

Vrouwen. Een korte geschiedenis

Kate Walbert

Vrouwen. Een korte geschiedenis

Vertaald door Sjaak de Jong

AILANTUS

AMSTERDAM 2009

De vertaler ontving voor deze vertaling een werkbeurs van de Stichting
Fonds voor de Letteren

Oorspronkelijke titel *A Short History of Women*
Omslag Marlies Visser
Omslagbeeld Bridgeman Art Library
Binnenwerk Steven Boland
Foto auteur Marion Ettlinger
ISBN 978 90 895 3029 5 / NUR 302
www.ailantus.nl
www.clubvaneerlijkevinders.nl

Dit boek is voor Delia en Iris

STAMBOOM

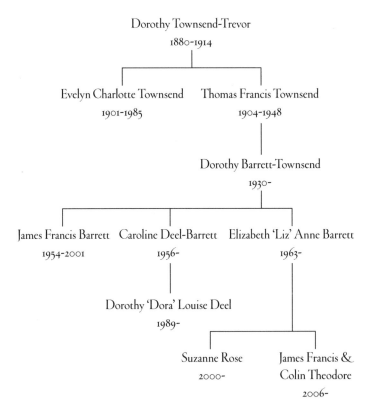

Dorothy Townsend-Trevor
1880-1914

Evelyn Charlotte Townsend
1901-1985

Thomas Francis Townsend
1904-1948

Dorothy Barrett-Townsend
1930-

James Francis Barrett
1954-2001

Caroline Deel-Barrett
1956-

Elizabeth 'Liz' Anne Barrett
1963-

Dorothy 'Dora' Louise Deel
1989-

Suzanne Rose
2000-

James Francis &
Colin Theodore
2006-

Evelyn Charlotte Townsend

Wardsbury, Grayshead-on-Heath, Engeland, 1914-1918

Mama hongerde zich dood voor het vrouwenkiesrecht, waarover oma stelde dat het typisch mama was om een zaak te ver te voeren. Mama zei dat ze niet anders kon. Bovendien, zei ze, zag de wereld er zonniger uit als je hongerde, werden de scherpe kantjes ervan afgeslepen, raakte je minder ontgoocheld. Dat zei ze in het ziekenhuis, waar het heus wel prettig was met een kamer voor zichzelf, ramen die met ammonia werden gelapt en uitzicht op een muur met klimop en een boomtak bij windstil weer.

Kijk die daar bijvoorbeeld, zei ze. Er waren lelies bezorgd, uit de kas, witte, de kleur van de beweging, die nu in een ziekenhuisfles gepropt stonden, zo'n fles om in te plassen of te spugen. Ze zei dat ze de geur ervan helemaal niet kende. Het was een zegen, zei ze, lelies kunnen ruiken. Dat zei ze toen ze nog praatte, toen ze nog te verstaan was eigenlijk, voor ze de gedaante aannam van een gebroken hockeystick en net zo hard werd ook, voor ze het infuus voor stervende soldaten kreeg dat de zuster nu, zei deze, vermorste aan een vrouw die het zelf zocht. Toen was ik bang dat ik mama kapot zou maken als ik ook maar ademhaalde of iets zei. Voordien had ik echt mijn uiterste best gedaan. Toen gaf ik het op, net als mama had gedaan, en zei niets meer.

'Je bent te pienter,' zei oma tegen haar. Ze zat, breiend in de stoel, als een madame Lafarge te wachten op het vallen van de bijl.

Ze bleef maar doorpraten. Ze wist niet wie er schuld aan had, zei ze. Ze stuurde de zuster op de soepterrine van Chinees porselein uit, de bruidsgift die ze uit zijn fluwelen hoes had gehaald en naar het ziekenhuis had meegenomen, en op een lepel uit de zilveren bestekset die ze nadien aan mij zou beloven, een set voor zes met bijzonder filigraan. 'Je bent te pienter voor zulke stommiteiten,' zei ze terwijl ze onder het toeziend oog van de zuster bouillon op de stokoude blauwe Chinees in de bijbehorende kom schepte. 'D'r is geen mens die er aandacht aan geeft.'

Maar mama keerde zich gewoon af.

William kwam naar de wake met zijn advocatenpruik op; volgens de kranten was hij tijdelijk de kluts kwijt. Daar geloofde ik helemaal niets van. Het was trouwens al december. Iedereen was tijdelijk de kluts kwijt met die oorlog die nog niet gewonnen was en zich maar voortsleepte en met die loopgraven die maar niet van hun plaats kwamen. Mama had William listig genoemd. Een sprankelende pronker, zei ze, alsof hij erbij was en ze nog als vroeger koket met hem kon kissebissen. Dat ze wanhopig veel van hem hield begreep ik wel, ook al zei ze dat nooit met zoveel woorden; hij was immers nog met die dochter van een hoge pief getrouwd en zijzelf was in feite minder dan een weduwe: een geletterde vrouw die lang geleden in de steek was gelaten door mijn inmiddels op Ceylon overleden, althans vermist geraakte vader. Zij hield het bij: 'William is een dierbare oude vriend' en: 'Soms doen we stoute dingen.'

Voor haar overlijden kwam hij weleens kort langs, of niet, maar bij de wake bleef hij ontzettend lang, met pruik en al. Naast hem lag mama als een dood offerdier in een eenvoudige kist met over haar kleine, bewegingloze boezem een lavendelblauwe sjerp waarop STEMRECHT VOOR VROUWEN stond, tot de stijve ellebogen dichtgeknoopte geitenleren handschoenen en hoog opgekamd, opgestoken haar.

Toen mijn peettante Alexandra opperde dat ik een stukje op de piano zou spelen, zei ik botweg: nee. Ik was pas dertien geworden en kon doen en laten wat ik wilde. Thomas zou trouwens spelen. Thomas speelde altijd. En dat deed hij zo mooi dat je niet wist of de mensen nu huilden om de aanblik van onze dode mama of het talent van haar kreupele zoon. Hij hield zoveel belofte in zich dat ik er stapelgek van werd. Zoals mama altijd had zitten luisteren! Zoals Juf en Penny in de keuken voor hem klapten! Zelfs de vogel, een kanarie om alarm te slaan, zat roerloos en zonder geluid te maken in zijn kooitje als mijn broertje Thomas speelde. En daarom was het mooie Thomas waaromheen het rouwbezoek zich verzamelde, over wiens bolletje, arm, schouders en handen gleden als was hij wijwater. Zonder er veel aandacht aan te besteden speelde hij, gebogen over de toetsen, met gespreide ellebogen en met hakkende handen een van haar lievelingsstukken. Ze zullen hem weldra naar Amerika verschepen, weet hij, aan de overkant van de oceaan. Oma zei dat ze zich een van ons kan veroorloven, maar dat twee onderhouden een hele toer is. Hij kan bij een ander gezin, bij oude vrienden in San Francisco.

Opgeruimd staat netjes, dacht ik, terwijl ik met de anderen meeluisterde, met oma, Alexandra, een stuk of wat buurvrouwen, de dames die mama strijdgenoten noemde en William, tot het moment dat hij met een buiging de salon verliet en de deur achter zich dichttrok. De dames ruisten terug naar hun dansstoeltjes, waar ze het boekje opnamen met de gedichten waarvan oma zei dat mama ze mooi zou hebben gevonden. Iedereen ging zitten en sloot de ogen als om van elders te dromen.

Ik peerde hem naar de keuken om Juf en Penny gezelschap te houden. Wat moeten zij straks? Juf gaat met Michael trouwen, de melkboer, en verhuist naar Wales om daar een heel ellendig leven te leiden. Een hele rits kinderen. Klusjes op de boerderij. Michael wordt net als iedere man een zuiplap en van het een komt dan het ander. Penny pakt haar spullen in een kartonnen doos en neemt de trein naar het oosten. Ze verdwijnt zoals onze vader verdween, zo lang geleden dat we hem ons niet eens meer herinneren. Hij waande zich Lord Byron, zei mama, hoewel hij maar baronet was en dat alleen omdat er wat met geld was geschoven. Waarom ze dan met hem getrouwd was wist ze niet. Hij was vermist geraakt op Ceylon, of daar door de inboorlingen opgegeten. Toen ik zes werd, kreeg ik een kist met bezittingen van hem: manchetknopen, een deken van hennepgaren en een woordenboek van verdwenen woorden dat *Woordenboek van verdwenen woorden* heette en dat ik natuurlijk ben kwijtgeraakt omdat ik nu eenmaal alles en iedereen tussen mijn vingers door laat glippen, uiteindelijk zelfs oma, een paar jaar na mama's dood.

Ze zei dat ik maar uit Wardsbury weg moest gaan, beter af was bij madame Lane, die een onderwijsinstelling had in een veilig oord. Ze zei dat ik prettig gezelschap was geweest, maar met het oog op die eindeloze oorlog en die gevaartes van zeppelins boven ons het best verder naar het noorden kon zitten. Daar, in de betrekkelijke vrede die met afstand komt, in vrede als zodanig, zei ze, zou ik leren wat ik leren moest. Daar, beloofde ze, zou ik meisjes van mijn leeftijd treffen en vriendelijker leraressen dan zij, en laatst had ze vernomen dat het een nog altijd heel respectabele inrichting was: een gewezen reizigershotel, niet al te ver van York, in een stadje dat Grayshead-on-Heath heette. Ze zei dit alles aan de eettafel, zij aan het hoofd en ik aan het andere eind, waar we samen de maaltijden gebruikten alvorens onze eigen vertrekken weer op te zoeken. Het was een gewoonte geworden getweeën alleen te leven: ik in mijn boeken en zij met haar speelkaarten, haar borduurwerk en de conversatie die ze haar levensbron noemde, de conversatie met een gestage stroom bejaarde vrouwen binnen bezoekafstand die bij aankomst hun witte kaartje in de daarvoor gereserveerde zilveren schaal deponeerden.

Door het raam zag ik een reep zonsondergang verbleken.

Bovendien mag je wel wat milder worden, zei ze. Je bent hard als steen, zei ze, en dat maakt een jongedame van jouw leeftijd er niet aantrekkelijker op en, maar dat dacht ze in plaats van dat ze het zei, kijk wat er van je moeder is geworden.

'Ik ben niet meer bij machte in loco parentis te zijn,' zei ze, terwijl ze met een krassend geluid van een van haar zilveren messen de kippenpoot op het porseleinen bord ontbeende. Nu haar reuma opspeelde, zei ze kauwend, was ze van plan om naar Newquay te drossen. 'Ik wil weleens een gewone week, een maandag of dinsdag voor mezelf,' zei oma.

En dus sleepte ik na aankomst bij madame Lane als een doodgewoon meisje mijn koffer (een poetskist die mijn peettante Alexan-

dra tweedehands op King's Road had gekocht onder het voorwend-
sel dat ik paard ging rijden en dat dat wel zo mooi was omdat daar
het geld zat en ik bijna niets meer had) de brede stenen trap op.

Met een rok die tegen mijn knieën sloeg en riekend (ongesteld,
en al probeer je de geur te negeren, je riekt wel) besteeg ik de trap
en stinkend als iets wat met het paard was meegekomen – dàt,
samen met de lucht van haver of hooi of de zadelzeep waarmee
ze een hoofdstel schoonmaken – verstapte ik me ook nog op de
bovenste tree en kreeg ik mijn poetskist op mijn teen.

Brigid, het meisje dat me was toegewezen, pakte mijn teen in
met verbandgaas en pleister. Ze was Schots, maar niet van het
katholieke slag, en dat pakte uitstekend uit omdat datgene waar
mama voor stond die mensen de stuipen op het lijf joeg en ik ze
toch al beu was. Brigid vertelde dat ze in elfjes geloofde, dat ze in
planten wonen of aan het einde van de regenboog. Thuis in Inverness, vertelde ze, verzamelde ze ochtenddauw in een vingerhoedje
en als ze dat dan op een boomstronk zette, was het 's middags door
de elfjes leeggelikt. Geen groot licht, zei Alexandra over haar,
maar als vriendin kan Brigid ermee door sinds ze me vertelde dat
de kleuren van mijn teen – alle tinten groen en blauw – haar aan
Schotland deden denken, wat volgens haar betekende dat we ons
hele leven huisgenoten bleven. Dan gaan we naar het buitenland,
zei ze, achter een houten deur wonen in Florence met alleen een
brandertje. En anders naar Parijs, met een bediende.

Bij madame Lane wordt verwacht dat we werken. De school-
vakken zijn voordrachtskunst en rekenen. We naaien gordijnen
en steken de vastgeverfde ramen los. De ramen zijn verduisterd.
We halen spinnenwebben weg en vegen het uit de steengroeves
neergeslagen stof op. Voor veel andere dingen zijn we nog te jong,
maar toch… we rollen verbandgaas en verzamelen oude kleren.
Wij – Brigid, Josephine, van wie de ouders gescheiden zijn en de
vader nog voor het jaar om is zijn hersens tegen het plafond zal
schieten, Abigail, die direct na aankomst in april met een envelop
vol zaadjes naar de tuin van de meisjes toog, piepkleine stipjes allemaal, en daar sindsdien zit te kijken hoe alles groeit, Rebecca,
een joodse, zei iemand, al was het voor het eerst dat we een joodse
zagen, Filomena, die weigert te praten en zich zelden wast, en

Harriet, o-god-Harriet – wij zijn de meisjes die blijven zolang de oorlog duurt. Er zijn er nog een paar, we zijn met een stuk of tien; allemaal van ergens ver weg en hier ingeschreven om in veiligheid – dat wil zeggen: veilig voor de Kaiser – ons steentje bij te dragen. Je hebt van die affiches waarop hulpeloze meisjes als wij dreigen te worden vertrapt onder de grote, zwarte laarzen van zijn soldaten. Ze hangen op ieder treinstation, bij iedere winkel in Grayshead op de ruit of de deur. De mannen vechten voor ons, geven ze aan. Het is één langdurig duel.

De een krijgt de bibbers van die affiches en de ander nachtmerries, maar, zegt madame Lane, ons lot ligt in Gods handen en we moeten vertrouwen stellen in ons geloof. Het geloof hier is een bijna ondraaglijke stilte. Iedereen is vertrokken. Vroeger werden op het saffraangele veld naast ons paarden getuigd en bereden, maar de paarden zijn verkocht, zegt madame Lane, en het geel is ondergeploegd om plaats te maken voor mais en wortelgewassen. Er is weinig te eten en we lijden vaak honger.

Toch blijven we netjes in de rij lopen, in slagorde, en volgen we de instructies van de mannen op, van mannen op verlof en mannen die nooit ten oorlog zijn gegaan; ze hebben het allemaal op hun heupen. Ze praten te snel en schrikken al van een opgestoken hand. De surveillantes hebben het niet op hun heupen; die zijn gewoon gek. Ze werken zich uit de naad, zeggen ze steeds, hebben honderd dingen te doen, alles mannenwerk. Of we de foto's hebben gezien. Eentje heeft zelfs de handleiding van de tractor gelezen en de krukas gerepareerd. Stel je voor, zeggen ze. Stel je voor en dan is het dit en dan is het dat.

Wat dan? vragen we.

Dit, dat, zeggen ze, met een gebaar in de richting van de koude blauwe bergen verderop, naar de berg puin op een van de toppen waar ooit een kasteel stond, of naar de rottende witte eik die ze hebben omgehakt nu het weer al is omgeslagen en het niet warm genoeg is in huis. Het is nooit warm genoeg en het zijn de surveillantes die 's ochtends het eerst op zijn om aanmaakhout van de dode takken te trekken zodat ze rondlopen met splinters in hun handen en polsen en allemaal ingedroogde blaren. Het is moeilijk voor te stellen, maar eens waren het schatjes.

Eind oktober komt Alexandra, mijn peettante, op bezoek. Ze heeft haar vosje om en een zegelring met een robijn aan haar hand. Ze schrijft een briefje om te melden dat ze Brigid en mij mee naar Grayshead neemt om scones met slagroom te eten. Ze kent iemand en kan kopen wat ze wil. Na de scones proberen we in het doolhof van keienstraatjes het gele vlaggetje van een hoedenmaakster te vinden. Alexandra vindt dat ik een hoed moet hebben.

Het stadje ligt in een vallei heel ver benoorden Londen, vrij dicht bij York, zoals oma zei, en wordt omringd door een middeleeuwse stadsmuur waar Brigid en ik met de armen wijd overheen lopen, alsof we zonder meer verder zouden vliegen als we vielen. In de verte pakken donderkoppen zich samen, maar wat maakt ons het weer uit, zegt Alexandra met haar ogen op de kasteelruïne. Ze stelt voor het daarboven te gaan verkennen, ook al ziet het kasteel er gewoon uit als een berg stenen en is het ook gewoon een berg stenen, neergekwakt op wat een mooi cricketveld had kunnen zijn, zegt Alexandra. Ze zegt nog veel meer, maar dan zegt ze wat ze de hele tijd al heeft willen zeggen, namelijk dat ze heeft besloten weg te gaan, dat ze voor later die week een overtocht naar Buenos Aires heeft weten los te praten op een vrachtboot, dat ze, hoe ze ook haar best doet, de moord en doodslag om haar heen niet meer kan verdragen: alleen al aan de Somme een miljoen doden, onder wie vier zoons van de buren en een neef, een verlegen knul van net zestien die zich het leger in had gelogen. En waarvoor? vraagt ze, alsof ik het weet. 'Voor de eer? Zijn eer? Onze eer?'

Ik hang mijn nieuwe hoed over mijn knie, die van een andere valpartij net zo bont en blauw is als mijn teen. Het is een hoed van rood vilt, in model gebracht op een houten kop, en met een patrijzenveer in de band; zo'n veer brengt kennelijk geluk, zoals een muntje in een wensput gooien.

'*Adios*,' zeg ik, wat mijn enige Spaans is.

'*Adios*,' zegt Alexandra. En dan lachen we en is ook zij verdwenen, zwaait ze daar in de haven naar de mannen op de ziekenboot en loopt ze met haar hakschoenen het beschadigde fruit plat. Ze heeft haar vosje om en haar volle haar krult over één oog. Ze is nog niet heel oud en evenmin heel jong. Ze is handig en slim, zou typiste kunnen worden of onderwijzeres. Ze heeft geleerd, dus wie zal het zeggen? Ze moet improviseren, schrijft ze later. En ze zal doen wat nodig is.

Dominee Fairfield komt van een gemeente ver weg, bij Birmingham, en hoewel hij niet meer gelooft is hij nog steeds dominee. Vroeger, vertelt hij, leidde hij een grote kudde.

Hij zet onze banken in een kring, zodat we elkaar kunnen aankijken en zijn rug van boze blikken gevrijwaard blijft. 'Vuur maar raak,' zegt hij. 'Wat willen jullie weten?' Hij draagt iets wat op een toga lijkt, bijeengehouden met touw, en heeft de handen van een werkman. Maar zijn gezicht is anders dan die handen doen vermoeden: een zachte huid en fijne gelaatstrekken.

Dominee Fairfield is God, schrijf ik dwars over het schrift dat bedoeld is om aantekeningen in te maken, een leeg schrift met blauwe lijntjes waar nog van alles in kan. We hebben vijf van die schriften gekregen, voor elk vak een, en een potlood. Ik stroop de mouw van mijn trui tot over mijn elleboog op en schrijf het nog een keer, dit keer schuin: *Dominee Fairfield*, schrijf ik, *is* GOD.

In maart moet hij in dienst. Vervloekt zij de aartsbisschop van Canterbury dat hij de dienstplicht voor geestelijken zijn zegen heeft gegeven.

'Ik ben geen Bertrand Russell,' zal dominee Fairfield later zeggen, en hij zal ten oorlog gaan en sneuvelen in zijn tweede week, maar nu staat hij in al zijn schoonheid voor ons, blut en nog niet dood.

We dragen leren veterschoenen voor het gezond en rimpelkousen van vijf pence het paar; ons haar, zelfs een krullenkop, moeten we vijftig keer borstelen en het mag niet voor de ogen vallen. Madame Lane stelt regels in alsof we kinderen zijn, maar we zijn geen kinderen meer. We zijn vijftien, zestien, zeventien.

Een blauwe trui is verplicht, zelfs 's zomers, maar nu in januari, met die koude tocht die door de muren naar binnen komt gieren en om ons heen golft alsof we zeemeerminnen zijn, hebben we het stervenskoud. We zitten onder water gevangen. 's Ochtends staat er zo'n dikke laag ijs op de vensters dat we het kapot moeten bikken met de zilveren briefopener die Josephine van huis heeft meegenomen, die scherpe met de vlekken. Dan breekt het ijs, zoals de aardkorst ooit brak om de werelddelen te maken, zegt Josephine. 'Kijk,' zegt ze terwijl ze een stuk omhooghoudt. 'Australië.'

Dat soort dingen weten we niet. We zijn gewoon zeemeerminnen, sirenen die de jongens van hier naar binnen zingen, de jongens die nog niet de leeftijd hebben om voor de school langs naar Top Hill te marcheren, de stiekemerds, zoals Brigid ze noemt, met een vader in de groeve, een kaalgeschoren kop, een rare blik in de ogen en een zwarte broek waarvan ze de pijpen vlak onder de knie hebben vastgeknoopt. Als ze mochten, hadden ze een sigaret in hun mondhoek hangen, zo'n zelfgedraaide die meisjes als wij te droog vinden. Wij hebben liever zo'n vochtige, zo eentje waar veel aan gelikt is, zo'n dikke van dominee Fairfield. Wat heeft die man veel meegemaakt! Toe, dominee, vertel. Licht ons in. We blaten dat het een aard heeft.

Hij zit op de vensterbank en rookt. Hij zegt dat hij het het liefste stil heeft. Hij vertelt dat er in Birmingham veel mormonen zijn. Hij vertelt dat ze bijeenkomen in eenvoudige, witgeverfde huizen met banken tegen de muur waarop de gelovigen stil zitten na te denken totdat ze zich geroepen voelen om te spreken. Hij vindt het een mooie gedachte, zegt hij. Iets wat wij kunnen gaan proberen. Op zijn vensterbank trekt hij een poosje aan zijn sigaret en in die bedwelmende warmte kijkt hij ons aan. Ik stop mijn handen onder mijn billen. Het jeukt ergens en ik krab. Blijkbaar heeft niemand iets te melden, komt er niets bovendrijven uit het gerommel in ons hoofd, maar dominee Fairfield lijkt het niet te merken. Hij lijkt helemaal vergeten dat we er zijn. Hij knijpt zijn sigaret uit, legt hem naast zich op de vensterbank en staart vervolgens door de hoge ramen naar de koude blauwe heuvels, of naar de top met de restanten van het kasteel, en pas wanneer juffrouw Peach de bel voor huishoudkunde luidt, durven we hem aan onze aanwezigheid te herinneren door op te staan.

'Juffrouw Townsend,' zegt dominee Fairfield terwijl we het lokaal uit lopen, een soort bibliotheek waaruit de boeken aan het Rode Kruis even verderop zijn geschonken en de ladder om bij de hoge planken te komen een schenking aan het fornuis is geworden, zoals madame Lane het pleegt te zeggen.

Brigid heeft aangeboden het bord te vegen en Harriet geeft

hem met een 'welkom, dominee' en een knicksje de inmiddels in een knoop gedraaide, ongelijk gebreide sjaal die ze voor een soldaat had bedoeld. Dominee Fairfield buigt een stukje voorover en slaat de sjaal van groen standaardgaren, vol vlekken van Harriets vuile handen, om zijn nek. Ze breide overal, Harriet; bij het eten, bij de vespers en zelfs als het licht uit was en de rest van ons, als evenzoveel lijken in de loopgraaf, onder een dikke laag van thuis meegenomen dekens (waarvan er evengoed nooit genoeg waren) met ijskoude voeten lag te wachten tot de slaap ons kwam halen. 'Dank u,' zegt dominee Fairfield, waarna hij zich naar mij keert. 'Hebt u even?' vraagt hij.

'Ja, dominee,' zeg ik. De andere meisjes kijken met grote ogen toe en vertrekken met tegenzin.

Het is een dromer, de veel te bleke dominee Fairfield met zijn zwarte haar en vochtige, slechts lichtjes krullende mond. Hij oogt als zo'n acteur van wie Penny Thomas en mij soms op een middag in de keuken foto's liet zien, wanneer de regen ons binnenhield en mama nog niet thuis was of Juf in de salon met Michael haar tijd verlummelde. Penny was de lieverd, die pas nadat ze na mama's overlijden uren had gehuild haar kartonnen koffer ging pakken. Mama had ons geboden haar netjes te bejegenen, niet dwars te zijn en niet met stemverheffing tegen haar te spreken. Ze was een beetje achterlijk, zei mama, en al zijn er keren geweest dat ik lazer op tegen haar had willen zeggen, ik heb dat nooit gedaan. Nooit. Volgens Alexandra had ik mijn willetje, om niet te zeggen mijn opvliegendheid, van mama en zou ik daarmee boven komen drijven in het leven of ten onder gaan. Ik denk dat ik maar blijf drijven. Iedereen is het erover eens dat ik pas veel later zal begrijpen waarom mama ten onder wilde gaan. Ik sterf voor jou, zei ze, maar Alexandra zei van niet, zei dat zoiets nooit over haar lippen zou zijn gekomen en trouwens, ze had een delier en kraamde alleen maar onzin uit. Haar gedachten werden haar te veel, zei Alexandra.

Het duurt even voor ik dominee Fairfield hoor praten. Met al die herrie in mijn hoofd dwaal ik altijd weg.

'Ik bewonderde haar,' zegt hij. 'Dat wilde ik gewoon even zeggen, dat ik uw moeder bewonderde.'

Ik sta daar in mijn uniform, stokstijf, maar dan biedt hij me ee stoel aan en ga ik zitten.

'Roken?' vraagt hij, en ik zeg ja. Hij loopt naar het raam, dat op een kiertje staat hoewel het waait, pakt de uitgeknepen sigaret van de vensterbank en steekt hem aan met een lucifer die hij uit de zak van zijn toog haalt. Hij neemt een trek en terwijl hij de sjaal afdoet, blaast hij de rook uit. 'We hoeven geen brand,' zegt hij. Hij geeft de peuk aan mij en ik pak hem vast zoals ik het mama af en toe heb zien doen, en Juf in de keuken als Michael er was. Ik laat hem even verder branden tussen mijn koude vingers en neem dan een klein trekje, ineens helemaal draaierig van de sigaret en van het gepraat van dominee Fairfield. Hij zegt dat hij alles heeft gelezen wat over haar in de krant stond; tussen de regels, zegt hij, waar je het nieuws moet zoeken: ze was een groot mens. Ze sloot geen compromissen, zegt hij. Ze heeft iets gedáán, zegt hij, maar ze zal het er niet gemakkelijk mee hebben gehad. Vreselijk gemeen, zoals de pers haar fileerde! Met dat 'fileerde' is het of hij mama uit zijn andere zak haalt en ontbeent.

Het is heel leerzaam, zegt hij, de krant lezen. Of ik de krant lees? Vanmorgen nog is hij erachter gekomen dat de Amerikanen, onze nieuwe bondgenoten, vier hutterieten hebben gemarteld, zegt hij. Of ik weet wat dat zijn.

'Nee, dominee,' zeg ik.

'Merendeels boeren, afstammelingen van een bergvolk. Uit Bohemen.'

'O.'

'Ze wilden een boerenbestaan in Amerika. Ergens in het westen.'

'Ja, dominee.'

'De Amerikanen hebben er twee gedood. Finaal in elkaar geslagen omdat ze weigerden ten oorlog te trekken,' zegt hij. 'En wat die andere twee betreft? God weet het.'

Zoals de vlag er nu bij hangt, geloof ik dat echt, zegt hij. De twee die dood zijn hadden ze aan de muur geketend en zo hard geslagen, volgens de kranten, dat ze moesten worden geïdentificeerd door de vrouw van de ene, die ook de zus van de andere was. 'Amerikanen, onze nieuwe bondgenoten,' zegt hij, 'onze wapenbroeders.'

Hierna zwijgt dominee Fairfield, en wacht af. Ik heb geen idee wat ik er nog aan zou moeten toevoegen. Ik heb geleerd dat het aan mij is zijn woorden aan te vullen, te verfraaien en op te sieren, tenminste, dat is wat juffrouw Peach van huishoudkunde van ons verwacht. Wij dienen de conversatie te verheffen en vaart te geven. Denk aan zo'n laagjestaart en hoe je die afwerkt, zegt ze, die mooie geglaceerde roos die je erop maakt, en dan staan wij te watertanden omdat het al enige tijd geleden is dat we taart hebben gehad.

De as dwarrelt omlaag, gloeiend heet. Ik moet de sigaret of wat ervan over is ergens kwijt, maar waar? Dominee Fairfield zit op de bank met achter zich de asbak, en ik zou op moeten staan, mijn benen moeten strekken. Dat komt me allemaal veel te ingewikkeld voor, en gênant, en te weinig vrouwelijk, te weinig deugdzaam (een woord dat we 's avonds na de vespers bespreken, als juffrouw Cordine en juffrouw Long ons over de talrijke deugden onderhouden).

'En wie zorgt er voor u?' vraagt hij.

Kuchend geef ik de peuk, alleen maar as en vloei, aan hem terug.

'Alexandra, mijn peettante,' zeg ik.

Dominee Fairfield glimlacht, waarna hij zich vooroverbuigt en Harriets sjaal om mijn nek slaat. 'U rilt,' zegt hij.

'Ja, dominee,' zeg ik.

'Ik wilde u alleen laten weten dat ik haar bewonderde,' zegt hij.

'Ja, dominee,' zeg ik.

Zijn ogen zijn groenig in plaats van bruin. Algengroen zijn ze, en misschien bedenk ik dat omdat ze tranen; ze tranen niet zodanig dat je denkt dat hij ter plekke in huilen uit zal barsten, maar alsof hij ineens in een windtunnel terecht is gekomen, of te lang achtereen heeft gelezen, zoals tranen komen als je je te diep concentreert of te veel nadenkt.

'Hoe oud bent u?' vraagt hij.

'Pardon?'

'Hoe oud bent u?'

'Zestien,' zeg ik. 'Bijna.'

'Goed,' zegt hij, alsof ik tentamen doe.

'En toen ze stierf?' vraagt hij.

'Dertien,' zeg ik heel zacht, maar hij verstaat het.

Ik ben een vechtertje, zegt oma. Ik lijk precies op haar: bokkig, eigenzinnig en, zegt ze, ik mis ten enenmale vrouwelijke kuren, waardoor ik nooit huil. Ik mag niet huilen.

Bovendien, zou ik tegen dominee Fairfield kunnen zeggen, hoor ik liever andere dingen. Ik hoor liever over de vrouw die haar finaal in elkaar geslagen man en broer moest identificeren, die hadden geweigerd te vechten. Ik hoor liever of die vrouw ze dood in een stoel had aangetroffen, die twee mannen die in het westen hadden willen boeren, of hun handen achter de rug waren gebonden, of hun gezicht een paarse bloemkool leek, of er bloed uit hun neus kwam, of dat die twee, toen ze hen aantrof, leken te slapen onder het laken, en of ze, alvorens het laken terug te slaan, misschien nog even heeft gedacht dat er niemand lag, ook al zag ze natuurlijk aan de vorm en voelde ze aan de veranderde sfeer van wel. Ze merkte het aan de wind en de zon die plotseling scheen, net als ik dat deed. Het hoefde me niet te worden verteld, want ik merkte het aan de manier waarop mijn ogen traanden. Het woord 'dood' hoefde niet te vallen, want – ik zou het nu tegen dominee Fairfield kunnen zeggen en toen had ik het tegen hem kunnen zeggen – ik wist het al.

In die wetenschap heb ik destijds ook de vogelkooi mee naar buiten genomen en het haakje losgemaakt dat ik al heel vaak had verlangd los te maken, dat haakje in dat oogje, dat koperen lusje. En op het moment dat ik het deurtje open liet zwaaien, zat daar de kanarie met zijn zaadoogjes en doornsnaveltje, half verdoofd door de frisse lucht maar vooral – dit zal ik later bedenken – doordat die afschuwelijke kamer er niet was met het behang aan alle vier muren, bruin bij de naden alsof al die thee van al dat wachten erin was getrokken. Geen geoliede piano met spinetpoten en hoge, geribde achterkant, wachtend op het zwaaien van de metronoom en de smalle handen van Thomas; geen zware groenfluwelen tochtgordijnen, als dekens zo zwaar; geen twee stoelen; geen schrijftafeltje met krukje, inktpot, pennen en vloeiblokken om de brieven te beantwoorden die rechtop tegen de bijbels staan, die volgens mama als boekensteun het meest tot hun recht kwamen.

Wat valt de kanarie te verwijten? Wat weet de kanarie van hemel, bomen, lucht? Het deurtje zwaait open aan zijn koperen scharniertjes, maar het vogeltje verroert zich niet, zingt niet, ontspant zijn gekmakend stevige greep op zijn schommeltje niet, zijn vaste zitplaats, en zelfs wanneer ik de kooi schud, doet het niets, knippert het niet eens met zijn zaadoogjes. Ik schud hard. Het deurtje is ópen, zit niet meer met het koperen pennetje vast aan het koperen oogje. Hij had het zelf kunnen doen, de stommerik, er is niets aan. Het had met zijn doornsnaveltje het haakje omhoog kunnen duwen, maar het is een stomme vogel, een stomme kanarie, een idioot beest, een imbeciel en pas als ik de kooi omdraai en doorga met schudden zie ik de vogel met een korte slag van de vleugels weer rechtop komen in plaats van ondersteboven maar nu is hij te laat, de idioot, want ik pak hem, ik ruk hem uit de kooi, en dan pikt hij in mijn duim, daar waar de huid strak zit, en dat doet zo zeer dat ik hem wegslinger in de richting van de boom, waardoor hij eerst een stukje valt en dan, hup, vliegt. En hij is weg.

En wanneer de vogel dan wegvliegt ben ik niet zo blij als ik had verwacht. Ik zou er alles voor doen om hem terug te krijgen.

Ik zou dominee Fairfield over de kanarie kunnen vertellen, over het vrijlaten van de kanarie, maar dat doe ik niet. In plaats daarvan wacht ik op een nadere uitleg van dominee Fairfield, misschien een uitleg over wat de zin ervan is. Maar dominee Fairfield legt niet uit wat de zin ervan is. Met de voeten onder zijn toog stevig in leren veterschoenen – die niet zo heel veel van de mijne verschillen, had ik hem kunnen laten zien – schiet hij gewoon de uitgebrande peuk in de richting van een boekenkast.

DOROTHY TOWNSEND-TREVOR

Londen, Engeland, 1914

Verdraaid warme dag, met eerst nog een tochtje naar Londen voor een ondraaglijke lunch in de Victoria Club, waar de spreker, ene Richard Thorke, de briljante zoon van de een of andere tralala, het 'vrouwenvraagstuk' kwam bespreken, of liever, 'een korte geschiedenis van de vrouw' kwam afleveren. 'Een korte geschiedenis van de vrouw' luidde het in het programma, in het bibberige handschrift van de arme klerk die de schrijfklusjes toegewezen krijgt, de huwelijksuitnodigingen, de rouwkaarten en uitgeschreven lezingen voor de liefhebbers. En steeds maar weer dat 'een korte geschiedenis van de vrouw', steeds maar weer dat 'enkele notities over het vrouwenvraagstuk', steeds maar weer dat 'opgedragen aan de onvermoeibare, beginselvaste strijdster, mevrouw Thorke-Allen'.

Men wordt rechtop gehouden door bonkige stoelen rond doorsnee geklede tafels; in korset, van pols tot enkels ingepakt zitten ze daar, warm en vrijwel niet in staat zich te verroeren, terwijl Richard Thorke, het korte haar rechtop gekamd, gekleed gaat in een koel wit kostuum. Bestuurslid van de faculteit filosofie, al heeft de eugenetica meer zijn belangstelling. Voor wie ligt tegenwoordig de belangstelling niet bij eugenetica? Dat komt door de Galtonconferentie van laatst en door wat William de regressie naar het gemiddelde noemt, zichtbaar bij iedere wachtrij voor de bus.

Richard Thorke had daar achter zijn lessenaar ongetwijfeld even zo gemakkelijk over de tere aard van de vrouwenschedel kunnen spreken, kunnen zeggen dat hij met zijn handen de craniometrie bedreef, al knijpt hij, zou je denken, zo'n schedel het liefste fijn.

Ze beoordeelt hem te streng natuurlijk. Ze beoordeelt ze allemaal te streng.

En waarom Richard Thorke hier in de Victoria Club staat en niet in Frankrijk is of naar Frankrijk gaat is de vraag, maar misschien mist hij een nier of is hij aan één oog blind.

Hij tikt tegen zijn waterglas en wacht tot iedereen zit.

Ze praten graag, vrouwen; dat zal Thorke door het hoofd gaan, stelt Dorothy zich voor, naast… ja, naast wat? Mannengedachten. Ze heeft werkelijk geen idee. Bij gelegenheid onderricht William haar – 'vrouwen denken in cirkels,' zei hij laatst, 'en mannen in rechte lijnen' – en ook dr. Vaughn deed dat, de enige hoogleraar van Cambridge die haar en de andere meisjes van Girton had toegestaan zijn colleges bij te wonen omdat ze de vrouwelijke leerkrachten daar beu waren. Briljante vrouwen hoor, die leerkrachten die men had aangesteld om hen op een eigen *college* les te geven, maar even onbekend als winkelmeisjes. Zij wilde beroemdheden horen spreken, de schrijvers van de boeken die ze had gelezen.

'En u bent? Vijftien? Zestien?' vroeg dr. Vaughn toen, opkijkend van de kom soep die stond af te koelen. Nadat enkele jongens haar met tegenzin de weg hadden gewezen – 'toegelaten,' had er een gezegd, 'maar absoluut niet geduld' – had ze bij hem aangeklopt. Stijf rechtop stond ze voor hem, al voelde haar hoog opgestoken haar vreselijk zwaar aan en had ze graag in een warm bad gezeten (maar Girton op zijn winderige heuvel was ver weg). Ze fietste, de enige concessie die haar moeder had gedaan.

'Achttien,' zei ze spijtig, spijtig over haar leeftijd, over de vraag, over hem in zijn morsige toga en het haar dat uit zijn oren stak.

'En u allen zult muisstil zijn?' vroeg hij.

Ze knikte, maar Vaughn had zijn lepel al laten verdwijnen in zijn enorme hand, knoestig van de psoriasis, en zat te eten. Hij zou zich nog eens helemaal wegkrabben, zodat er niets overbleef dan een hoopje schilfers onder een baret.

'Het zij zo,' zei hij slurpend.

'Dames,' roept Richard Thorke, luid, gezaghebbend.

Er komen verscheidene dames bij haar aan tafel zitten die ze niet kent. Ze gaan gekleed in het vereiste lavendelblauw, of in het crème van de vrouwenkiesrechtbeweging, maar hun aandacht is nu bij de oorlog, bij het Voluntary Aid Detachment, bij het aanleggen van verband en het samenstellen van Rode Kruispakketten, inspanningen die aantonen dat ze met het hart bij het vaderland zijn en er verdorie een geweten op na houden. De zijde danst, nu ze zich installeren en de handen vouwen (vóúwen, inderdaad, en dat is géén feminien latinisme, zou ze tegen professor Vaughn hebben ingebracht wanneer hij haar weer eens corrigeerde vanuit zijn overtuiging, zoals hij had gezegd, dat het verhalende, het emotionele, het onnodig dramatiserende, al dat prikkelende vlindergefladder, de vrouw hinderen in haar vermogen om ook maar een klein beetje helder te denken).

Maar iedereen zit nu en wacht op Thorke, die zal beginnen, belooft hij, met een betoog over Darwin in hoogsteigen persoon die, naar hij zal aantonen, een nieuw bestaan voor hen allen heeft geconstrueerd.

'Wat vervolgens naar het werk van Havelock Ellis voert,' zegt Thorke. 'Enzovoort.'

Dorothy luistert, maar ook weer niet. Ze hoort Thomas namelijk. Hij zit aan de piano toonladders te oefenen. Met kaken even verkrampt als zijn horrelvoet en een goede voet die de pedalen bedient oefent hij toonladders; de andere voet is als een vuist gebald om wat de dokter haar niet heeft willen vertellen maar wat ze toch weet uit de literatuur waarop ze de hand wist te leggen: 'Angst bij de moeder kan er oorzaak van zijn dat de foetus huivert zijn natuurlijke ontwikkeling te voltooien, daar de cellen de weerzin van de moeder voor afwijkende ledematen of een afwijkend brein als nederlaag ervaren. Er zijn talrijke…'

Concentreren, denkt Dorothy. Het hier en nu.

Ze kijkt om zich heen en ziet dat het merendeel van de vrouwen aan tafel met de ogen dicht zit.

'…Ellis, die ik zeer dankbaar ben voor zijn onderzoek aangaande het individualisme en verder. Ik zal proberen duidelijk te maken wat dit voor u betekent, voor u allen, maar eerst wil ik aangeven dat ik zeer veel dank verschuldigd ben aan de heer Herbert Spencer vanwege zijn onderzoek naar natuurlijke en parasitaire evolutie en zijn conclusie dat slechts de meest aangepasten, zoals hij schreef, zullen overleven.

Maar eerst…'

Weer?

'Mijn moeder, aan wie ik deze lezing opdraag.'

Dorothy stelt zich Thorkes moeder voor: een kleine, energieke vrouw, zoals de moeders van zulke briljante mannen doorgaans zijn, met rode polsen, gepokte handen en voeten zwart van het haardvuur.

'Dat haar de studie is ontzegd waarnaar ze hunkerde, dat zij naar het haardvuur werd verwezen…'

O, dat!

'Dat men de vrouw van geen belang bleef achten voor het functioneren van de maatschappij, nee, van de beschaving, vond ik als kind zeer kwalijk…'

Scherpzinnig!

'En ik haast me eraan toe te voegen dat zij, veel meer dan mijn vader, iets van blijvende betekenis te melden had…'

Vreselijk!

'…over wat goed is en fout, wat rechtvaardig is aan ons regeringsstelsel. Uit het werk van de avonturiers in de Explorers Club weten we dat bepaalde beschavingen het toejuichen dat vrouwen werken, dat hun voortbestaan van vrouwen afhangt. Ik denk daarbij aan Zuid-Amerikaanse beschavingen, waar vele stammen in het Amazonebekken…'

De stamnamen uit het Amazonebekken die uit de mond van Richard Thorke rollen eindigen alle in een tik op de lessenaar. Dan, terwijl hij zijn glas naar zijn lippen brengt en opkijkt, last hij een korte stilte in. Hij is werkelijk blind aan één oog, denkt Dorothy, en niet voor het eerst ziet ze zich als heks. Vanwaar ze zit ziet ze zijn iris exploderen in witte scherfjes. Of droomt ze het alleen maar? Op zo'n afstand ziet ze toch niet zo scherp? En toch ziet ze het gebeuren! Het oog, star en bewegingloos, blijft strak op het pad gericht dat de beide rijen geklede tafels van elkaar scheidt, de tafels met de torenhoge tafelstukken – ongetwijfeld een attentie van de club – als evenzovele hun veren schikkende pauwen. Het is té, de versiering, en daarom zoekt het dode oog, zijn dode oog, de leegte op, zoals zij boven de horizon, boven land of boven zee, de hemel opzoekt. Leegte, rust, een zekere bevrijding van hoop (in zijn geval van zien), van de last die 'het object, scherp geobserveerd' met zich brengt. Anderzijds, hij hoeft die last niet te voelen, misschien voelt zij hem alleen.

'Bijvoorbeeld de vrouwen van de Onimapoe,' zegt Thorke terwijl hij zijn glas neerzet en zijn aantekeningen gladstrijkt, 'die op een plek in het Amazonebekken neerstrijken waar ze tientallen jaren de medicinale bestanddelen van bepaalde unieke planten verzamelen en zodoende een klanktaal hebben ontwikkeld die uitsluitend op genezing is gericht. Namen en eigenschappen van de geneeswijzen worden klaarblijkelijk over grote afstand overgebracht en daarmee bedoel ik dan van woud naar woud; zoals aangetoond door medicijnvrouwen in de Midden-Amerikaanse landen hebben de geneeswijzen het zuiden van Mexico bereikt en zijn ze van grote invloed geweest op de bevolking van het gehele continent. Het werk van de Amerikaanse antropoloog Franz Heiniker, wiens onderzoek van de Onimapoe-vrouwen wijdverspreid en velen van u misschien bekend is, staaft het buitengewone belang van deze kennis.'

Boven de vagelijk storende geluiden uit van een tegen het einde van het lunchuur allengs drukker wordend Londen schraapt Thorke zijn keel. Gelukkig heeft iemand een raam opengeschoven. Het is een verademing, de buitenlucht, en het straatrumoer ook.

'En in uw midden gebruik ik het woord "kennis" heel zorgvuldig, aangezien ik voor u die verkozen hebt deze middag met mij door te brengen gaarne wil benadrukken dat aan míjn kennis en de daaruit voortvloeiende studie de inzichten ten grondslag liggen die mijn mededarwinisten hebben neergelegd betreffende het ideaal als grondbeginsel, of liever het vrouwelijk aandeel in het bereiken van dat ideaal. Bij de Onimapoe is dat ideaal de gezondheid – tandheelkundig en anderszins – van hun echtgenoten, de ordebewaarders en jagers van de stam, en van de zonen, die het eerder genoemde traditionele leiderschap zullen overnemen. In onze beschaafde samenleving,' gaat Thorke verder, 'is het ideaal geëvolueerd, verschoven van overleven op zich – de taak die de man op zich heeft genomen – naar wat naar mijn mening het best kan worden weergegeven met het woord "welbevinden". Simpel gezegd: van oudsher draagt de vrouw zorg voor het welbevinden; en bijgevolg toont ze de fysieke drang – zoals zichtbaar in haar neiging eerder impulsief dan verstandelijk te handelen – het welbevinden verder te ontwikkelen.'

De verstoring van de stilte heeft iets teweeggebracht. Enkele vrouwen maken aantekeningen, één vrouw hoest. Er lijkt een pauze of in ieder geval een korte onderbreking mee te worden ingeluid. Thorke veegt zijn voorhoofd af en doet zijn jasje uit. Dorothy ziet zweetplekken onder zijn armen en dat hij bretels draagt, wat ze altijd mooi heeft gevonden. Brede, blauwe bretels. En in zijn zak ziet ze een aantekenboekje met daarin, stelt ze zich zo voor, de belangrijke dingen die hem op onregelmatige momenten invallen, op momenten dat hij in de bus blijkt te zitten in plaats van aan zijn tafeltje in de bibliotheek of in de serre, of blijkt te wandelen. Het is een luxe, zakken. Anderzijds is het zo dat zij haar invallen, die toevallige, eigenlijk alleen krijgt wanneer ze zou moeten luisteren, of liever, wanneer ze luistert. Het is alsof haar bestaan zich in een dichte mist afspeelt; zelfs wanneer ze de kinderen voorleest, is ze elders.

'Om naar de Onimapoe terug te keren,' zegt Thorke. 'Met betrekking tot gezondheid geeft het feit dat de Onimapoe-vrouwen evenzo toewerken naar hun ideaal van welbevinden aan dat de vrouw het vermógen heeft een bepaald intellect te ontwikkelen – en hier raken wij, darwinisten, geïnteresseerd in het onderzoek van Heidegger – geeft het aan dat de vrouw het vermógen heeft op basis van ervaringen complexe problemen op te lossen met als enig doel het bereiken van dit wel…'

Kennelijk is ergens in de zee van tafels een hand opgestoken. Als Dorothy zich met de anderen omdraait, ziet ze de hand wild heen en weer gaan, alsof iemand vertwijfeld een voorbijvarend schip wenkt. 'Mag ik u onderbreken?' vraagt de vrouw. Ze dobbert ergens achter in de zaal; stemgeluid.

Richard Thorke tuurt. Het dode oog beweegt niet. 'Kort,' zegt hij.

De vrouw staat op. Van deze afstand ziet ze eruit als alle anderen: aan de dikke kant, veel verhullende kleding, een hoed, naar verwachting een handtas of iets dergelijks onder haar stoel; met wat erin? Het gebruikelijke gereedschap: een haarborstel, een spiegeltje, enkele Bijbelse boodschappen om de moed erin te houden. De vrouw schraapt haar keel. 'Zijn de Onimapoe van wie u spreekt degenen die hun lippen met aardewerken schijven uitrekken?' vraagt ze. Het is duidelijk dat ze op de vraag heeft geoefend. Misschien heeft ze zelfs het werk van Richard Thorke opgesnord, een paar boekjes gelezen waarin gewag werd gemaakt van zijn belangstelling voor, zijn werk over en zijn deskundigheid betreffende de Onimapoe en toen de vraag al uitgeschreven. Ze stelt de vraag met krachtige stem, dapper.

Thorke wacht even. Dan: 'U zegt?'

De vrouw schuifelt als een paard dat te lang stil moet staan. 'Ik vroeg,' zegt ze, 'of de Onimapoe van wie u spreekt degenen zijn die...'

'Juist,' zegt Thorke. 'Juist.' Hij slaakt een zucht en neemt een slokje water. 'Versierselen zijn bij hen van groot belang, maar over de wetenschappelijke betekenis daarvan zou ik me niet durven uitlaten,' zegt hij.

'Het betekent dus iets?' vraagt ze.

'Uiteraard,' zegt hij.

Het 'dank u' is nauwelijks hoorbaar in het geruis waarmee de vrouwen zich weer naar de lessenaar keren, vergeten is het dikkerdje, vernederd doordat ze een vraag heeft gesteld; de rest heeft partij gekozen voor Thorke en zou niet schromen het dikkerdje neer te sabelen.

'Ik ben kwijt waar ik was,' mompelt hij, en zij zit zo dichtbij dat ze het als een van de weinigen verstaat, maar ze weet dat ze er niet op moet reageren. Deed ze het wel, zou ze 'welbevinden' kunnen zeggen, of 'vermógen'.

'Zie in haar simpelweg de vrouw. Maar zie in haar eveneens een lieftallige bloem, een knop die openbarst, teer maar vastbesloten in haar voornemen te bloeien: zij zal niet aan de rank verwelken. Zij zal groeien naar een staat van welbevinden die er nog niet is, ongeacht het tijdperk, het jaar, het moment in de geschiedenis.

"Wat kan ik doen?" vraagt de man. "Wat kan ik niet?" antwoordt de vrouw.'

Hierop barst een raadselachtig applaus los, een verkwikkend applaus. De vrouw links van Dorothy buigt zich naar haar toe en fluistert: 'Wat zei hij?'

'Wat kan ik niet,' fluistert ze terug, waarbij het haar opvalt dat de vrouw, wellicht omdat het jeukte, met een nagel in de dikke laag poeder op haar gezicht een vore van oog naar kin heeft getrokken.

Richard Thorke heeft zijn betoog onderbroken en droogt zijn handen aan het linnen servet dat voor hem klaarligt. Dan kijkt hij weer naar zijn aantekeningen.

'Neem in gedachten wat we als sociale evolutie kennen, of liever als de aangeboren, natuurlijke gaven van de vrouw, en neem het huidige inzicht in gedachten, op basis van het werk van Havelock Ellis en Herbert Spencer – beiden reeds genoemd en velen van u waarschijnlijk bekend – en laatstelijk ook "Over de neiging van ondersoorten om zich onbeperkt van de oorspronkelijke soort te verwijderen" van Alfred Wallace, dat een soort kan transmuteren, kan transformeren, de soort kan overstijgen,' gaat hij verder.

'Wat voor soort is de vrouw? Ze beweegt met de getijden omdat haar dunne bloed tot voortdurende prikkelbaarheid leidt, ze is afkerig van analyse en strakke regels en wordt, in de woorden van Ellis, "rusteloos onder de orde waaraan de man geneigd is te gehoorzamen". Daarmee geconfronteerd vindt ze een evenwicht. Denk hierbij aan *Legacy to His Daughters*, dr. Gregory's klassieke inleiding, waarin hij de vrouw aanraadt "een hoffelijke wijze van uitdrukken" te ontwikkelen door converseren ten enenmale te mijden; "mocht u geletterd zijn, houdt dat dan ten diepste geheim, vooral voor mannen".

De soort bestaat dus nog. En laat ons niet over kleinigheden soebatten. We kunnen het de onderscheidende aanleg boven aan de ladder noemen; het verschijnsel is alom waarneembaar: meisjes die van een karretje een pop maken en jongetjes die van een karretje een tank maken.

Laten we ons dus afwenden van wat we niet kunnen veranderen en opnieuw beginnen, bij Darwin. De Evolutie! Daar ligt de hoop. Havelock Ellis meende dat de natuurlijke levenswijze van de vrouw wordt gedefinieerd, gevalideerd zogezegd, als het natúúrlijke – beklemtoning van mij – tegenwicht voor de levenswijze van de man. De harmonie die tussen man en vrouw mógelijk is, is de harmonie die optreedt tussen twee strijdende legers, en daarmee bedoel ik het bouwskelet van het universum, de kracht die maakt dat de aarde om zijn as blijft draaien. Daarnaast treedt hij de tekortkomingen van de vrouw, de ontzagwekkende natuurlijke obstakels waar de vrouw zich voor gesteld ziet (hoewel hij het voorhoofdskwabargument afwees, zo zie je maar) tegemoet met een briljante analyse: alles waarin de vrouw ontoereikend is zal te geschikter tijd worden aangevuld met een vaardigheid die die ontoereikendheid compenseert "zelfs als die zich nog niet heeft ontwikkeld tot iets nuttigs".

Dus. Punt erachter. En een vraag.

Waar was u; vanwaar moet u vertrekken?

Nu eindelijk, in dit tijdsgewricht, zullen we ons moeten bewijzen. Zijn vrouwen uit het juiste hout gesneden? Kunnen vrouwen de uitdaging aan waar de tijd ze voor stelt? Als men u vraagt uw stem uit te brengen, en zoals de vlag er nu bij hangt, denk ik echt dat u nog even geduld moet oefenen, maar dat u nog deze eeuw, nee, nog dit decennium uw stem zult kunnen uitbrengen...'

Een verspreid applaus als reactie.

'Zal de vrouw, en daarmee bedoel ik ú, zich aan de regels houden, de neezeggers en de waarzeggers...'

Gelach.

'En uw man, uw vader en uw zonen tonen dat u het altijd al in u hebt gehad, altijd de moed hebt gehad, dat u altijd al hebt begrepen dat de noodzaak van bepaalde zaken onomstotelijk vaststaat en daarmee bedoel ik de noodzaak van oorlog. Het gaat hier niet om het aanleggen van een luier bij een pop, dames. Begrijpt u de essentiële aard van de vraag?'

Richard Thorke beantwoordt het voorzichtige applaus met een knikje. Dan schuift er een wolk voor de zon en stormen donkere vegen over de wanden van de Victoria Club: wilde zeeën en schuivende continenten.

'De tweede bank in de kerk was de onze,' zegt Thorke. 'Mama had er blauwe knieën van. Toch maakten we er op zondag schoon. Deden we koorzang op dinsdag. Mama vlocht het brood voor de dienst terwijl mijn vader, de man naar wie ik ben vernoemd, de dienst uit principe niet bijwoonde, zijn principe welteverstaan, de fles.'

Thorke is een merkwaardige zijweg ingeslagen, denkt Dorothy. Iedereen tuurt met hem de steeg in. Daar vormen de schaduwen vuile, beroete gebouwen op bakstenen muren. Hij schraapt zijn keel en mompelt iets onverstaanbaars. Wat moeten ze nu? Ze zouden hem op schoot kunnen nemen en zeggen dat alles goed is. Ze zouden hem met hun klamme handen kunnen strelen, hem verzorgen, denkt ze, en – wat zei hij ook weer? – over zijn welbevinden waken. Ze zouden hem kunnen uitleggen dat zijn vader allang dood is, dat zulke mannen uiteindelijk allemaal doodgaan en dat de zijne eigenlijk niet heel veel verschilde van het merendeel van hun vaders. Zij had op kunnen staan, had zelf haar keel kunnen schrapen en iets kunnen zeggen. Wat dan ook. Wat is dit voor wartaal? had ze kunnen vragen. Luisteren jullie wel echt?

Maar dat doet ze niet. Ze klapt daarentegen wanneer Thorke plotseling afsluit met een dankwoord aan allen voor hun komst, een compliment aan de koks voor de heerlijke lunch waaraan ze dadelijk zullen beginnen en de vraag straks na afloop een moment te nemen om tegen een kleine vergoeding in de serre een van zijn boekjes op te halen. Hij trilt, ziet ze wanneer hij zijn aantekeningen weer in zijn zak steekt en buigt. Van zo dichtbij lijkt hij ieder ogenblik flauw te kunnen vallen.

Dat Thorke haar uitnodigt koffie te gaan drinken verrast Dorothy niet in het minst. Hij heeft de hele tijd geweten wie ze was, zegt hij: het meisje van Girton dat de anarchisten had gestoord.

Twaalf jaar geleden studeerden ze allebei in Cambridge, brengt hij haar in herinnering, en dan weet ze wie hij is: Richard Thorke, toen zo'n ernstige man die zich in fladderende toga en met gezangboek onder de vlerk naar de avonddienst repte.

Of ze wist dat Terrance Gibson onlangs als minister van Financiën was aangesteld?

Of ze wist dat Richard Paul binnenkort tot bisschop zou worden benoemd?

'En wat denk je van William Crawford, onze geachte voorman?' vraagt hij. Het lijdt geen twijfel dat Richard Thorke heeft gelezen dat ze hun verhouding hebben hervat, heeft gelezen over wat de pers de louche kant van William heeft genoemd: zijn gebrek aan morele ruggengraat, het duivelse pact dat hij zou hebben gesloten met de moffen en de fabrikantenkliek die de oorlog waren begonnen. William heeft haar vrijwel niets verteld en toch heeft ze voldoende inzicht om te weten dat hij er rijk van wordt, of liever, nog rijker dan hij al is, en het schandaal zal overleven.

Nu de vuilnismannen ontslagen zijn of voor de militaire dienst zijn opgeroepen wandelen ze, eenmaal de Victoria Club uit, over een trottoir vol koolbladeren, aardappelschillen en peuken. Hij blijft even staan om hun sigaretten aan te steken.

'Beviel het praatje u?' vraagt Richard Thorke. 'Wat vond u ervan?'

Terwijl Richard Thorke wacht tot ze de rook heeft uitgeblazen, dwaalt zijn dode oog naar de maan, die net tevoorschijn is gekomen tussen de vieze wolkenvegen. Richard Thorke. Het bestuurslid van het Trinity College van de universiteit van Cambridge en sinds kort lid van de nieuw opgerichte mannensteungroep voor het vrouwenkiesrecht, de MWS, de hoogleraar eugenetica en houder van de Cobbett-leerstoel voor Evolutie wil weten wat zij te zeggen heeft. Geregeld blijven ze staan, ergens midden op het trottoir of voor een kroeg of eetgelegenheid waar zij nog niet in mag. Hij heeft haar achteruitgetrokken. Gaat hij haar kussen? Wat wil hij precies van haar? Het is haar taak het welbevinden verder te ontwikkelen. Dat kan ze doen, nietwaar? Op die manier nuttig zijn. Vrouwen willen tenslotte nuttig zijn, en jongens sterven. Ze worden gefokt om nuttig te zijn. Of worden ze gefokt om te fokken? Ze weet niet meer welke van de twee het was en ze heeft werkelijk de tijd niet om na te denken. Thorke heeft iets nodig. Hij heeft een vreselijk gebrek aan iets.

Weer moet ze zich verontschuldigen. Ze luisterde eigenlijk niet.

Hij glimlacht. 'Ik vroeg,' zegt Richard Thorke, 'of u mijn praatje boeiend vond.'

Met een lach die als vanzelf komt, breed en ongeïnteresseerd, neemt Dorothy Richard Thorke bij de arm.

'Tien met een griffel,' antwoordt ze. 'Verdraaid goed,' zegt ze.

Dorothy maakt de urenlange reis terug naar Wardsbury per trein. Het is dat deel van de vroege avond waarin de hitte als bij toverslag zou moeten wijken, maar dat niet doet; ze slaat neer, stolt tot iets als overrijp fruit, week en rotgevoelig. De bijen zijn uit, angstwekkende zwermen rond de prullenbakken, en de gehavende soldaat die de kaartjes moet scheuren zit op het beschaduwde bankje te lezen, zijn losgekoppelde been tegen de armleuning. Wat een vreselijk gezicht! En dan die verzadigde kleuren, hoe het ruikt: de stank van vuilnis; al die bijen; de soldaat met zijn been eraf; een grote, laagstaande zon (nu pas bedenkt ze dat zo'n apparaat met zijn gespen en riemen en dat massieve stuk hout ontzettend zwaar moet zijn om mee te zeulen. Of is het een hol stuk hout?); de herinnering aan de lezing van Richard Thorke; Thorke, vers van het Trinity College in Cambridge, vers van het American Museum of Natural History in New York, vers van München of Bonn; 'Een korte geschiedenis van de vrouw; aantekeningen bij het vrouwenvraagstuk' luidde het in het programma, 'een repliek op Havelock Ellis en Charles Darwin' en o god, wie weet zelfs op Jezus Christus, denkt ze. Thorke had geglimlacht toen hij werd aangekondigd, en daarna was er het luide welkomstapplaus geweest dat voorafging aan de ondraaglijke stilte toen iedereen met de handjes op schoot zat te wachten. Altijd dat wachten. Wachten tot de ander wat zegt. Eerbiedig luisteren. Wie zijn we? wilden ze weten. Zeg het ons! Wie? En wat moeten we doen?

Eenmaal terug in Wardsbury, in de hitte van de vroege avond, is het of er een complete belegering gaande is. Dorothy kijkt naar de losgekoppelde soldaat en is benieuwd naar wat hij leest, ook al weet ze dat het antwoord haar teleur zal stellen: elementaire poëzie of Fledge en Doyle over hun wandeltocht door Noorwegen. 'Water?' vraagt ze. Bij de lunch heeft ze haar thermosfles bijgevuld en in haar handtasje zit zoetigheid voor de kinderen, Juf en Penny. 'Koekje?' vraagt ze.

'Alstublieft,' zegt hij.

Met kruimels op zijn lippen biedt hij haar een plaats aan, die ze accepteert omdat er verder niemand in of uit de trein stapt en ze geen haast heeft aan haar wandeling naar huis te beginnen. Het station kent ze van kindsbeen af: rode baksteen, een roestend, blauw gemoffeld bord met in witte letters WARDSBURY, stapels kranten voor het hokje van de perronchef waar vroeger een knul in een vuil overhemd kaartjes naar overal verkocht. Ze had overal naartoe willen gaan, had aan haar moeders hand lopen trekken; eerst het uitzicht vanuit de trein op de hoge schoorstenen en dan op al die gebouwen in de stad waarvan mama zei dat ze ze zou bezoeken als ze groot was: de St. Paul, de Big Ben, de Tower, gebouwen waarvan ze later zou ontdekken dat ze van veraf veel meer allure hadden dan van dichtbij.

Ze beseft dat de soldaat is gaan praten en keert zich naar hem toe.

Ze heeft er geen woord van verstaan.

Zelfs hier lijkt ze niet meer te kunnen luisteren.

'U zei?' vraagt ze, maar de soldaat is hier klaar en drukt zich al overeind. Hij heeft zijn been aangegespt en de stomp met het – uitgebeitelde! – stuk hout en de leren riempjes onder zijn broekspijp verborgen. Om zijn pink draagt hij een vrouwenring, een verlovingsring of een even rijk bewerkte; dit zal ze zich altijd blijven herinneren.

Luid gezoem van vliegen als de gehavende soldaat in de drukkende hitte met zijn goede voet een trap tegen de prullenbak geeft. Er moet bloed in zitten, iets wat de vliegen tot razernij brengt. Dorothy knikt gedag, ook al kijkt hij niet meer; hij is onderweg naar zijn driepoot in het kooitje waar hij zijn klanten opwacht.

In de keuken thuis zullen de kinderen bijna klaar zijn met eten en zal Penny het hout hebben geschuurd met de staalwol uit de neus van haar schoenen waarmee ze de binnenkant drooghoudt. Juf zit er misschien ook bij om Thomas ertoe te bewegen nog wat te eten. 'Toe, Thomas, eet wat,' zal ze op moederlijke toon zeggen, alsof zijn gebalde horrelvoet in zijn keel geramd zit.

Ze wordt misselijk van de gedachte aan een kauwende Thomas, aan dat arme joch dat zijn bord wegschuift. Is dit het moment

dat ze beslist? Of komt dat later, wanneer ze zich, eenmaal binnen, van haar schoenen en sjaal ontdoet en kort hijgend, ademloos
roept of er iemand is, als zat ze klem in Evies plantenpers, het
kerstcadeau waar nu de corsages uit steken van de eens talloze,
maar nu op de achtergrond geraakte benefieten, vergaderingen
en bijeenkomsten. En andermaal is daar de gedachte, de magische
ingeving: haar voornemen, haar sublieme voornemen. Is dat niet
wat intuïtie is? Dat een gevoel niet helemaal begrepen wordt maar
gestalte krijgt? Dat de uitkomst vaststaat? Er gaat iets gebeuren,
denkt ze. Ze zal maken dat er iets gebeurt.

Penny verschijnt. 'Thee en toast?'

'Thee,' zegt Dorothy; haar eerste weigering.

Thomas, haar mooie knulletje, komt aanhobbelen. Ze gaat op
het schoenenbankje zitten en hij gooit zich bij haar op schoot voor
eieren-in-de-pan.

'Roerei wil ik,' zegt hij. 'Wel tien.'

'Zoveel heb ik er niet,' zegt ze.

'Wél, mama. Die hebt u wél,' zegt hij.

'Ik zal eens kijken,' zegt ze, en ze pakt uit haar tas (dat ook,
al die tassen die ze bij zich moeten hebben! Valies, borduurtas,
reticule, een crime, belachelijk) de verpakte zoetigheid die ze als
nagerecht hadden gekregen.

'Kijk eens wat ik vind,' zegt ze terwijl ze Thomas alles voorhoudt, een hele hand vol. Zonder zich te bewegen, slap op haar
schoot, met de rug naar haar toegekeerd in afwachting van hun
spelletje en zwaarder dan hij weet, neemt hij de zoetigheid aan.

'O, kijk toch,' zegt ze. 'Wel tien eieren!'

'Wist ik toch,' zegt hij giechelend.

'Hoe zou het met de pan zijn.' Ze strijkt zijn bloesje glad,
kneedt het lijfje eronder alsof het deeg is en reikt dan naast zich
naar het zogenaamde ei, dat ze breekt door van haar hand een
vuist te maken en daarmee op zijn rug te stompen, en dan het
kietelen: gebroken eierschaal waar eiwit en dooier uit lopen.

'Dat is een,' zegt ze. Ze stompt opnieuw. Breekt zogenaamd
een ei. 'Twee,' zegt ze. 'Drie,' zegt ze. Alle tien eieren gaan kapot
en al die tijd ligt Thomas met suikerspuug om zijn mond te kronkelen op haar schoot.

Evie zal bij Penny in de keuken zijn, en anders is ze al in haar blauwe kamer. Ze is in boeken verdwaald, trekt het ene na het andere uit de kast waarop Dorothy meesjes en roodborstjes heeft geschilderd. Wat zeiden ze ook weer op Girton? Met de blauwe gordijnen en vloerkleden die lang geleden door een rijke beschermheer waren geschonken stond blauw voor standvastigheid, voor kracht. Inmiddels heeft Evie een blauwe lamp naast haar bed en is ook Dorothy's oude schommelstoel blauw. 'Blauw voor een meisje?' had Ted gevraagd tijdens een kort bezoek rond Evies geboorte. Hij was even komen kijken hoe het met zijn vrouwvolk was en had algauw geconstateerd dat het uitstekend ging. Alexandra had gelijk gehad: vroeger aanbad hij haar, maar er lag werk voor hem, had hij gezegd, veldwerk, en bovendien had zij het druk. Hij had toen iets bijzonders meegebracht. De pauw? Die had wat lopen paraderen hier, totdat de vos hem te pakken kreeg. Ze vond de vogel toen ze met Evie in het bos op de heuvel wandelde, in de berm van de lange seringenlaan met de keien, de laan naar de boomgaard. Daar had ze de appelbomen geplant en de steenhouwer een bankje laten neerzetten. Haar man vertelde ze dat ze het wel zou rooien.

Ze schilderde de kamer van het meisje blauw en drie jaar later zou ze de kamer van het jongetje geel schilderen, maar voor het jongetje keerde Ted niet terug. Ze had hem per brief op de hoogte gesteld: 'Het door atrofie getroffen lichaamsdeel trekt zich terug omdat de cellen, in tegenstelling tot de geldende inzichten, niet ziek zijn maar zich schrikbarend snel vermenigvuldigen. De daaruit voortvloeiende verdikking van het botweefsel hindert de natuurlijke groei. Er wordt gespeculeerd dat de moeder, gezien haar gesteldheid gedurende de zwangerschap, mogelijk door neerslachtigheid gedreven een te goede gezondheid voor het kind wil en ironisch genoeg daarmee de kwaal verergert.'

Dorothy laat Thomas van haar schoot glijden.

'Weg jij, soldaat,' zegt ze. 'Ik heb het wel gehad voor vandaag.'

Dorothy Barret-Townsend

Dover, Delaware, Verenigde Staten, 2003

De soldaten houden Dorothy in het oog. Ze loopt met het statief, onvast, en met een tweede poncho als schort. Dat ze haar tot hier hebben laten komen kan aan het weer liggen, en anders beschouwen ze het als een verzetje waar zij geen hoogte van krijgt. Niettemin gaat ze ervan uit dat ze kijken, dat ze haar langs het hek hebben zien banjeren en post hebben zien vatten bij het bord met het duidelijke VERBODEN TOEGANG, FEDERAAL EIGENDOM, VERBODEN TE FOTOGRAFEREN.

Het is een natte september geworden met overal regen, waardoor de bladeren, zwart en glad, aan haar zolen plakken. Eigenlijk zijn het de laarzen van Caroline, rubberlaarzen die ze daarstraks achter in de gangkast heeft uitgegraven onder het toeziend oog van Charles, die benieuwd was waar ze met dit weer in 's hemelsnaam heen moest.

Met een laars in de hand had ze zich omgedraaid.

'Het regent,' had hij nogmaals gezegd.

Charles, doof bij de meeste toonhoogtes, wierp zijn stemgeluid liever de stilte in, in de hoop een echo of een knikje terug te krijgen, dan dat hij gehoorapparaatjes droeg (ijdelheid? angst?).

'Nergens heen,' had ze gezegd omdat dit nergens is, of overal, of een redelijk onbekend oord: een uur rijden als je de drukke route naar het noorden neemt en daarna voornamelijk landweggetjes door een grauw landschap dat met die druilregen alleen maar grauwer wordt. De aloude ga-maar-door: maisvelden, silo's en een vernield reclamebord voor Daniels erwtjes, vers uit Californië, al zit je hier op de keper beschouwd in Delaware en in sojagebied. Eendengebied ook, nu het volop herfst is en het tak-tak-tak van de jachtgeweren de miezerregen openscheurt.

Ze parkeert bij de greppel langs het hek, een gaashek als voor honden, maar je hebt hier geen honden, alleen een wachttoren, een landingsbaan en de soldaten die de vliegtuigen opwachten. En ook dat is niet helemaal waar. Het is een enorm complex, een stad, een stad met barakken – noem je dat barakken? – en vrachtwagens en doodlopende weggetjes en ongetwijfeld slapende kinderen, snot-apen van de landmacht – of is dit van de marine? – in het twee woonlagen hoge huizendoolhof, niet al te ver vanwaar ze de auto laat staan, daar bij de greppel bij de landingsbaan, bij de plaats waar het vliegtuig straks de daling inzet. Dit weet ze. Van het andere – of er kinderen bij zijn en hoeveel dan, welke rang ze hebben, hoe hoog ze in de hiërarchie staan – heeft ze werkelijk geen idee.

Dorothy prikt het statief in de modder en legt de poncho goed. Voor vandaag heeft ze zich voorgenomen terug te vechten. Ze proeft het haast, ziet zichzelf in verzet: Dorothy Barrett, klein-dochter van de suffragette, moeder van drie kinderen: Caroline, Liz en James, die overleden is; getrouwd met Charles. Ze schuift de camera op het statiefhoofd en richt hem op de plek waar het vliegtuig de daling zal inzetten; de lichamen komen uit het oos-ten, weet ze inmiddels, uit Mekka, meestal in een lijkkist met een vlag eroverheen, maar soms ook in een doosje.

'Jezus, mam,' zei Caroline na de eerste arrestatie, na de eerste boete. 'Doe toch 's normaal.'

'Je overgrootmoeder heeft zich uit principe doodgehongerd. Ze at letterlijk niets.'

'Weet ik. Weet ik. Ik ken de postzegel,' zei Caroline.

'Ik denk dat daarmee dingen veranderd zijn,' zei Dorothy. 'Ze heeft iets gedáán. Ze kwam tot een besluit, koos positie…'

'En je vader dan? Maar goed, volgens jou was ze wat in de war. Een beetje gek, toch? Dat heb je gezegd. Ze was misschien…'

'Hysterisch?' vroeg Dorothy. Ze hoorde de toon waarop: hysterisch. 'Waar het om gaat is dat ze iets dééd.'

'Je mag daar niet fotograferen.'

'We leven in een vrij land.'

'Toe, zeg,' zei Caroline.

Ze zaten bij Caroline aan de keukentafel. De sigaret van Caroline, gekleed in een van haar werkoutfits, lag te branden in de aardewerken asbak die een tienjarige James had gedraaid. Kleine Dorothy, de dochter van Caroline, het gepiercete evenbeeld van haarzelf vroeger, dat vanuit haar afgesloten kamer en zelfs als ze naast je staat luidkeels bevelen geeft – als ze nu nog iets van haar heeft, is dat heel diep verscholen – heeft de leeftijd der verdwenenen bereikt en houdt zich elders op.

'Ik had je niet moeten zeggen dat ik op hem heb gestemd,' zei Caroline.

'Anders had ik het wel geradèn,' zei Dorothy.

'Denk aan mijn klanten,' zei Caroline.

'Toe, zeg,' zei Dorothy.

'De wet draait in ieder geval om respect,' zei Caroline. 'Of zoiets. Ze maken die regels niet voor niks. Het is onze zaak niet. Het is jouw zaak niet.'

Op het 'Volgens wie?' van Dorothy had Caroline wel een soort antwoord.

Dorothy hoorde het een tijdje aan, maar ook weer niet; ze dacht aan andere dingen, bedacht dat ze niet zo lang geleden nog de stille hoop had dat Caroline daar met haar aan het hek zou staan, dat de voormalige voorzitter van de studentenraad en van Toekomstige Leiders voor Rechtvaardigheid een bord omhoog zou houden of tenminste iets onwelvoeglijks zou roepen. Maar dat was toen Caroline nog getrouwd was en die baan in het financiële district nog niet had. De Dead Zone, was Carolines naam ervoor, maar het verdient goed, zei ze. Bakken met geld.

'Mam?'

'Ik luisterde,' zei Dorothy.

'Laat ook maar,' zei Caroline. Ze tikte met haar nagels op tafel, met die nagels, en toen ging de bel (de pizza werd gebracht) en eindigde het gesprek.

'Etenstijd,' gilde ze in de richting van de deur.

Krak. Krak. Krak.

De soldaten zijn het zat. Ze zijn uit hun toren afgedaald en slepen zich door eendengebied, op de keper beschouwd Delaware, de eerste staat, al hebben de meesten moeite met geschiedenis; je hoort hun kistjes, of zijn het kikkers? Het zuigen. Ze zijn er zo. Dorothy neemt de geluiden in zich op: de overdreven zware stap, het hek dat wordt ontsloten, het passeren ervan. Ze neemt de uitdrukkingsloze gezichten in zich op. Lastig dat ze niet meer kan dan doen alsof ze de schurft aan hen heeft.

'Mevrouw Barrett. Goedemorgen.' Dat is degene die ze Tweedledee noemt.

Ze komt overeind en schikt haar poncho.

'We willen u eraan herinneren dat u zich op verboden terrein bevindt. Dat u hier niet mag fotograferen.'

'Vandaag,' zegt ze met haar hand op het statief. 'Pleeg ik verzet.'

Hun armen blijven over elkaar geslagen. Vier paar armen, zoals altijd; een roedel; een ploeg; een eenheid misschien; of is het een regiment? Nee, een regiment is groter, een regiment dat zijn er veel. Ze probeert het zich voor de geest te halen van de keren dat James de exacte volgorde vertelde – sergeant, luitenant, kapitein, koning – op ochtenden dat het hele huis vol stond met speelgoedstrijders in merkwaardig strijdvaardige opstellingen. Dan zag ze plastic mannetjes met duidelijk herkenbaar wapentuig en een onbestemde gelaatsuitdrukking ergens een sok aanvallen of de pingpongtafel beklimmen. James had tranen met tuiten gehuild toen ze ze, uit vrees dat iemand erover zou struikelen, naar zijn kamer verbande.

'Dan wordt het een hogere boete dan gebruikelijk, mevrouw Barrett.'

Het is een grote drol, maar aan de andere kant is James ook zo jong geweest en verdient deze jongen mededogen.

'Ik pleeg verzet,' zegt ze opnieuw. Een van de stommen heeft zijn hand uitgestoken alsof hij haar de moddervlakte over wil helpen. Ze wachten het moment af, weet Dorothy, dat zij iets doet. Neervallen, denkt ze, en doet ze, al is het eerder zijgen dan vallen omdat ze zich ten volle realiseert dat het belachelijk is wat ze doet, dat het haar heel klein maakt. De grote buigt zich voorover om haar te helpen. Nú, denkt ze, maar pas wanneer ze het gedaan heeft, in het weke gedeelte van de hand, in het hangmatje tussen duim en wijsvinger heeft gebeten, begrijpt ze dat ze het heeft aangedurfd.

Als Caroline in de wachtruimte bij de cellen naast Charles gaat zitten is het duidelijk wie de baas is. Eén brok kernenergie die meid, had Charles eens gezegd. We moeten haar aan General Electric verhuren.

Sorry, lieverd. Dorothy vormt de woorden met haar mond. Zonder ook maar iets te horen kijkt hij haar met zijn gele hondenogen aan; dan leidt Caroline hen naar buiten.

De zon is gaan schijnen en ze knipperen met hun ogen. 'Kijk eens hoe het weer is omgeslagen!' zegt Dorothy in een reflex. 'Dat is even boffen!'

Caroline heeft het portier geopend.

'Instappen,' zegt ze.

Met ruis op de radio, en weer ruis, en weer ruis, en dan met de radio uit rijden ze naar huis; er is de vertrouwde oprit, de voordeur, de gang, de keuken. En al die tijd hebben ze niets gezegd. Caroline zet thee en belegt, met Liz weer eens aan de stad gebakken om andermaal zwanger te raken (druk, druk, druk!) en een gat waar James zou zijn geweest, een 'wat er aan familie is'-vergadering. Terwijl Caroline over verantwóórdelijkheid spreekt, en reputátie, gepast gedrág en, jawel, váderlandsliefde, maar voorál, mama, voorál gêne, stapt Dorothy in het gat om er wat in rond te dwalen.

'En het verleden dan?' vraagt Dorothy. 'Onze afkomst?'

'Moeder,' zegt Caroline. 'Ik weet het echt niet meer.'

Dorothy zou haar graag op schoot nemen, die slaperige, van de geelzucht wat geel ogende Caroline met haar hoed op, maar dat zal niet lukken. Caroline is groot geworden; ze is langer dan Dorothy, heeft een scheiding achter de rug en is, zo heeft ze opgebiecht, multimiljonair. Miljóén-nen, zei ze toen.

'Waar zijn je vriendinnen?' vraagt Caroline.

Dorothy haalt haar schouders op. De laatste tijd heeft ze niet aan vriendinnen gedacht, noch aan haar vaste woensdag bij Sheer

Perfection; haar haar staat alle kanten op en haar nagelriemen groeien over de halvemaantjes heen.

'Sorry, lieverd,' zegt ze. 'Ik houd ermee op.'

Hoe is het zover gekomen? Er was natuurlijk wat je aan jeugd hebt, denkt Dorothy. Daarna een berekende vlucht het huwelijk in; van vader met horrelvoet naar emotioneel gehandicapte man, was ze in de jaren zeventig gaan begrijpen toen er van alle kanten dat controversiële gepraat over de vrouwelijke emoties op haar afkwam en je maar gin bleef drinken en van die jurkjes aanhad. Hoe noemden ze die ook alweer? Babydolljurkjes en a-lijnjurkjes en empirejurkjes. Kinderlijke, licht obscene dingen. Dat soort jurkjes werd gedragen, en er werd gepraat, maar er werd vooral gedronken. Men ging vreemd, maar zij niet. Ze had laarzen gehad. Ze had een suikerspinkapsel gehad. Ze had babydolljurkjes gehad. Misschien heeft ze het gewoon gehad. Het punt is dat ze eens negentien was en nooit meer negentien zou worden. Ze had gehoopt de liefde in te groeien, had zich die groei voorgesteld en had, op die basis voortploeterend, de meeste voldoening gevonden in haar kinderen, in boeken en, naar waarheid, in bepaalde vrienden; soms ook in Charles, als vriend, als onverstoorbare metgezel, als stevige wandelstok. En steeds had ze er een niet moe te krijgen, koperkleurige geest bij gehaald, een helder fonkelend iets. Ze heeft het toch fonkelend weten te houden? Had zij Charles er niet toe gekregen op de George Washington Bridge rechtsomkeert te maken? En ze golft toch, bridget toch, doet toch aan liefdadigheidswerk, haalt toch geld op voor ziekenhuizen? Toen Charles met pensioen ging had ze met een blonde pruik op al hoelahoepend haar toost uitgebracht, had dat ding tot aan haar knieën toe laten draaien. Ze had het allemaal aan het toeval overgelaten, of nee, aan bepaalde mannen.

Nu heeft de woede ongemerkt vat op haar gekregen en voelt ze het tij (inderdaad, het tíj) van de razernij op onvoorspelbare momenten opkomen, alsof er een beurtelings wassende en afnemende, meestal afnemende maan aan trekt.

Vooropgesteld: in het grote drama is ze niemand kwijtgeraakt; haar James was geen held, was gewoon een sterveling en stierf (dientengevolge) een niet-heroïsche dood: bloedkanker... blabla-bla... één cel naar de vernieling... bla... en nog een cel... blabla... en uiteindelijk alleen maar bot en pezen en machinaal aangedreven longen die, vlak voordat de arts de knop omzette, heel even piepten. Ga met God. En de machine viel stil. Ga met God. Wat niet wil zeggen dat ze niet iemand kende die iemand kende; wat niet wil zeggen dat ze vergeet dat ze nu onder die schaduw leven, zoals haar dochter Liz het zegt, vergeet dat er een reële dreiging is, dat het kwaad op de loer ligt, dat sommigen onze manier van leven willen ondergraven.

Krak. Krak. Krak.

De tweede keer maakt Tweedledee zich los van de anderen. De grote, met zijn verbonden hand als een golfclub steunend op de andere, blijft achter alsof hij op de uitkijk moet staan.

'Deed het pijn?' roept ze naar hem. 'Ben ik giftig? Besmettelijk?'

'Nog een keer geweld en u kunt de borgtocht vergeten,' zegt Tweedledee.

'We leven in een vrij land,' zegt Dorothy.

'Niet helemaal,' zegt hij. Er bestaat kennelijk een handboek communiceren met demonstranten en/of gevaarlijke gekken.

'Het gaat me niet om de lichamen,' zegt ze. 'Ik ben hier voor de natuur. Voor de wilde eend.'

'Geen camera's,' zegt hij.

Vierkant staat hij daar, alert, afgetekend tegen het herfstrood, klem in het jaargetij waar de winter op leunt, in bloedserieuze camouflagekleding. Ze weet haast zeker dat ze, als ze in zijn ogen zou kunnen kijken, er schaamte in zou zien, maar het blijven spiegelende brillenglazen en ze zal het toch mis hebben: hij doet zijn werk.

'Prachtige dag,' zegt ze, maar hij hapt niet toe.

'Dus je mag ze wel doodschieten, maar niet fotograferen? Dat vind ik belachelijk. Belachelijk,' roept ze naar de grote. 'Doet het nog pijn?'

Hoewel haar camera om haar nek hangt en nergens heen kan, grijpt ze hem met haar vuile handen stevig beet.

'Dit is verboden terrein, mevrouw Barrett. Overheidsterrein.'

Met de armen over elkaar ploft ze neer in de schaduw van Tweedledee.

'In Zweden bestaat zoiets niet,' zegt ze, terwijl ze met half toegeknepen ogen opkijkt. 'Daar kun je overal kamperen. Dat mag daar. Je mag daar het hele land doortrekken zonder dat iemand zegt dat het privéterrein is. Dat is democratie voor mij. Toch?'

Als een berg in mensengedaante – het kledingpatroon de bomen en struiken, de spiegelbril de rots op de top die je van een afstand voor sneeuw of water zou kunnen houden – torent hij boven haar uit; toch nog een felle, onbarmhartige zon. Hij wenkt de stommen, de grote met de verbonden hand. Ze wacht af. Ze zijn haar talrijke bezoekjes zat, vervelen zich sowieso. Als ze op haar afstappen, de handboeien openend en weer sluitend, lijken ze hier het liefst niet te zijn. Zelfs het gebaar waarmee Tweedledee zijn voorhoofd afveegt oogt dor en droog. Hij ziet zichzelf, maakt een beeld van zichzelf, als iemand, denkt ze, als een soldaat of een staatsman die eenieder beschermt, beschermt tegen, ja, tegen wat? Tegen niets, tegen alles, tegen een bejaarde vrouw met een camera. Hij beschermt, meer niet; hij is als een postzegel of een vlag, een verhandelbaar symbool, iets met een plakstrip voor op een bumper of een footballhelm, voor $ 0,37 of $ 1,10 in de bak bij de voordeeldrogist.

De boeien zitten strakker dan verwacht en ze hoort zichzelf 'Amazing Grace' neuriën, het enige liedje dat haar te binnen schiet. Tegelijkertijd weet ze dat het potsierlijk klinkt, raar en gedateerd: het hoofdstukje 'Vrede en protest' in de syllabus jarenzestigretoriek waarmee Caroline thuiskwam toen ze op de universiteit zat, een hoofdstukje waarvoor een roze markeerstift nodig was, voor een scriptie. Ze denkt erover het aan Caroline te melden, als een soort uitleg; ik probeer me op het echte te richten, zal ze zeggen, niet op wat dat alleen maar benadert.

Wij tweeën, zal ze zeggen, wij allemaal, de soldaten en de demonstrant, voerden iets op wat al was opgevoerd, waardoor zelfs mijn eigen aandrang om te zíjn…

Caroline onderbreekt haar. 'Om te wat?'

De borg is betaald, maar ditmaal zijn haar vingerafdrukken genomen en is er een tijdstip voor een rechtszitting vastgesteld.

'Mevrouw,' had Tweedledee tegen Caroline gezegd, 'wilt u tegen uw moeder zeggen dat ze haar kop moet houden.'

'Zíjn,' zegt Dorothy nu.

'Of niet zijn,' zegt de miljonair.

'Sinds wanneer is niets meer echt?' vraagt Dorothy.

'Nu niet James erbij halen.'

'Hij zou...'

Caroline stopt haar vingers in haar oren; ze lijkt wel dat kind van acht, dat meisje met vlechtjes en kniekousen, met zes ontbrekende tanden waardoor kauwgom klappen even onmogelijk werd als Pope voordragen, ook al had James, een geboren onderwijzer, wekenlang geprobeerd het haar te leren.

'Het kan me niet schelen, mam. Ik bedoel, het kan me wel schelen, maar op een gegeven moment moet je voor jezelf kiezen.'

'Je kan me wat.'

'Hè?' Caroline haalt haar vingers uit haar oren.

'Weet ik, zei ik.'

'Weet wat?'

'Ik weet dat het je niet kan schelen.'

Bel uiteengespat; hij kon het wel en zij niet. James had zelf de kauwgom uit Carolines vlechten gepulkt, maar evengoed had Dorothy hem op zijn huid gegeven en de haarborstel dreigend opgeheven. James had het allemaal in zijn 'emotiepot' gestopt, de pot die in zijn eerdere leven dilleaugurken had bevat.

Ik probeerde gewoon iets te dóén. Ik probeerde haar alleen maar te leren kauwgom te klappen en toen sprong u uit uw vel. U kon zó kwaad worden.

'Ik probeer gewoon iets te dóén,' zegt Dorothy, maar Caroline is druk bezig iets voor het avondeten te verzinnen, iets anders dan pasta. 'Je wilt het gewoon niet snappen. Zo gaat het bij alles. Als je bijvoorbeeld tegenwoordig een gesprek voert, komen ze met een benadering van een mening die stoelt op een andere mening die weer een benadering is van een mening enzovoort, enzovoort. Waar alles iets anders alleen maar benadert, probeer ik bij het echte te komen.'

Maar eigenlijk is dat niet zo. De dood benadert niets. De dood is helemaal echt; de dood is onomkeerbaar, definitief onomkeerbaar, geen benadering van iets. Dat had ze toch al gezien bij haar eerste blik op de basis, op de barakken, op de legerkosmos? Waar was ze toen naar onderweg geweest? Ze weet het niet meer. Ze was even helemaal in de war toen, dat wist ze, ging wat rijden en zocht in de auto steeds de zenders op waar mensen het over van alles en nog wat hadden, alleen om haar innerlijke stem niet te hoeven horen. Luister naar je innerlijke stem, zei ze vroeger altijd tegen de kinderen, waarmee ze bedoelde dat die rustig was, een zachte stem was. De hare ging tekeer toen, trok zich de haren uit. Ze was achter het konvooi aan gereden, was aan de overkant van de weg gestopt, nieuwsgierig naar al die jeeps die daar ergens in de leegte als evenzovele schoolbussen met stationair draaiende motor langs het hek om het complex van wachttorens, flats, vrijstaande huizen en postkantoor hadden gestaan. Leegte? Volte misschien: je zag sojavelden, maisakkers, ganzen die in een v naar het zuiden vlogen en ergens ook nog, iets verderop, zo'n verlaten schuur waar spreeuwen overnachten onder de dakrand en jongetjes foezelen, roken of een broekzak vol steentjes verzamelen om een raam proberen in te gooien; zo zijn jongetjes. In het midden stond het vliegtuig, een overdreven ingewikkeld geval met gevouwen vleugels en gespleten staart – eerder een groot uitgevallen zakmes dan iets wat kan vliegen – waaruit soldaten lichamen naar buiten brachten om over te dragen aan de familie, die die lichamen echt dood mee naar huis mocht nemen.

'Dit is geen benadering van iets,' zegt Dorothy. 'Dit is wat die idioot waagt te verbergen, het enige echte aan die hele rotzooi, aan dood en verderf,' zegt ze in een poging het voor Caroline te benoemen, die zich even geleden heeft overgegeven en met haar rug naar Dorothy, maar waarschijnlijk luisterend, de pot onder de hete kraan schoonspoelt.

Nu draait ze zich om. Haar hand druipt.

'Ik luister, mam,' zegt ze terwijl ze het deksel dichtdrukt. 'En ik probeer met je mee te voelen. Ik bedoel, ik snap het, ongeveer. Ik snap het ongeveer of ik snap het voor zover ik dat kan. Alleen, jezus, heb je enig idee waar ik tegen op moet boksen? En dan moet ik ook nog borg gaan betalen voor mijn moeder? Ik bedoel, kun je je niet voor iets anders inzetten?' Het is een retorische vraag, begrijpt Dorothy, en daarom zwijgt ze wanneer Caroline haar een vork voorhoudt met een sliert deegwaar die ze uit de pan heeft gevist. 'Finito?' vraagt ze.

Weken later droomt Dorothy over James. In deze droom komt hij natglanzend uit de branding bij Cape Cod gelopen (dat waren nog eens mooie tijden!); hij is zoals hij was, een jonge man, een jongen die verzot was op lezen, die in de brieven naar zijn moeder bepaalde passages overschreef, stukjes waarvan hij dacht dat ze ze mooi zou vinden; hij kende haar smaak, begreep haar smaak, zoals hij in zijn studiejaren eens had geschreven.

Lieve mam,

Hij heet Burns, de hoogleraar, wat wel grappig is omdat hij rookt als een ketter en ook wanneer hij niet rookt altijd een sigaret achter zijn oor heeft zitten, brandend of niet. Het verhaal gaat dat zijn haar eens vlam heeft gevat en dat hij toen niet meer wist waar hij gebleven was in zijn notities en de rest van het trimester zonder het te weten een stap voor is gebleven op de syllabus. Het is een beetje een aparte man, maar ik mag hem wel en hij geeft mijn favoriete vak. Ik weet niet goed of ik romantische poëzie nu zo geweldig vind of alleen maar de manier waarop hij erover praat. En ik weet niet goed of ik zijn manier van er- over praten nu zo geweldig vind of het feit dat hij er nog steeds om kan huilen. Ja, hij huilt. Tenminste, dat deed hij onlangs na zijn college over Wordsworth, toen hij dat gedicht had voorgelezen over de zwerftocht met Dorothy, of dat over de narcissen. Dat weet ik niet meer. Een paar meiden zijn hem gaan troosten. Misschien deed hij het erom (haha).

Daar is hij! denkt Dorothy in haar droom. Kijk, daar is die deug-niet! Hij was aan het zwemmen, al die tijd al!

Heel helder hoort ze achter hem de golven over elkaar heen slaan. Ze is bang dat hij besluit de tijdstroom weer in te lopen; ze heeft hem zo vaak gezegd dat je kilometers kunt worden meege-nomen! Maar nee. Hij komt op haar af, met achter zich de verblin-dende zon. Het is een zonnestraaltje, een veelbelovende knul die nog nooit iets heeft gebroken, bij wie nog nooit iets hoefde worden dichtgenaaid of gehecht; een dapper joch. Hij krijgt geen pillen voorgeschreven, dat geeft ze je op een briefje, en op dat meermalen ingevulde formulier waarin bij zoveel vragen ja kan worden aangekruist, kruist hij telkens nee, nee, nee aan! Hij is geen benadering van iemand, zoals een rode tulp in mei geen benadering is van iets, en de grote grap is: hij is echt!

Het is een heerlijke, haast seksuele pijn waarvan ze wakker wordt. Dat is het wrede spelletje dat de nacht speelt: toch nog alleen wakker worden. Caroline is naar huis en Charles, nog dover dan wanneer hij wakker is, heeft zich al lang geleden aangewend zijn ogen met een handdoekje toe te dekken, dus ze zou kunnen gaan huilen of schreeuwen. Ze werkt zich op een elleboog en kijkt naar zijn ademhaling, naar de ademhaling van de vader van haar kinderen, maar op de een of andere manier zweeft hij van haar weg, in zijn eigen bel de ruimte in. De bel zal na verloop van tijd uiteenspatten en dan is hij verdwenen, net als de andere.

Waarheen?

Wellicht zit hij dan in iets wat dit benadert, en anders in de spiraal van een schelp, de kleur van een blad, een gebaar; aanwezig maar ergens diep verscholen.

Toen James heel ziek was, vroeg hij haar waar ze in geloofde; dat was tegen het einde, weet ze nog, heel dicht tegen het einde. En het kan zijn dat ze heeft gelogen; misschien heeft ze die man die uit haar zoon was gegroeid en ondanks zijn jonge leeftijd een oude man was geworden iets meer gegund dan de waarheid.

'Nergens in,' zei ze, al witheet van woede. 'Totaal nergens in.'

Hij zat bij het raam. Ze had een blauwe sjaal meegenomen naar het ziekenhuis, en haverkoekjes om bij de deur te zetten voor het bezoek, voor vrienden van de universiteit en jonge vakgenoten in het recht. Die moesten een trein halen, konden maar een uurtje blijven, hoewel ze vaak al eerder weg waren, bang om iets te missen, bang dat het te druk zou worden.

'Je bent een apart mens, mam. Dat had ik je al eerder willen zeggen,' zei hij.

'Dat gaat ver terug, lieverd,' zei ze. Ze wilde dat hij verderging en tegelijk ook niet. Ze had hem nog zoveel te zeggen, zoveel van wat ze nog wist: dat haar vader, Thomas Francis Townsend, met wie hij de tweede voornaam deelde, in de huiskamer op de staande piano speelde met de buste erop, een kleine aardewerken buste van een dreigend kijkende Beethoven die hij als kleine jongen – toen hij nog bedde in de hel, zoals hij placht te zeggen – op een bijzonder regenachtige of misschien wel een zonnige dag van een kinderjuf of een huishoudster of een stand-in voor zijn moeder, de eerste Dorothy, cadeau had gekregen. Hij had het over de muziek-kamer gehad. Hij had het over opengetrokken zware, groene gordijnen gehad, over openslaande deuren waarachter je de heuvels zag, over een pauw (er waren er meerdere geweest, alle ten offer gevallen aan de vos) die op zijn muziek was afgekomen toen hij op die regenachtige dan wel zonnige dag, met de deuren en de gordijnen open, bij het tiktak van de metronoom op zijn ebbenhouten kruk was gaan zitten, met beide goede handen zijn slechte voet op het pedaal had gezet en was gaan spelen en er weer mee was opgehouden omdat de pauw of mogelijk de kanarie die zij er zo nodig op na moest houden hem stoorde. Hij had het er zelden over. Hij had het vreselijk gevonden om te worden gestoord, wist hij nog, al leek het waarom – een vogel? – belachelijk, verkeerd. Hij had de buste gekregen, cadeau gekregen, van de kinderjuf. Volgens haar had de buste toverkracht; hij luisterde, ook als niemand anders dat deed.

Ze had zelf geprobeerd te spelen, heeft ze James misschien verteld, en het nooit begrepen: muziek maken. Er was zoveel dat ze nooit heeft begrepen, had ze hem kunnen vertellen, en toch wilde ze zich zelfs daar, daar bij hem, anders afschilderen, met de nieuw ontdekte afkomst wapperen, de afkomst zijn die hij haar had helpen ontdekken, de afkomst waarmee ze meer was dan alleen moeder. En wat was daar verkeerd aan? Waarom wilde ze meer zijn? Meer heeft hij nu niet nodig. Meer hebben zij kennelijk niet nodig.

Ze stond aan zijn bed; ze vond het prettig daar te staan. Zelfs die ziekenhuiskamer vond ze prettig, althans vrij prettig. Ze hadden hem naar de stille verdieping overgebracht, de sterfverdieping, zoals hij het noemde, met het uitzicht op lage daken met daarachter, bij de juiste lichtval, het reepje rivier. Het licht viel steeds vaker juist, in dit jaargetij: als door een wonder was het herfst geworden.

'Ik vergeef je dus je zonden,' zei hij.

'Halleluja,' zei zij.

'En verder hoop ik dat je ongelijk hebt,' zei hij.

'Dat zou niet voor het eerst zijn.'

'Als het zo is laat ik de ramen klapperen,' zei hij. 'Zie dat dan maar als een "lekker puh" van mij.'

De ramen doen meer dan klapperen; lekker puh. De wind doet meer dan waaien. En ergens anders zullen de doodsbange kinderen luisteren of ze... wat had James haar geleerd?... of ze de cavalerie, de infanterie, de artillerie al horen. Niets had hij haar geleerd. Alles had hij haar geleerd. De woorden stromen naar één punt, zoals bloed dat doet als het hart ophoudt te kloppen, als de machine tot stilstand komt. De machine kwam tot stilstand.

Dat ze na haar droom over James opstaat doet bijna niet ter zake. Ze hoeft voor niemand nog briefjes te schrijven. Ze kan doen wat ze wil. Ze schiet wat losse kleren aan en vertrekt, vergeet haar lege camera – het was net een film, had ze Caroline verteld; het filmpje werd eruit getrokken en weggegooid! En haar beet werd een verwonding genoemd! – vergeet haar tasje en rijdt slingerend, met de stationcar in zijn achteruit, over de lange oprit naar de grote weg. Het is niet druk op dit tijdstip en ze kan zo hard rijden als ze wil. De sojavelden en maisakkers salueren als ze voorbijkomt, want uiteindelijk is het landschap, de zwarte aarde van haar natie, haar enige bondgenoot. Federaal bezit, ammehoela, denkt ze.

Ze slaat een bos in. Het licht van haar koplampen spoelt het bos in; ongetemd bos met volwassen kreupelhout, aronskelken in de laagtes, pijlkruid; en alles zwaait in deze merkwaardige halloweenwind. Achter de bomen houden zich misschien kinderen schuil, verklede kinderen, nu met halloween: Frankensteins, spoken en gruwels met bloederige wonden die aan de iele espen schudden en roepen: hier ben ik! Nee, hier! Ze zouden nu zijn weggespoeld, door het licht dat zij verspreidt en dat van de jupiterlampen op de landingsbaan; voor als de nood aan de man is, uiteraard, voor als het zakmes de lucht in repen snijdt, met slechts de nabestaanden als getuigen.

En wat was ze eigenlijk van plan geweest? Aan wie zou ze haar foto's hebben laten zien? Aan Charles? Aan Liz en Caroline? Aan afwezige vriendinnen?

Ze parkeert in de buurt van de wachttoren en slaat het portier dicht. Het stalen geraamte dat oprijst naar het kijkhutje lijkt licht te geven in de maneschijn. Misschien dat ze de wasem van zijn adem kan zien op het venster daar, of ijs; zo koud is het wel en erg hoog is het niet; ze weet dat hij erin zit en als ze klom, trof ze hem.

Sinds wanneer is hij de knul naar wie ze op zoek is?

Staat er een radio aan in de wachttoren? Zit Tweedledee er in zijn eentje een brief naar huis te schrijven?

Ze wil weten waar hij vandaan komt en welke vakken hij op school had. Ze wil zijn kindertekeningen wel zien, zou ze hem kunnen zeggen. Van de lagere school. Van de kleuterschool zelfs. Was hij begonnen met rondjes? Ach, die rondjes! En daarna langzaam, nee; ze had het haar kinderen zien doen, hun vriendjes en vriendinnetjes, haar kleinkinderen zelfs. Uiteindelijk het kwijtraken van de rondjes. Niet wanhopen, zou ze hem kunnen zeggen. Het overkomt iedereen.

Ze zou graag willen weten bij wie hij in de kantine zat, bij de populaire kinderen of een beetje apart, zoals haar James, met een boterham die in zijn schooltas was platgedrukt, een dubbele witte boterham met tonijn of pindakaas. Deed zijn moeder er een briefje bij? Een briefje met 'Lieverd' of 'Hoi, Kanjer!'? Misschien hoefde zijn moeder hem niet op te peppen, misschien redde hij het prima zelf. Hij was niet kieskeurig – dat ziet ze zo – en niet bepaald veeleisend. Hij leek alles prima te vinden totdat dat ophield; en toen dat ophield, zeurde hij niet. Hij maakte plannen, plannen om uit huis te gaan, te ontsnappen, het zelf zien te rooien, te overleven.

Had hij treintjes als hobby? Speelde hij een instrument?

Dorothy kijkt door het gaas het complex in. Het ergste, zou ze hem willen zeggen, is dat ze de sterren niet meer kan onderscheiden: als ik denk dat ik er een heb gevonden, raakt hij uit zicht, zie ik alleen metaal in een baan of een transportvliegtuig. Ik heb geen vaste punten meer om mijn richting te bepalen, zou ze hem vertellen. Hoe moet ik dan iets wensen?

Het is niet jouw schuld, zou ze eraan toevoegen. Het is beschamend wat we je hebben aangedaan. We moesten ons allemaal schamen.

'Je bent niet anders dan wij,' zegt ze. 'Je probeert alleen maar iets te doen.'

Roept ze het of fluistert ze het? Het doet er niet meer toe. Ineens is ze moe en weet ze dat ze weg moet. Ze zal dezelfde weg terug nemen, door de aloude ga-maar-door naar haar rechtmatige plaats naast Charles: Dorothy Barrett, moeder van Caroline, Liz en James, die overleden is.

De hormonen, zal ze tegen Caroline zeggen, bij wijze van uitleg.

Ik mis hem ook, zal Caroline zeggen, bij wijze van verontschuldiging.

'Dag,' roept Dorothy ze toe, ook al hoort niemand haar vanwege het tak-tak-tak; bijzonder roofzuchtige jagers bij zonsopgang.

DOROTHY TREVOR

Cambridge, Engeland, 1898

Dorothy, verdwaald, stoort de anarchisten, jongelui als een troep kraaien in een kring rond een lange leider. Ze was op zoek naar een deur met een bronzen draaiknop, die van de Tillinghurst Room; je moet Trinity aan de noordwestkant binnengaan, had Rabia gezegd, en je loopt er gauw aan voorbij, maar ze zou andere meisjes van Girton tegenkomen. Ze was op zoek geweest naar de spiritualisten en het verkeerde lokaal binnen gelopen, had ze de mannen verteld.

Kom binnen, kom binnen, zegt de leider terwijl hij een boek in de lucht steekt. Hij staat tegen een smal glas-in-loodraam; twee duiven die een banier met een Latijnse tekst uit de lucht plukken met daaronder Christus-herder te midden van zijn schapen, lijkt het van hier. Te donker om veel anders te zien hier, maar met de kaarsen, waarvan de vlammen bewegen als ze binnenkomt en de deur achter zich sluit, toch vrij warm. Ze kwam eigenlijk voor de spiritualisten, had ze nog eens kunnen zeggen, maar dat heeft ze niet gedaan. Een uitleg kwam haar onzinnig voor en bovendien was het een opwelling geweest om naar de spiritualisten te gaan, omdat Rabia had beweerd dat ze, als ze het aan zou durven, in contact kon komen met wie ze wilde, of het nu Lady Godiva was of Anna Boleyn. Vorige week nog sprak Agnes Amy met Catharina de Grote, die de aanwezigen had aangeraden heel goed op te letten bij de nieuwe hygiënelessen van juffrouw Francis.

Dorothy zoekt een stoel buiten de kring en terwijl ze gaat zitten – dat mag ze toch? – laat ze het vage voornemen los om de doden te laten zweven, althans naar hun gebonk en gefluister te luisteren en… wat had Rabia ook alweer gezegd?… iets over een ijskoude wind. Ze gingen vergezeld van een ijskoude wind, had Rabia gezegd, de gele ogen wijd open. Volgens haar reden ze op de wind zo de Tillinghurst Room in om zich er onder de muziektafel te verzamelen, maar soms ook bleven ze rondzweven in de plooien van de gordijnen, begonnen ze op de piano te timmeren of lieten ze de ramen klapperen. Ze leken erin geoefend, de geesten, om zo te spoken als de spiritualisten van ze verwachtten. En waarom zouden spiritualisten niet in spoken geloven? Wat maakte van een geest een spook of andersom? Had het met de ziel te maken? Met de leeftijd van de gestorvenen en/of stervenden?

Vele vragen en dan in het verkeerde lokaal.

Niettemin gaat ze zitten. Dat mag ze toch? Niemand lijkt veel aandacht aan haar te schenken, en anders wenden ze voor haar, de enige vrouw tussen minstens een tiental mannen, niet op te merken. Ze kan beter meedoen dan met veel gedoe vertrekken. Ze zal zo goed mogelijk opletten. Ze kan inmiddels goed luisteren.

Ze richt haar aandacht op de leider voor haar, een boeiende man zo met zijn boek, dat van hieruit bezien in leer gebonden lijkt; hij sprak nog, zo-even, was iets aan het definiëren, het tijdperk van het proletariaat en de onrechtvaardige verdeling van rijkdom, en toen stak hij het boek weer in de lucht. De Bijbel? Marx? Heel voorspelbaar leeswerk, gokte ze. De poëzie van Wordsworth? Dorothy steekt haar hand op. Waarom niet? Het is gewoon een groepje mensen, een club; dit is geen studie, waarvoor nog altijd wettelijke beperkingen gelden, en ook geen college Griekse beschaving van professor Vaughn, waar de zeven meisjes van Girton, de knappe koppen, als opgezette aapjes op de achterste bank gepropt zitten. Ze gokt op Wordsworth. Ze gokt dat hier romantisch ingestelde mensen bijeen zijn gekomen.

'Allebei fout,' zegt de leider. 'We zijn anarchisten,' zegt hij. 'En dit?' Hij wappert met het boek. 'Engels over theorie en geschiedenis van de krijgsmacht.'

De mannen draaien zich naar haar om, slecht op hun gemak. 'Een communistische anarchist?' vraagt ze.

Hij is tegen idealisme, verduidelijkt hij. De afgelopen week hebben ze *Het communistisch manifest* gelezen. Ze klapt en zegt: 'Bravo!'

Er zijn er een paar die lachen, maar de meesten niet. Ze scharen zich achter hem, de man die William heet, zoals hij zegt, William Crawford.

Anarchistenleider William, denkt ze, of is dat het zoveelste oxymoron? Ze kan het niet omvatten. Ze zou weg moeten lopen, denkt ze. Spoken zoeken.

'Ik moet naar de spiritualisten,' zegt ze terwijl ze opstaat. Wat een lawaai maakt ze! Geen sprake van sluipen, van ongemerkt komen of gaan: elke rok kent zijn ruis. Ieders schoonheid dient benadrukt, heeft koningin Victoria gezegd. Wie tegenwoordig geen pofbroek draagt heeft wel een wiebelend vogelnestje op het hoofd. Waarom moet iemand er altijd uitzien als een imbeciel?

'U zei?' vraagt William.

'De spiritualisten,' zegt ze.

'We hebben het over het positivisme,' zegt William. 'Het wordt een debat, min of meer. Er is een stelling en daarop een weerwoord. U mag blijven als u wilt.'

'Dolgraag,' zegt ze terwijl ze weer gaat zitten.

'En u bent?' vraagt hij. Hij wacht.

'Dorothy Trevor,' zegt ze.

'Dorothy Trevor,' zegt hij.

'Ja.'

'Het positivisme, juffrouw Trevor. Dat wat wordt begrepen moet als zodanig worden waargenomen en geverifieerd. U bent bekend met de term?'

Met één blik zet hij haar terecht, en op dat moment bewegen de kaarsvlammen die het duisterende lokaal verlichten andermaal, alsof de spoken binnendringen. Zij kijkt op haar beurt hem in de ogen. Dat mag ze toch? Zoals hij daar met zijn haar voor zijn ogen en het boek in zijn hand tegen het smalle glas-in-loodraam geleund staat lijkt hij hooguit acht.

'Verlicht me,' zegt ze.

Dorothy luistert. De zelfverzekerdheid waarmee de mannen over de ondergang van de bourgeoisie debatteren, over het verval en de uiteindelijke teloorgang van de klassenmaatschappij, hun stellige bewoordingen, het is allemaal merkwaardig geruststellend. Of het komt doordat het hierbinnen zo warm is, veel warmer dan waar ook op Girton met die tocht in de oude vleugel, die gangen waar de kou in blijft hangen, dat achterstallige onderhoud van de rode, bakstenen gebouwen. Meer dan eens is ze over een stuk timmergereedschap gestruikeld. Ons college verzamelt puin, heeft ze haar moeder geschreven, is een rode olifant die voortsjokt te midden van snelle gazellen, van welke Trinity met zijn toekomstige eerste ministers en vorsten de snelste is. Ze heeft hier al eens door de beroemde bibliotheek van Wren lopen dwalen, de zeventiende-eeuwse bibliotheek waar ze geen gebruik van mag maken, waar geborduurde tapijten aan de zware stenen muren het vocht buiten houden en de oude boeken beschermen, waar het tapijt met de eenhoorn door meerdere assistenten wordt bewaakt omdat de legende wil dat de hoorn, nadat monniken het in as hadden begraven, in goud is veranderd. Ze had toen de talloze houten ladekasten van de catalogi doorgesnuffeld. Papiervisjes vraten langzaam de kaartjes tot stof waarop lang verscheiden bibliothecarissen onder de boektitels hun impressies hadden gekrabbeld: 'ietwat compact', 'betere keuze zou zijn: *Life and Letters of Benjamin Jewel* van E. Abbott en L. Campbell', 'boeiende studie van de identificatie van Gibeon'. De spoken zijn ook daar, zou ze de spiritualisten kunnen zeggen; niet alleen in de Tillinghurst Room, maar ook in de boeken. Ze stijgen uit die smalle laden op als stoom.

In een doolhof als Trinity, met al zijn lokalen die als een puzzel in elkaar passen, had ze vanavond, op aanwijzingen van Rabia, de poortjes afgeteld tot het verste trappenhuis en daar het pad genomen naar de noordwestelijke ingang om uiteindelijk het lokaal te bereiken waar ze nu zat, een van de vele met een door een onderkoning of prins geschonken boogdeur en ongetwijfeld uit de een of andere kapel in Spaans Baskenland gestolen glas-in-loodramen. En dat alles gebouwd op kerkergewelven volgestouwd met wapenrustingen en relikwieën (een haar van Mohammed, een tand van Christus), met koningsstaven, granieten vijzels en stampers, erts dat vroeger werd vermalen om kogels van te maken, knotsen met punten die de huid doorboorden.

'Voorwaarts, heren,' zegt William ter afsluiting. 'Aanstaande woensdag komen we weer bijeen.' Kortgeknipt haar, achterovergestreken en weer teruggevallen, zwart haar en ogen waarvan de kleur in de duisternis hier moeilijk te onderscheiden is, grijzig misschien. Een wat gebogen houding, alsof hij aanstalten maakt een lage deur door te gaan.

'Wat ik je nu ga vertellen zal pijn doen,' zei hij, nog steeds op betogende toon, maar dat was later, nadat hij haar naar Girton had gebracht, hij staand op de trappers en zij op het zadel. Hij had geen nee willen horen. Ik heb erop geoefend, had hij gezegd. Ik kan uitstekend fietsen. Ik ben een eersteklas fietser. Kijk maar. Wat ze had gedaan, maar het was donker en ver en alleen bij gratie van het maanlicht vonden ze Huntingdon Road.

'De gemiddelde vrouw in dit land, en daarmee bedoel ik de rekenkundig gemiddelde vrouw, is een werktuig. Ze leeft in armoede en dienstbaarheid, alleen om haar kinderen te kunnen laten eten, kinderen van wie er veel volkomen tegen haar wil ter wereld komen. Een fokdier wordt ze genoemd en daar blijft het dan bij; steeds maar weer,' zei hij.

'Triest,' zei Dorothy, maar ze bedoelde niet triest, ze bedoelde iets anders. Het was alsof ze alles kon zeggen. Waar haar bij de colleges van professor Vaughn het spreken was verboden – terwijl ze zoveel te zeggen had! – en ze zich in haar vertrekken met de dubbele deur, het blauwe vloerkleed, de blauwe gordijnen en vergrendelde ramen zielsalleen voelde, was het nu ineens of haar de boeien werden afgedaan, of ze werd vrijgelaten. Oorspronkelijk had de bouwcommissie overwogen de meisjes achter tralies te zetten, had ze William verteld toen ze naar binnen glipten, maar omdat dat zestig pond kostte, stelden ze nu vertrouwen in de waakhonden. Deze had ze ('heel wijs,' zei William, met een lachje) al met kaantjes getemd.

Juffrouw Francis hield toezicht en de regels stonden nauwkeurig omschreven in een schrift dat bij iedereen naast de bijbel op het nachtkastje lag. Ze diende zich te melden (gaarne bij thuiskomst de receptie daarvan op de hoogte te stellen) voordat ze naar haar vertrekken ging, deze vertrekken met in de gammele boekenkast de afleggertjes van Girtons eigen bibliotheek, een schenking van rijke vrienden van de stichters. ('Kijk, William!' zegt Dorothy, terwijl ze hem de opdracht in een boek laat zien: 'Voor Charles Robert Darwin, met genegenheid.')

Haar enige luxe is de piano, door zes mannen met veel moeite binnengebracht. Het instrument had haar het grootste deel van de toelage gekost die ze van haar vader voor dit jaar had gekregen en ze had de aankoop schriftelijk moeten verdedigen, in het Latijn. Hij was niet onaardig, zei ze. Alleen maar streng.

Ze bedoelde niet triest, zei ze tegen William. Ze kon ergere dingen noemen, en nee, om eerlijk te zijn deed het haar geen pijn.

'Ik was op zoek naar de spiritualisten,' zei ze. 'Maar denk niet dat ik onwelwillend tegenover jullie sta.'

'Je praat liever met geesten dan met anarchisten,' zei William.

'Ik wilde de tafel zien schudden. Er komt veel gerammel aan te pas en als je boft, gaat het daarna waaien en ben je een paar ruiten armer.' Ze glimlachte, koket, zo koket mogelijk althans. Ze voelde zich hier te oud en te onervaren voor. Als haar blik de zijne kruiste, moest ze wegkijken. Ze overtrad elke Girton-regel door hem binnen te vragen, door te roken, maar anderzijds zijn regels er om te overtreden, volgens haar vriendin Alexandra.

Toen Dorothy in haar zitkamer tegenover William plaatsnam, trilden ineens haar handen en hoewel ze dacht dat ze fluisterend spraken, explodeerde haar stem en leek ze te schreeuwen. En ze sprak zoveel, bleef maar doorpraten. En wat was het voor een man? Misschien wel een van degenen die hen het afgelopen voorjaar de oorlog hadden verklaard door poppen op te hangen die hen moesten voorstellen: zijzelf, Alexandra, de rest van de Girton-meisjes als Charlotte en Constance, de hoogbegaafde tweeling-zusjes, en Rabia, de Indiase, toehoorders bij professor Vaughn en verlangend naar meer, verlangend in vrijheid te mogen komen en gaan, een echte graad te halen opdat ze iets konden gaan dóén. Misschien had William met de anarchisten de spandoeken opgehangen met GEEN PLAATS VOOR JUFFERS HIER!, met VEEL LEVEN OM NIETS! En nu zit hij hier, waar hij had gezworen nooit te zullen komen.

Ze was onconventioneel, vertelde ze. Ze leverde haar bijdrage aan de Nationale Vereniging voor het Vrouwenkiesrecht. Ze stelde belang in het bovennatuurlijke. Ze had op zo'n experimentele school gezeten en daarna toelatingsexamen gedaan. Latijn en Grieks had haar vader haar bijgebracht, ondanks haar moeders stellige overtuiging dat Frans vrouwen beter van pas zou komen. Ze was zeer geïnteresseerd in geschiedenis en voelde zich bij de colleges van professor Vaughn uitstekend op haar plaats. Zij was degene geweest die erom had gevraagd. Ja, ze was een onruststookster, en waarom niet! Vrouwen dienden onbeperkt toegang tot het onderwijs te krijgen en ervoor te worden beloond. Ze hadden recht op meer dan deze abominabele parasitaire positie. Ze moesten mogen stemmen, ook ongetrouwde vrouwen, schuldenaren en degenen die niets van belang te zeggen hadden.

Ze nam een trek van zijn sigaret, blies de rook uit het ontgrendelde raam en gaf hem de sigaret terug. Ze aaide het mopshondje dat op haar schoot lag: de waakhond. Ze was wat draaierig van de sigaret. Ze zou zijn hand willen vasthouden maar durfde niet. Hij had een bleke teint, een smalle, aristocratische neus en zijn zwarte haar leek een schaduw die zijn gezicht overdwars in tweeën deelde. Ze zaten aan weerskanten van het tafeltje waaraan ze soms een verhandeling schreef die geen lector wilde lezen. Ze las ze voor aan Alexandra, die ze briljant vond. Ze zouden het uitstekend rooien, wisten ze, als ze van naam veranderden en hun borsten afsneden: dan werd zij Diderot of Delacroix en Alexandra Alexander.

'Minder aanlokkelijk dan het lijkt, rebellie,' zei hij terwijl hij haar hand pakte.

Ze keek naar de lange vingers, smal toelopend naar te onverzorgde nagels naar haar smaak. Hij zou wel er wel op kluiven.

'Vreselijke gewoonte,' zei ze.

'Ik kan erger verzinnen,' zei hij.

Toen had ze hem dus aan kunnen kijken, een ogenblik.

'Verlicht me,' zei ze.

Soms luisterde hij met gesloten ogen naar haar pianospel. Dat vond ze prettig en in die dagen had ze hem nog graag terecht willen wijzen, willen zeggen dat het niet zozeer pijn deed wat hij bij hun eerste ontmoeting had gezegd, maar dat het haar pijn deed dat het hem pijn deed, en dat het er die avond op had geleken dat hij een andere mening was toegedaan, of liever, dat hij een tamelijk oprecht mens was. Maar de waarheid was dat ze hem niet volkomen geloofde. En nu deed het er niet meer toe.

Ze zagen elkaar dagelijks. De ene keer ontgrendelde ze het raam en klom hij naar binnen en de andere keer spraken ze een tijdstip af, laat. Dan fietste zij naar de stad, naar de anarchistenbijeenkomst op Trinity, waar ze William opzocht in het lokaal van die eerste avond, het lokaal dat genoemd was naar mevrouw Jacobs – 1723-1794, God hebbe haar ziel – de beeldschone echtgenote van de heer Jacobs. Een kamer tegen een leven, een mooie ruil; tafel en stoelen gepikt van heel veel verveelde studenten.

De glas-in-loodramen waren inderdaad uit een kapel in Spaans Baskenland gestolen. Dat had ze van William. Als telg van een oud Trinity-geslacht – vader, grootvader, overgrootvader enzovoorts – kende hij het college goed. De geschiedenis ervan, vanaf het begin der tijden, zei hij, was hem met de paplepel ingegoten. Maar gezien het verval der klassenmaatschappij en het uiteindelijke verdwijnen ervan zou de wereld weldra in brand staan. Dan was het met geschiedenis gedaan.

Op de avond dat William na een bezoek aan haar, om middernacht of daaromtrent, een rover trof en in elkaar werd geslagen om wat hij in zijn zakken had – een paar pond en verder niets, zei hij – had hij minder noten op zijn zang. Zo vergaat het dus de fokdieren, zei ze. Ze hadden een liaison inmiddels en zij was nu precies waar haar moeder bang voor was geweest. Het kon haar geen lor schelen. Vrijheid! zei ze tegen koningin Victoria. Bevrijding! zei ze.

Het benevelde haar; hem voelen benevelde haar. Ze zat bij de colleges van professor Vaughn alsof ze niet tot tien kon tellen, zodat Alexandra in haar been moest knijpen. Ze las boeken. Ze speelde muziek. Ze ademde in en uit. Meerdere keren maakten ze met warm weer een wandeltocht en met Williams onuitputtelijke beurs ging er dan een lunch mee: brood, fruit, bier. Dan kwam ze op de deken overeind om te eten en legde zich na afloop weer neer, in afwachting van hem. Wanneer hij zich naar haar toekeerde, was het of ze verdween, in hem gleed als een munt waar een hand zich omheen sluit.

Soms las hij haar voor, en soms zij hem.

'Je bent verliefd,' zei Alexandra.

'Briljant,' zei Dorothy.

'En hij?'

'Op jou.'

'Dat doet me vreugd,' zei Alexandra.

'Daar gaat het in de eerste plaats om,' zei ze.

Ze zaten in de grote salon, de kamer waarin ze zich elke avond bij juffrouw Francis dienden te melden. Hier zaten de andere Girton-meisjes na de vespers te lezen of *speculation* te spelen, in gezelschap van juffrouw Francis, die dan iets afgrijselijks borduurde – een vers uit het Nieuwe Testament voor in een houten lijstje – of aan haar eigen tafel in de hoek het zoveelste praatje over hygiëne voorbereidde. Maar vandaag was de salon verder leeg, want juffrouw Francis was met de andere meisjes naar de rivier gegaan. Daar vond je narcissen, bij honderden, en zulk groen gras dat het wel geschilderd leek; hier stonden nu ook eindelijk de bomen en struiken in bloei en lag het er rond het college niet zo kaal bij als met Sint-Michiel, toen ze waren aangekomen.

Zo'n voorjaarsdag was het. Zouden Dorothy en Alexandra nu de gordijnen opentrekken, zouden ze een onbewolkte hemel zien, maar ze hebben de lamp aan en drinken thee in de doodstille salon waar alleen nu en dan de gordijnen ritselen omdat de geesten niet aflaten.

'Hij heeft hersens, een mooie kop en geld,' zei Alexandra.

'Twee, drie, vier.'

'Het is wel een sulletje,' zei Alexandra.

'Wie niet?'

'Ted Townsend,' zei Alexandra. 'Hij lijkt een oogje op je te hebben.'

'Van de Explorers Club?' vroeg Dorothy. 'God, ik dacht te hebben gehoord dat hij iets had opgelopen. Had hij niet iets opgelopen? Ik geloof dat ik dat ergens heb gelezen.'

'Dat wordt gezegd,' zei Alexandra. 'Hij kent Darwin. Was een paar keer zijn assistent bij het veldwerk en werkt nu aan een verhandeling. William zou stikjaloers zijn.'

'Ik zou me echt een aap schrikken,' zei Dorothy.

'Die hij maar al te graag zou onderzoeken.'

'Overblijfsel van het beest dat bekendstond onder de naam "vrouw".'

'De dodo achternagegaan,' zei Alexandra. Ze pulkte iets tussen haar tanden uit.

'Eerlijk gezegd ben ik haar beu, de wetenschap,' zei Dorothy. 'Dat hele theater. Kunnen mannen het niet over iets anders gaan hebben?'

Alexandra bracht haar kopje naar haar mond en nam een slokje. Ze hadden een schaal zoetigheid voor zich en *Cassandra* van Florence Nightingale; deze dagen lazen ze nu en dan een stukje aan elkaar voor, om zichzelf haar woorden te horen zeggen. 'We willen iets omhanden hebben, iets om voor te leven,' declameerden ze dan samen.

'Er komen drie nieuwe,' zei Alexandra. 'Uit Worcester. De school van juffrouw Ina. Allemaal een goed stel hersens. Ontvangst is voorbereid.'

'Sherry?'

'Dacht het wel.'

'Uitstekend.'

De suikerklontjes, vorige week verzonden naar Rabia, die ze met iedereen deelt, komen uit Bengalen en zijn stuk voor stuk beschilderd met een piepklein violet viooltje en een groen grassprietje. Fluweelbehang, verschoten rood. Aandenkens alom: ingelijste uitnodigingen, rondschrijvens, gedichten van leden van de Blue Stocking Society.

Dorothy laat twee klontjes oplossen in haar porseleinen schoteltje: het violet spoelt uit.

'Je kent Williams vader,' zegt Alexandra. 'Met mei is hij afgestudeerd en met juni is hij getrouwd. Er schijnt een regeringspost vacant te zijn.'

Toen William uit Cambridge weg was, spraken Dorothy en Alexandra nauwelijks nog over hem. Gekomen en gegaan, zei Dorothy, alsof ze de spiritualisten inderdaad gevonden had: William een bij de buren opgerezen spook, opgeroepen uit de benedenwereld, de onderwereld, de andere wereld, opgeroepen van de overzijde van de Theems. Hij was teruggekeerd naar waar de dames woonden, zij die naar scholen werden gestuurd waar werd onderwezen hoe de mannen te dienen die de stenenstapels bezaten met daarin stoelen waarvan de leren zitting en rugleuning waren versleten als oude handschoenen en belhamels de armleuningen en poten rijkelijk hadden bekrast. Het waren allemaal belhamels.

Niettemin stond Dorothy zich bij tijd en wijle toe terug te denken aan die eerste avond en aan de manier waarop William uit de kring van anarchisten – het positivisme, heren – naar haar was opgerezen. U bent bekend met de term? had hij haar gevraagd. Begrijpt u de logica?

Ze had het anders moeten aanpakken. Ze had zich moeten laten gelden, iets moeten zeggen. Ze had haar rechtmatige plaats moeten opeisen. Ze had ze kunnen vertellen wat Hilde was overkomen, haar vriendin van vroeger, die enkele jaren geleden in het kraambed was gestorven. Nadien dacht ze niet meer aan haar, dwong ze zich niet aan haar te denken. Zij en Hilde hadden alle tijd, had ze de mannen kunnen vertellen. Ze kuierden naar huis na de training. Hilde sleepte de hockeystick achter zich aan, maakte een slang in de zandweg.

Kijk. Dorothy! riep ze. Een cobra! En toen kwamen vanuit het niets de jongens. Een ploeg, blijkbaar, een groep die terugkwam van school, of van een wedstrijd misschien, dat wist ze niet. Ze zag nog voor zich hoe ze haar, haar vriendin Hilde insloten, en hand in hand de kring steeds kleiner maakten. Ineens waren ze er en Hilde en zij stonden daar alleen, op een zandweg waar niets anders te zien was dan wolfsmelk en fluitenkruid en in de drooggevallen greppels (de regen bleef uit) guldenroede, libellen, de andere insecten waarvan ze de naam niet meer weet, hoewel ze indertijd veel wist van de natuur. De jongens loerden; ze hadden iets met haar voor. Zij en Hilde liepen over de zandweg en Hilde sleepte de hockeystick achter zich aan; het was warm voor juni, en stoffig, en Hilde vertelde een verhaal over het slangenspoor dat de hockeystick trok, iets over een slang die haar de hele weg naar huis had gevolgd, op haar had gejaagd zelfs, want het was een soort die kon jagen, die angst kon ruiken. Toen was ze bang geweest, zei ze, maar nu was ze dat niet. Ze zal doorlopen alsof er geen slang is.

Er is geen slang, zei Dorothy. Het is je stick, Hilde.

Donder op. Ik doe alsof.

Dat deed je goed.

Schitterend.

Jammer dat je moeder er niet bij was.

Ze kan me niks verdommen, zei Hilde.

De term joeg een siddering door Dorothy en ze voelde de kracht die in Hilde oprees wanneer ze zo praatte over haar moeder, die overdreven streng was, vonden ze allebei, en kwaadaardig; maar Hilde was al twaalf, twee jaar ouder dan zij, en kon daarom zeggen wat ze wilde.

Hilde dacht niet meer aan het spelletje met de stick of aan de slang en liep huppelend door. Ze kan me niks verdommen, zei ze opnieuw. Ze droeg een knierok, een dunne, en een trui met 4 erop, het nummer van haar ploeg. En toen doken de jongens op. Waar kwamen ze vandaan? Ze waren al groot, maar niet heel groot, niet veel ouder dan Hilde. Dorothy zal er een paar hebben herkend, maar ook weer niet. Wie waren het? Wie? Ze waren sterk, dat zag ze wel, sporters. Ze kwamen om hen heen staan. Hilde had iets wat ze wilden. Dat wilden ze, zeiden ze tegen haar. Ze wilden het.

Nee, zei Hilde.

Ze wil dat we alsjeblieft zeggen, zei er een, waarop de anderen lachten, maar misschien ook weer niet; misschien lachte zij. Ze weet het niet meer. Waarom staat ze aan hun kant? Waarom redt ze Hilde niet?

Rennen, roept Hilde haar toe. Rennen, haal…

Maar verder hoort ze het niet; ze hoort niet wat ze moet halen want dan verdwijnt Hilde in de ploeg, wordt ze in één keer verzwolgen. Dorothy kijkt niet om. Ze rent. Haar benen zijn stokken en haar knieën wiebelen. Ze zijn beurs. Haar benen zijn beurs. Ze moet meer fruit eten, heeft haar mama gezegd, en haar melk opdrinken en niet zo in de boeken zitten dus rénnen, denkt Dorothy. Rénnen. Maar wat ze heeft gezien! Wat ze heeft gezien!

Dorothy herinnert het zich in het ziekenhuis, herinnert zich dat Hilde in één keer werd verzwolgen en hoe het is om je eigen hart te voelen bonzen, je eigen hart te horen bonzen.

Of zijn het de kerkklokken? Ze luiden tegenwoordig steeds. En steeds rusten de roeken in de klokkentoren en zwenken ze boven de spits. Het kan het eind van de oorlog zijn en ook het begin. De strijd is gewonnen of verloren, maar weldra zullen ze weer beginnen; wat moet er nog veel met meneer Darwin worden besproken.

DOROTHY TOWNSEND-TREVOR

Wardsbury, Engeland, 1914

De zuster staat in de deuropening van Dorothy's kamer en kijkt. Nu de meeste artsen en verpleegsters dichter bij de kust zitten, bij het treinstation daar om er in geïmproviseerde tenten te proberen iedereen in leven te houden met weinig meer dan scalpels, zagen, naald en draad en, zo heeft ze gehoord, koude koffie en wat bebloede kadetjes, is het stil in het ziekenhuis en ligt Dorothy alleen. Ze draait zich om, vol afkeer, en sluit de deur alsof Dorothy slaapt, maar Dorothy slaapt niet.

De boomtak, een kale, tikt tegen het raam en ergens beieren kerkklokken.

Dorothy zou om een deken kunnen vragen, maar ze praat liever niet. Ze heeft het nu altijd koud. Ze ligt tegen het witte laken afgetekend. Een wit laken en een witte kamer. Aan de muur tegenover haar is een kruisbeeld opgehangen. Thomas heeft een tekening gemaakt; het is hard te denken aan wat ze de kinderen aandoet, aan wat ze hun al heeft aangedaan, aan wat er van ze worden zal zonder haar en zonder hun vader; het is niet voor te stellen. Zal ze hun kunnen uitleggen dat ze niet anders kon? Dat ze enkel haar leven had om te offeren?

Ze zal het er met Alexandra over hebben, expliciet aangeven wat er dient te gebeuren. Ze ontdekt het vel papier dat naast haar bed is neergelegd: niet gewoon een vel papier, ziet ze nu, maar een soort menukaart met keurig onder elkaar neergeschreven gerechten, alsof ze alleen maar een kruisje hoeft te zetten om er zomaar een te laten verschijnen: puree van zoete aardappelen, spinazie met room. Ze draait de kaart om: leeg gelukkig.

Evie, schrijft ze. *Er zijn dingen die niet mogen worden vergeten,* schrijft ze.

Al dat gestaar maakt de kaart wazig, waardoor de woorden er als lichtspikkeltjes uit oprijzen, nee, als spikkeltjes donker, als niets, als een eruptie van kleur... hoe had Evie het ook alweer gezegd? Ze waren naar het meer in het park hier niet zo ver vandaan waar ze, als het minder warm was dan nu, soms in een huurbootje naar de kersenbomen bij de brug roeiden die daar haast helemaal verrot en met verwelkte, van hun kleur beroofde bloesem in het water lagen. Evie had blauwe lippen toen.

Warm me, zon, had Evie gezegd, rillend en met prikkende veulenbeentjes van de kou omdat ze de dunne handdoeken die Dorothy had meegenomen veel te hard vond. En toen ze een fijn warm plekje hadden gevonden, had Evie zich uitgestrekt en plat als een peperkoekvrouwtje gezegd: 'Warm me, zon. Laat nederdalen uw geel en rood.'

Dorothy heeft het vel papier dat naast haar bed lag in haar handen. Ze ziet dat ze iets aan Evie heeft geschreven. Ze denkt dat ze de woorden kan opeten, *Lieve Evie* kan opeten, *niet vergeten* kan opeten. Ze gaat dood, dat weet ze, maar ze wil niets liever dan deze woorden opeten, leven, haar hele leven, haar kinderen en haar strijdgenoten verzwelgen; en ook haar herinneringen aan William in Londen voordat de oorlog begon. Was dat een jaar geleden? Twee jaar geleden? Hun liaison was weer even plotseling begonnen als ze was geëindigd; de tijd ertussen – huwelijk, moederschap – had een moment geleken, de tijd die een kind nodig heeft om een kamer binnen te stormen en een vaas te breken. Toen William bij die ene moeizame geldinzamelingsactie voor het vrouwenkiesrecht aan haar werd voorgesteld, had hij een buiging gemaakt. Ze kenden elkaar van jaren her, legde hij de gastheer uit. Van toen ze klein waren, zei hij met een glimlach; hij was grijs inmiddels en zijn knappe gelaat was gegroefd. Ze had zijn haar toen meteen al kunnen strelen. Ze had zijn huid glad kunnen strijken.

Zijn levensloop kende ze uit de kranten, zijn carrière in de diplomatieke dienst en zijn recente besluit om uit het publieke leven terug te treden om zich voorgoed weer in Engeland te vestigen; het was vreemd dat er zoveel jaren waren verstreken sinds ze in dezelfde ruimte vertoefden. Toen ze een keer met haar dochtertje Evie bij de schommels liep te wandelen die het dichtst bij de visvijver stonden, vertelde ze hem na het feest, had ze hem daar een kind zien duwen. Hij zei dat hij een leegstaand atelier wist, van een kunstenaar die hij kende. Daar liepen ze geen gevaar, zei hij. Daar zouden ze veilig zijn; en dat was ook zo, daar tussen de boekenkasten, de van vloer tot plafond op elkaar gestapelde of aan lukraak in de gebarsten muren geslagen spijkers opgehangen schilderijen. Naakten waren het, mannelijke en vrouwelijke, van alle kanten geschilderd. William had iets met haar voor, wist ze. Hij zou haar uitkleden, het vlees tevoorschijn halen, zei hij, want theatrale William zou gekker op 'vlees' zijn dan op 'huid'.

'En waar is je vrouw?' vroeg ze.

'Bezig met andere dingen,' zei hij.

'En degene van wie het atelier is, de kunstenaar?' vroeg ze.

'Even verderop,' zei William, 'bij de bakker.'

Nu ziet ze bekruimelde tangen voor zich en de meisjes die er de croissants mee van de stapel grijpen, ziet ze de witte mutsjes, de witte jakjes, de ranke oorbellen met parels, schelpen en zelfs diamanten die ze cadeau hebben gekregen van jongens die al te gauw de dood hadden gevonden. De kunstenaar in de bakkerij, ook al dood. Net als haar oom. En haar vader. En de meeste mannelijke inwoners van Cambridge.

Ineens heeft Dorothy een razende trek. De hongerdood, denkt ze. Ik sterf de hongerdood en honger is gewoon een zuiverder vorm van begeerte nu de wereld haar voorkomt als overdaad, verzadigd van kleur en geluid en geur. Als William kwam, zou ze hem dat willen uitleggen, maar hij komt niet, zegt hij, wil niet komen of kan het niet meer. Er zijn staatsaangelegenheden. De noodtoestand is afgekondigd. Het is oorlog, zegt hij.

Dorothy kijkt op. Opnieuw hoort ze de boomtak, de kale, aan het raam krabben. Het is vooral stil in haar kamer. Stil op de gang. Het kruisbeeld tegenover haar hangt uit het lood. Iemand moet erlangs gelopen zijn. Evie? Ze slaat haar ogen neer en draait de kaart in haar handen om. Het is het handschrift van haar moeder, onregelmatig, vastberaden. *Spinazie met room*, heeft haar moeder opgeschreven. Vroeger was dat Dorothy's lievelingsgerecht.

Starend uit het keukenraam wacht Juf op Michael, de melkboer. Denk niet dat Juf er slonzig uitziet; ze is een mooie, jonge meid die verplicht een uniform draagt dat haar zes weken loon heeft gekost en dat ze spierwit dient te houden.

'Spierwit,' was Dorothy gewoon te zeggen, met een stem die Juf altijd had doen denken aan korrelig deeg, deeg dat te lang onbedekt is blijven staan, aan kruimeldeeg. De stem brak heel gauw, alsof hij vond dat de zinnen die ermee gesproken werden eigenlijk geen bestaansrecht hadden. En met spierwit bedoelde ze spierwit, zodat Juf op zondag, haar vrije dag waarvan de ochtend als het ware aan Michael was gewijd, de middag nam om het inmiddels dunne katoen stevig te schrobben.

Evie komt storen, buiten adem, hoogrood, het haar roetbruin zoals het in kinderrijmpjes heet, al is het alweer een tijdje geleden dat ze die heeft voorgelezen nu Thomas muziek maakt en Evie opgaat in wiskunde, haar passie, een manier van dingen weergeven waar ze zelf geen touw aan kan vastknopen, iets met getallenlogica. Nu draait alles om vliegtuigen, eigenlijk om dat vliegtuig dat gisteren het Kanaal is overgestoken en waarvoor volgens Michael meer volk dan ooit op de been was gekomen voor de piloot, een Fransman. Hij had ertussen gestaan, tussen al die mensen die bij de vliegbasis van de Koninklijke Marine achter hun oren hadden staan krabben, en had er een stijve nek van gekregen. Het vliegtuig was te vroeg aangekomen.

Michael is al komen berichten dat Dorothy is overleden, maar toch lijkt Juf nog te wachten, zoals ze daar naar buiten staart, naar een punt aan de horizon, naar de bongerd op het heuveltje achter de zandweg, waar de appelbomen, dor van de appelrot, zich naar de rossige hemel kronkelen. Ze ziet nog voor zich hoe Dorothy daar met haar snoeischaar witheet van woede de rot wegknipte, in ieder geval een poging daartoe ondernam en met haar spa de rot begroef. Waar de rot begraven ligt groeit mos. Het graf is een tuin die Dorothy met as vruchtbaar heeft gemaakt en waar je Evie op de meeste zonnige ochtenden ziet lezen.

Evie is nieuwsgierig. 'Heeft hij over het vliegtuig verteld?' Ze komt achter Juf staan, wacht ook. In de moestuin, de armen vol met spullen voor de gebraden kip van Penny, heeft ze Michael zien komen en gaan. Met zo'n bos groen was het moeilijk rennen. 'Wat zei hij?' vraagt Evie nu.

Juf draait zich om en stort zich met haar staalborstel op het hakblok. Dorothy zou het uniform spierwit willen en de keuken glanzend schoon als een ziekenhuis.

'Onvoorstelbaar klein, zei hij,' zegt Juf. 'Eerder een reusachtig insect. Een libelle met een kanon.'

Je hoeft Juf niet over glanzend schone ziekenhuizen te vertellen. De laatste keer dat ze in het ziekenhuis was had haar mevrouw daar gelegen, met gloeiende wangen, een van koorts brandend lijf, spieren in lichterlaaie. Ze is niet meer terug geweest en nu: te laat; Dorothy lag vanmorgen dood, zei Michael.

Evie gaat op haar stoel zitten. 'En wat nog meer?'

Juf houdt op met schrobben en kijkt het meisje aan. Haar adem stokt.

'Kennelijk kreeg iedereen een stijve nek van het omhoogkijken,' zegt ze. 'Het vloog lekker laag en hij meent dat hij die fransoos heeft zien lachen achter... eh... achter het stuur...'

'De stuurknuppel...'

'...van het geval.'

'Kapitein Junot,' zegt Evie. 'Een oorlogsheld.'

'Wie?'

'De piloot,' zegt Evie.

'Over de piloot weet ik verder niets.'

Terwijl Juf naar het stenen aanrecht oversteekt om haar dweiltje uit te wringen, voelt ze de ogen van het kind op zich gericht, ziet ze de slordige hoop kruiden op het hakblok, hoort ze de haan kraaien. Met een warm dweiltje vol zeep keert ze naar het raam terug. Ze heeft er moeite mee Evie aan te kijken, die in afwachting van meer haar benen bij elkaar brengt.

'Van mama mocht ik erheen,' zegt Evie.

'Er kwam wat tussen, denk je ook niet?'

Evie strekt een been en laat het weer vallen. Zolang als Juf zich kan herinneren, schopt ze zo de planken scheef die Juf dan later weer recht legt. In de andere kamer timmert Thomas met zijn vuisten op de toetsen.

'Hij maakt dat ding verdorie nog kapot,' zegt Juf.

'Wat nog meer?' vraagt Evie. 'Wat zei Michael verder nog?'

Juf roetsjt met het natte dweiltje van ruit naar ruit. Het biedt troost, het ramen lappen, net als de zon die op deze vreemde, bewolkte dag nu en dan oplicht en dan de zandweg in een uit zijn oevers tredende rivier verandert. Heel vroeg vanochtend had ze Michael aan zien komen fietsen, langs de sering, de appelbomen waarvan Dorothy de hovenier een paar rijen had laten planten en het wensbankje dat ze de steenhouwer had laten metselen. Mijn levenswerk, noemde Dorothy het lachend, die avond dat ze laat uit Londen terugkwam en Juf haar huilend op het bankje aantrof. Een vollemaan of iets wat daar in de buurt kwam verlichtte de pas gemaaide velden en de cipres wierp zwarte schaduwbanen over een in dat landschap minuscule Dorothy met in haar hand een door appelrot aangetaste tak. Ze was naar een van haar benefieten geweest, waaraan de oorlog trouwens algauw een einde zou maken. De lovertjes op de japon wezen Juf de weg naar Dorothy, glinsterend als een vis op het droge en met van schouder tot middel de suffragettesjerp.

'Mijn levenswerk,' zei ze terwijl ze de dode tak omhoogstak.

'Ga nu maar slapen,' zei Juf.

'Hier heb ik niet voor getekend,' zei Dorothy.

'Waarvoor niet?' vroeg Juf. Ze hadden altijd zonder omwegen met elkaar gepraat.

Ze haalde haar schouders op. 'Voor jou, voor ons. De kinderen en jij en ik. We doen het samen, toch? We spelen samen in een voorstelling. Zo verdomd voorspelbaar allemaal!'

Juf hielp haar overeind en loodste haar naar het huis en de hoge trap op; gelukkig lagen de kinderen te slapen. Ze haakte Dorothy's japon vanachter los en schoof hem van haar schouders. Een beeldschone vrouw, Dorothy, met net als Evie een dikke bos, rood oplichtend haar, dat ze hoog opgekamd droeg. Juf haalde de spelden eruit en borstelde het als bij een kind.

'Welterusten,' zei ze tegen Dorothy.

'En wat doen wij, wij vrouwen? We spelen onze rol, we zeggen onze tekst,' zei Dorothy. 'Jezus! We drijven met de stroom mee.'

'Welterusten,' zei ze.

'Dus wat zeg ik nu? Ik schaam me? Vergeef me? Ik ben teut?'

Met trillende hand deed Juf het licht uit. 'Droom fijn,' zei ze simpelweg, ook al had ze Dorothy graag laten weten dat zij hier evenmin voor had getekend.

Evie kijkt. Juf voelt de ogen prikken en draait zich te snel om. 'Hè?' vraagt ze met het druipende dweiltje in haar hand.

'Wat nog meer?' vraagt Evie. 'Wat heeft Michael nog meer gezien?'

'Allemachtig,' zegt ze, terwijl ze zich op een stoel laat vallen. 'Even terughalen. Hij zei dat de koning naar Buckingham Palace kwam in een schitterend gekleurde ballon.'

Evie begint stil te lachen. Nu komt het mooie stuk.

'En het grappige was dat er een baviaan naast hem stond.'

'Zo'n oranje?' vraagt Evie.

'Nee, deze zat blijkbaar tegen het rode aan. En bij Lloyd's kwamen de fijne meneren met geldzak en al de straat op om de held met eigen ogen te zien.'

'En het vliegtuig, landde dat?' vraagt ze.

'Boven op de fijne meneren van Lloyd's,' zegt Juf.

Evie draait een knoop in haar rok. Eens speelde ze even begenadigd piano als Thomas. Maar ze verloor haar belangstelling erin. 'Het is dus geland. Er was sprake van dat het met goed weer door zou vliegen.'

Evie kan het niet verdragen dat ze het niet weet, het spektakel met de rode Nieuport 10 met zijn schietschijven op de vleugels en zijn gestroomlijnde staart heeft gemist. Dorothy had beloofd met haar in de automobiel naar de verzamelplaats te gaan, waar ze misschien een glimp van Junot had kunnen opvangen. Ze heeft hem een paar keer getekend, in haar schoolschriften. Als ze net zo oud en knap als Juf was geweest, was ze er op eigen houtje heen gegaan en had ze zich aan hem voorgesteld.

Juf loopt naar het aanrecht en wringt het vuile dweiltje uit. 'Daar heb ik geen flauwe notie van.'

Dadelijk komen de buren, met ruwe handen van de was vanochtend of van het koude fietsstuur; in de winter, wanneer ze bevroren zijn, zijn de karrensporen beter te behappen dan nu ze modderig zijn van de regen. Met de viezigheid die binnen wordt gelopen blijft er straks weinig van de ziekenhuisglans over. Is het spierwit? Zijn de tafelkleden mooi gesteven en gestreken? Met grootmoeder onwel in een verduisterde kamer en Alexandra in Londen is zij de enige die het de kinderen kan vertellen.

Juf draait zich om en kijkt het meisje aan.

'Evelyn,' zegt ze. 'Ga je broer even halen.'

Het bericht heeft zich snel verspreid en de buren komen naar de wake, belust op sensatie en verhalen. Ze komen aangelopen over de laan van moeraseiken die, soms slingerend, soms recht, door het weliswaar niet voorname, maar toch oude en befaamde Wardsbury heen leidt, het plaatsje dat vroeger aan de Romeinse heerbaan lag, met zijn markt die aan de grond verankerd ligt met ijzeren pennen. Het ligt zo dicht aan zee dat soms op een winderige ochtend het kruit te ruiken is en zo'n ochtend is het; en daarbij regent het nog, nu het weer is omgeslagen na de ochtend dat de Franse Junot met nog heldere hemel het Kanaal overvloog en op een veld verderop landde. Toen was er zoveel volk bijeen als bij een zonsverduistering, of bij het gat dat Eros had geslagen, de meteoor waarvan velen zich nog de zwavelgeur herinnerden en opmerkten wat er kan gebeuren als natuur mechanisch wordt: het primaat van de machine, zeiden ze. Strijd die in de lucht gevoerd wordt, het moet niet erger worden.

Nu is het de hongerdood van een jonge vrouw, een moeder in de kracht van haar leven; een dood teweeggebracht door moderne ideeën, trots, enige ijdelheid of liever, onredelijke verwachtingen. Dat zeggen de buren, en niet alleen dat, bijeengekropen onder paraplu's, in karren met een test op schoot, totdat Michael de ramen begint te behangen met rouwvlaggen en hun daarmee het zwijgen oplegt.

Heel toepasselijk, die regen, denkt Juf. Ze legt het tafelkleed dat Dorothy het liefst zou hebben gezien over de tafel in de eetkamer.

Vreemde gewaarwordingen wanneer iemand doodgaat: ze hoort Dorothy nog instructies geven, bevelen uitdelen; de ene keer was ze heerszuchtig en de andere keer niet, dan was ze vriendelijk, verdrietig of haast kapot. Ergens anders waren ze misschien vriendinnen geweest, in New York of zo. Michael heeft weer zitten kletsen. Dingen beloofd. Net nu ze…

Klop. Mevrouw Jenkins van de apotheek in de stad, met haar grote hand plat op het glas. Juf gebaart, maar mevrouw Jenkins, het gezicht tegen het glas alsof ze onder een laag ijs ligt te verdrinken, klopt slechts een tweede keer.

'Ik ben te vroeg,' zegt mevrouw Jenkins terwijl ze de deur open laat staan om fijnere geuren binnen te laten; ze wil er alles aan doen om de lucht van die wierook te verdrijven die Penny zo nodig moet branden nu dominee Terrance heeft laten weten Dorothy niet in het familiegraf te zullen begraven.

'Hoe staat het met de kinderen?'

'Naar verwachting. Thee? Ik dek net de tafel.'

Mevrouw Jenkins werkt zich uit haar jas en gaat in een van de stoelen zitten die Michael uit de andere kamers heeft helpen halen en die nu rond het eten geschikt staan. Ze kiest de met gele treintjes en vrachtauto's beklede Queen Annestoel uit Thomas' kinderkamer.

'Ik hoop dat het een les is voor die schoondochter van mij die stampei loopt te maken,' zegt mevrouw Jenkins.

'Ik weet het niet zo,' zegt Juf.

Over de smalle buffettafel heen kijkt mevrouw Jenkins door het hoge raam naar buiten, het enige raam dat openstaat voor de wierook, of voor de geest. Met dit weer zal het een glibberige tocht naar huis worden, denkt ze.

'Mijn zoon doet alsof het een kapitale vrouw was.'

Juf haalt zich Stevie Jenkins voor de geest, hoogrood in het gezicht zoals ze hem maar al te vaak heeft gezien wanneer hij te voet iets kwam bezorgen en met een broek die werd opgehouden met een riem waaraan hij graag zit te frunniken als hij praat.

'En mevrouw Trevor?' vraagt mevrouw Jenkins, 'is die niet bij de kleinkinderen?'

'Onwel,' zegt Juf, die zich herinnert dat mevrouw Jenkins Michael heeft gevraagd de apotheek te verlaten omdat hij naar de koeienstal stonk.

'Prachtig gedekt,' vervolgt mevrouw Jenkins, maar nu met Evie erbij en Alexandra, die zich achter Evie met de bloemen bezighoudt. Bloemen en nog eens bloemen.

'Hallo,' zegt Evie. Ze geeft mevrouw Jenkins een kus, zoals haar is geleerd bij gasten te doen, en maakt een knicksje. Dan, met een suffragettesjerp om als een soort insigne uit een niet-verklaarde oorlog, loopt ze naar de andere kamer en gaat er met onbewogen gezicht naast haar moeder zitten. Evie had die sjerp per se om gewild, ook al zei Alexandra dat de buren er alleen maar onrustig van zouden worden. Van mij mogen ze onrustig worden, had Evie met kille ogen gezegd.

Mevrouw Jenkins gaat bij haar zitten. 'Wat een mooie jurk,' zegt ze. Mijn deelneming, had ze willen zeggen, of: Je moeder was een moedige vrouw, maar dat is uit haar hoofd zodra ze Dorothy in haar kist ziet liggen met naast haar dat knappe meisje dat zo op haar moeder lijkt met dat intelligente gezicht en de handen stevig op de knieën, alsof ze een schreeuw binnenhoudt. En verderop in huis speelt de kreupele jongen – wat triest toch! – op de piano.

Het in memoriam in *The Times* gaat vergezeld van een portret van Dorothy Townsend-Trevor, snel en slordig gegraveerd door degene die voor dat werk wordt ingehuurd; diep verscholen tussen ander nieuws kijkt ze uit haar omlijsting van drukinkt: Dorothy Townsend-Trevor, 1880-1914, weduwe van baronet Theodore Francis Townsend, overleden op Ceylon, moeder van Evelyn Charlotte Townsend en Thomas Francis Townsend, dertien en tien jaar oud.

Het is niet de eerste keer dat *The Times* over Dorothy bericht. Sinds haar een titel werd onthouden, hoewel ze op de universiteit van Cambridge bij de besten was geëindigd bij het examen klassieke talen, werden door de jaren heen opiniestukken van Dorothy Townsend-Trevor opgenomen, lezersbijdragen geplaatst en werd van tijd tot tijd gewag gemaakt van de streken die ze in naam van het vrouwenkiesrecht en de vrouwenrechten uithaalde, maar over haar doodsstreven was, op verordening van de redactie, alleen bedekt geschreven. Daar was toe besloten op advies van zekere mensen die bekend waren met de Women's Social and Political Union en de daar bestaande neiging tot hysterie en na-aperij.

Niettemin heeft de redactie de kunstenaar opdracht gegeven de witte sjerp op te nemen in zijn portret van Dorothy. Hij doet het met tegenzin, aangezien naar zijn mening de offers die mannen brengen van geheel andere aard zijn en daden als de hare gelijkstaan met verraad. Met haar ideeën dat er andere zaken waren om over na te denken was ze toch voor iedereen een bedreiging geweest! En dan de kinderen die ze achterliet! Maar hij had aan de opdracht voldaan, had de aanwijzing gevolgd om het portret van Dorothy Townsend-Trevor, de suffragette, te voegen bij dat van sir William Whitehead, de vroegere bestuursvoorzitter van Bradley Ltd., een man die volgens iedereen die hem kende op Threadneedle Street node zal worden gemist, vader van drie volwassen zonen in dienst van Bradley Ltd., en sinds tweeënvijftig jaar echtgenoot van Gwenyth, domicilie houdend aan zee (Durham) en dat van Alfred Branford, tuinman van de landgoederen en ontwerper van de door duizenden bezochte doolhoven en singels in Quell, Yorkshire. Hij heeft hen als groep geportretteerd, Townsend tussen beide mannen, alsof ze haar over het middenpad in een kerk escorteren, wat zowel waar kan zijn als niet waar, denkt de kunstenaar, die zich tevens afvraagt, aangezien hij zijn werk uitvoert in het koninkrijk der doden, of degenen die op dezelfde dag sterven elkaar op de thuisreis gezelschap houden, en daarbij even vergeet dat Dorothy, naar wat men zoal hoort, zeker niet dezelfde kant op zou zijn gegaan als de mannen en zij haar hoogstwaarschijnlijk het liefst ver achter zich hadden gelaten.

EVELYN CHARLOTTE TOWNSEND

Grayshead-on-Heath, Engeland, 1919

De soldaten van hier kwamen terug, vreemden en een paar die we nog van Top Hill kenden. Allemaal nog min of meer heel, ontslagen uit de Rode Kruispost verderop en nog lang niet van zins naar huis te gaan, zeiden ze, draaiden ze als evenzovele zwerfkatten om de school van madame Lane heen. Met hun vieze vingers, de nagels zwart van de rotte aardappelen (bloedblaren) rolden ze sigaretten voor ons. We aten ook aardappelen, en wortelen uit Abigails tuin. Het ging van kwaad tot erger, maar op een ochtend gilde Brigid dat een knul een vlieger opliet en we moesten komen kijken. Hij hield het touw vast van het ding, gemaakt van een laken en met gestrikte zakdoeken in de staart; de soldaten zeiden oeioeioei en wij zeiden sodemieter op en je moet kijken. De vlieger had zelf de dag gekozen: blauwe lucht, smetteloos als de borstdoek van onze malmoertjes. Hoger en hoger ging hij, de vlieger, maar hij bleef niet strak staan. Hij dook. Hij zwenkte. Een uitgelezen vliegerdag, kan iedereen je vertellen. De jongen hield het touw vast, en de snotlappen, en liet niet los. Hij stond op het heuveltje waar dominee Fairfield met zijn slee van af was gegaan. We hadden sneeuw die maartmaand voordat ze hem opriepen. Een godsonmogelijk wonder. Voordat hij naar beneden ging, dominee Fairfield, daagde hij ons uit, daar met zijn slee op het heuveltje, om het ook eens te doen.

Wij stonden onderaan dicht bij elkaar te wachten, koud tot op het bot.

Toe dan, zei hij. Kom op, probeer het.

Brigid had het nog nooit gedaan en ik maar één keer, met sneeuw zo zeldzaam als biefstuk.

Door onmogelijk witte sneeuw klauterden we naar boven. Toe maar, zei hij, ga met God, zei hij, dichtbij genoeg om een knipoog te geven. Zijn handen waren zo koud, er was zoveel bloed uit getrokken dat er niets uit zou komen als hij zich aan de glij-ijzers sneed.

We gingen naar beneden en van onderaan sleepten we de slee weer naar boven. Een paar van de nieuwelingen waren erbij en ook Emma, de magere. Zij ging ook een keer. Op weg naar beneden raakte ze buiten adem en we holden naar haar toe en toen dominee Fairfield zich over haar heen boog leek hij net een zwart gat dat in het wit was gegraven; daarna keek hij met een lachend gezicht naar ons op en zei 'God hebbe haar ziel', wat goed was omdat we haar dood wilden omdat hij haar zoveel aandacht gaf. Hem wilden we levend.

Brigid en ik keken naar de vlieger boven de plaats waar dominee Fairfield had gestaan, waar de jongen die hem opliet een soort pukkel bij zijn voeten had liggen met een mes erin, waarmee hij steeds meer touw afsneed om de vlieger hoger te laten klimmen en inmiddels trok de wind zo hard dat het touw strak bleef staan, een rechte lijn werd van hier naar daar, waarvan Brigid zei: dat is een teken. Hij geeft ons verdomme een teken, in de trant van: de vlieger reikt misschien tot in de hemel en dan bindt dominee Fairfield er snel een briefje aan met 'prachtig weer hier, ik wou dat jullie er waren'. Haha, zei ik, al had ik hoop, tegen beter weten in: hij was gewoon een jongen die uit het niets was opgedoken en een vlieger opliet en wij waren twee meisjes die nog leefden en er zich van bewust werden.

Dominee Fairfield is dood. Oma is dood. Thomas zit in Amerika, in Californië, als protegé in een nieuw gezin, volgens Alexandra op zestienjarige leeftijd een muzikaal wonderkind.

Alexandra schrijft nu vaker; Buenos Aires is net als Parijs, schrijft ze, maar dan tropisch, met purperharten in bloei, gardenia's zo groot als grapefruits en op iedere straathoek een kerk met een gigantische trap voor de ingang van glanzend gewreven roze steen die vol zit met bedelaars: geloof in een notendop. Godallemachtig, jezuschristus, God, schrijft ze. Wanneer geven we Hem op? Er is daar een dodenwijk met tombes ter grootte van een landhuis. Ze stuurt een ansicht als bewijs, maar daarop zie ik alleen maar een verzameling stenen zerken en een verdwaalde zwarte kat. Achter op de ansicht tekent ze ene Clemente, een Spanjaard die ze kennelijk getrouwd heeft. *Muy bien!* schrijft ze.

In Grayshead-on-Heath heeft het wekenlang gestroomd van de regen, schrijf ik terug, zijn de kranten in onze schoenen doorweekt en hebben we zwarte tenen van de al gelezen koppen; maar het gaat uitstekend. Uitstekend. Nu de oorlog gewonnen is, leiden de meisjes die zijn gebleven – Brigid en ik, Harriet, o-god-Harriet, en Josephine en Abigail – weer het leventje dat we kenden. En met de oorlog hebben we ook het stemrecht gewonnen voor wie er de leeftijd voor heeft. Binnenkort krijgt mama haar eigen postzegel, tadaa!

C'est la vie, zegt juffrouw Hammond, van wie we eens Frans kregen, en daarmee bedoelt ze: nog geen stemrecht voor mensen als jullie en ik, dus waar was al die drukte voor nodig!

Brigid zegt dat het duidelijk wordt in de Bijbel, maar is vergeten wat 'het' is en een tijdje geleden heeft ze haar bijbel verkocht om de steenkool te betalen. We bevroren toen bijna, toen dominee Fairfield zijn oproep had gekregen, schrijf ik Alexandra, toen dominee Fairfield was gesneuveld.

De soldaten van hier verzamelen zich onder onze ramen, waar ze op hun kont gaan zitten en oplikken wat we vanuit de keuken voor ze neerleggen. Sommigen zijn kreupel en anderen kierewiet. Weer anderen mankeren niets en doen alsof, zegt Brigid. We zijn nu een liefdadige instelling, een soort liefdadige instelling zegt madame Lane, en zullen doen wat moet. Ze wil niet dat bekend wordt dat we ze een tijdje opvangen. 's Ochtends stropen we het stadje af op wat er nog te vinden valt: weggegooide broodjes of beschimmelde kaas. Sommige winkeliers kennen ons nog en geven wat ze kunnen. We doen niet meer dan rotte appels opwrijven, zegt madame Lane. Liefdewerk, maar Abigail verdient met de verkoop van pioenrozen en irissen genoeg om bij de slager in het gevlij te komen en Josephine is aan een café verhuurd en brengt om de veertien dagen groene aardappelen mee.

Verder hebben we ze niets te bieden.

De soldaten willen vertellen, maar Brigid en ik zijn niet meer zo geboeid als we waren. Het is te gruwelijk: zweren van het gas, de stank van koudvuur en alsmaar regen. Ze dachten nooit meer droog en warm te worden. We stoppen ze in. Een of twee keer overnachten ze in de school, met de armen over hun Rode Kruispakketje heen. Ze blijven om een keer te eten te hebben en om te vertellen. Ze hebben gehoord dat het hier vriendelijk toegaat, zeggen ze, en er knappe meisjes zijn die luisteren. Ze hebben gehoord dat er mooie kamers leegstaan waar ze kunnen zitten en door niemand worden weggestuurd. Aan de gang boven liggen zes kamers, op zolder staan drie veldbedden en af en toe maken we een bed op in de keuken, waar vanwege het warme fornuis om wordt geruzied. We doen wat we kunnen, zeggen we ze. We zijn hier om te dienen, maar we zijn Florence Nightingale niet; we zijn gewone meisjes die bij madame Lane op school zaten en zijn gebleven. Toch willen ze praten. Er is die ene die ineens het hoofd van zijn beste vriend op zijn schoot zag liggen, die ene die geen mond meer heeft maar alleen een gat tussen zijn wangen, en die ene die door dat draadje is gered, dat groene draadje dat als door een wonder zo strak om zijn duim gewikkeld zat dat de bloedtoevoer werd stopgezet. Die duim is nu blauwig wit en als hij dat draadje losmaakt, gelooft hij vast, dan gaat hij dood. Door dat draadje is hij op de een of andere manier blijven leven, zoals door een konijnenpootje in je zak of een moeder die thuis voor je bidt.

Er komen er een paar heel vuil het bos uit gelopen. Terwijl we ze wassen vertellen ze over hun tocht, vertellen ze dat ze het ziekenhuis van het noordelijk commando, hun tante, of zelfs vrouwlief zijn ontvlucht. Volgens hen ging het pas mis toen naast hun bed het uniform overeind kwam om te salueren, toen de kat in zijn slaap begon te praten, toen de inslag van een steelhandgranaat – zo God het wil afkomstig van Jupiter – het overgebleven stukje bieten in de tuin vernietigde. Sommigen komen knap uit de schrobbeurt tevoorschijn. Zo was er een met één blauw en één bruin oog. Jeremy, zei hij dat hij heette, al wist je nooit wie wel en wie niet de waarheid sprak. Jeremy vertelde dat hij als kleine jongen door zijn moeder was behekst en toen weer van niet; hij vertelde dat zijn moeder sief had gehad en dat hij daarom aan één oog blind geboren was. Hij zei dat zijn moeder dus een hoer was. Hij zei dat zijn moeder de sief van zijn vader had gekregen. Hij zei dat zijn zusje maar zozo was. Hij lag maar te draaien op het veldbed dat we in de keuken voor hem hadden neergezet en vroeg om muziek. Daarom brachten we hem de radio en hielden we zijn hand vast tot hij sliep. 's Ochtends was hij vertrokken, met de radio in zijn rugzak.

'Die komt rechtstreeks van Trafalgar Square,' zei madame Lane, 'gewoon een leugenachtige dief.' Maar Brigid en ik hadden hem geloofd.

En onze Harriet wreef de voeten van ene Dermot, een hele mooie. 'Dan gaat het bloed weer stromen,' zei ze, en ja hoor: 's ochtends waren ze verdwenen, Harriet en Dermot, net als de radio. Wie met pek omgaat, wordt ermee besmet, zegt madame Lane. Ik word heen en weer getrokken tussen moraal en moreel, zegt madame Lane.

We zingen de liedjes die ze ons geleerd hebben; waar schraalhans keukenmeester is, willen de mannen wel zingen. Zelfs de vieze liedjes die ze Brigid en mij leren om ons aan het blozen te krijgen wanneer we aan het aanrecht de groene aardappelen schillen, zoals die van Kietel Marie. Mensen worden vanzelf blij als ze ons horen zingen, zegt madame Lane, die doet alsof ze de tekst niet verstaat.

Ik sta in de meisjestuin erwten te plukken wanneer een Amerikaan, ene Johnny, me wenkt en naar de weg vraagt. Het is een koude ochtend. Hij komt vanuit Dover, zegt hij, en moet naar York, waar hij gaat logeren bij een vriend, een kameraad uit het leger, die hem had uitgenodigd toen het erop leek dat ze nooit van hun leven de loopgraven uit zouden komen. Ik wijs hem de weg en vraag dan of hij in Frankrijk nog hutterieten is tegengekomen, waarop hij vraagt 'hutterwat?' Ik moet er elke keer om lachen als ik eraan terugdenk.

Brigid hoort dat haar moeder ziek ligt en omdat haar broers en zussen ver weg zijn, letterlijk en in het hoofd, en ze niet op ze kan bouwen, pakt ze haar koffers. Samen met Abigail zwaai ik haar uit, terwijl madame Lane vanachter een raam toekijkt hoe de automobiel grind spattend het sleeheuveltje op rijdt en er dan achter verdwijnt. Drie jaren zijn voorbijgegaan sinds ze mijn teen verbond op de dag dat ik aankwam en zij heeft me geleerd wat vriendschap is, is de beste vriendin die ik ooit heb gehad. Als afscheidscadeau geef ik haar het zilver dat ik van mijn oma heb geërfd, het befaamde filigraanbestek dat al die tijd in de bruinfluwelen hoes is gebleven. Ik ga toch niet trouwen, zeg ik. Ik heb het gehad met familie.

De soldaten hebben ons aan het denken gezet over onze gevoelens.

'Zwaarder dan het eruitziet,' zegt Brigid als ze de zak op haar bed hijst. 'Moet een godsfortuin waard zijn.'

'Misschien genoeg om je moeder beter te maken,' zeg ik.

'Zo God het wil,' zegt ze.

Ze pakt een vlekkerig mes.

'Van haar?'

'Wie?'

'Je moeder?'

''t Slaat een generatie over,' zeg ik.

'Met tandpasta gaan de vlekken weg,' zegt ze terwijl ze het alvast met de rand van haar rok begint op te wrijven.

Beneden horen we de mannen de keuken binnen komen, de nieuwen en enkelen die van madame Lane mochten blijven omdat ze wist dat Brigid al zogoed als weg was en ik binnenkort ook vertrek nu er vorige week bericht bij de post zat dat ik een beurs krijg, hetgeen haar, zei ze, gezien mijn wiskundeknobbel en het feit dat ik spreek als een advocaat niet verbaasde.

'Zo kietel je hier Marie nie,' zingen de mannen luid wanneer ze de keuken binnen komen stampen in de hoop daar Brigid en mij aan te treffen, met de rug naar ze toe en met aardappelschillen aan ons schort en onze blote armen geplakt. 'Zo zoen je hier Marie nie. Dat doen ze hier heel anders. Ja, dat doen ze zo!'

Was hij jong geweest, dan was hij dood of verminkt of droeg hij een uniform en daarom moet hij ouder, een stuk ouder zijn dan hij eruitziet. 'Stephen Pope,' zegt hij.

'Evelyn Townsend,' zeg ik.

Hij heeft me een *mint julep* aangeboden, die ik niet afsla. We staan op de boeg van een schip dat net is uitgevaren door kalme baren of op het punt staat dat te doen. Je moet schrijven, zei Brigid, of de baren kalm waren. Ik zie altijd kalme baren voor me.

'Proost!' zegt Stephen Pope.

Hij heeft een merkwaardige, wat scheve kop en is niet helemaal gladgeschoren.

'Proost,' zeg ik. 'Op Inverness,' zeg ik, omdat Brigid daarvan een lach op haar gezicht zou krijgen, al heb ik geen flauw benul waarom; misschien omdat daar in de dalen volgens haar de elfjes wonen, en anders om het monster van Loch Ness, waar ze weer jacht op maken. Maar goed, ik kan schrijven wat ik wil en de baren zijn niet kalm, zou ik tegen haar zeggen, maar woelig en groen als drakenschubben. Ik zie ze een stukje verderop, achter de reling. Op dit schip – een voormalig werkpaard van het leger dat nu de wei in mag, ook al varen de geesten van de soldaten nog mee – ploegen we de oceaan over naar de haven van New York. Ik hoor de geesten kermen in mijn halfslaap en heb hun gezichten in het water daaronder gezien, maar dat kan ook de fosfor zijn geweest. De fosfor leeft, schrijf ik aan Brigid, is een levende plant van licht. En dat kermen is misschien geen kermen, misschien is het jammeren. Misschien jammeren de doden 'mama'.

ss Woodrow Wilson luidt de naam van het schip. De meesten noemen het Woody, wat volgens Stephen Pope stuitend is in het licht van wat die man heeft gedaan voor Engeland, voor Europa. Enig idee wat er van ons was geworden als Wilson de pacifisten niet de duimschroeven had aangezet? vraagt hij. Ongevraagd is hij naast me gaan zitten op een van de houten stoelen die ze hier voor de liefhebber als uitkijkpost hebben vastgeschroefd, achter de telescoop aan de reling. Ik leg mijn brief aan Brigid neer en sta op, alsof ik een kijkje wil nemen. Er staat een krachtige wind, die mijn te dunne mantel (de reismantel van madame Lane, die ze nog voor de woelingen in België had aangeschaft, vertelde ze, en in de kast lag weg te kwijnen) om mijn knieën slaat. Ik grijp mijn hoed vast, de hoed waaraan ik mijn mazzel toeschrijf, al moet ik dat eerder doen aan de gummi patrijzenveer in de band. Ik wil mijn mazzel niet aan de wind en het onpeilbaar diepe water prijsgeven.

Nee, zeg ik tegen Stephen Pope. Ik heb geen idee.

'Vijftig tegenstemmen. Vijftig van onze politici in het Huis van Afgevaardigden hebben tegen hem gestemd!'

'Vijftig?' vraag ik, omdat ik niet weet wat ik anders moet zeggen.

'Vijftig!' schreeuwt hij boven de wind uit. Ik stel me zo voor dat hij dat keer op keer de pacifisten hier aan boord heeft horen zeggen, de groep die terugkeert van de Weense conventie waar ze – o, o, wat een verrassing! – de filosoof Benjamin Kidd op de schouders hebben gehesen en in optocht door de stad hebben gesjouwd; arme ziel, naast mama en H.G. Wells gepropt in het historisch museum daar, waar in de lege zalen nu alleen de voetstappen van de suppoosten en een enkele belangstellende galmen.

Nu schreeuwen ze Kidds beroemde woorden na alsof ze ze zelf hebben verzonnen. 'De vrouw beheert de wereld!' schreeuwen ze. 'Zie de wereld!'

'De oorlog is van mannen en alleen de vrouw kan er een eind aan maken!' zeggen ze. 'Teken hier voor de grondwetswijziging!' zeggen ze. Ze draven in het rond om pamfletten en speldjes uit te delen. Direct na aankomst willen ze een mars houden van New York naar Washington, rechtstreeks naar het gazon van het Witte Huis waar, naar het verhaal gaat, de vrouw van de president nog altijd tomaten kweekt.

'Townsend?' vraagt er een. Ze heeft mijn naam op de passagierslijst zien staan die ze in de eetzaal hebben gehangen om het zoeken naar verwanten te vergemakkelijken.

'Geen familie,' zeg ik. Ik heb gezworen vanuit niets te beginnen, niemands dochter te zijn.

Stephen Pope wacht nog. Ik kijk hem aan om te tonen dat ik er belang in stel. 'Pacifisten!' Hij spuugt het woord bijkans uit. 'Pure communisten. Noteer maar, er blijft niets van ze over.'

'Genoteerd,' zeg ik, en dan glimlacht Stephen Pope, of nee, hij trekt een grimas, waarna hij verschoning vraagt om naar de bar te gaan. Ik denk aan mijn brief aan Brigid en ga weer op mijn vastgeschroefde houten stoel zitten, mijn 'chaise', zoals de stewards hem noemen, wat een prachtig nieuw woord voor me is dat ik, met een aantal andere die ik in de eetzaal heb opgepikt, waar het tamelijk formeel toegaat, opsla voor later gebruik. ('Peau de pêche,' zei iemand, met betrekking tot stoffering.)

De mint julep waarmee Stephen Pope terugkomt brandt in mijn keel. Ik heb niet genoeg gegeten omdat ik de goedkoopste passage heb geboekt die er te vinden was en er is ongetwijfeld ook een regel die me de toegang tot dit dek verbiedt. Ik moet op eigen gelegenheid nog op Barnard College zien te komen en aan boord zelf mijn eten betalen; zelfs nu is voedsel een luxe. Wat zou ik nemen als ik vrijuit mocht kiezen? Rosbief in het Savoy, Yorkshire pudding met jus en gepofte aardappelen. Met Stephen Popes terugkeer wrijf ik net mijn kin droog.

'Ik verveel u,' zegt hij terwijl hij weer gaat zitten. Hij staart naar de zee. Zo en profil zie ik dat hij eens een knappe man was, ook al heeft hij nu een gegroefd, bezorgd gelaat. Hij zal veertig zijn, minstens. Hij freutelt aan zijn hals, aan een jeukplekje. Stilzitten lijkt hem moeilijk af te gaan.

'Nee, ik was aan het schrijven,' zeg ik, met mijn ogen weer op mijn brief.

'Moeder?'

'Pardon?'

'Uw moeder?'

Ik moet even denken.

'Een vriendin.'

'Geen vriend?'

Stephen Pope is een Amerikaan.

Ik schud mijn hoofd. 'Die is overleden,' lieg ik, hoewel ik misschien niet lieg, maar hem met die uitspraak over dominee Fairfield vertel, of over zo'n zieke die een nacht in de keuken mocht blijven slapen, of over die knul van Brigid die de vlieger opliet. Die was er uiteindelijk net als de anderen weer vandoor gegaan, had zijn vlieger hoog in de kale boom laten hangen, lapjesstaart om een dunne tak, gevangen. Niemand kon erbij en madame Lane zei dat we het niet moesten wagen in de boom te klimmen. 'We zijn niet van zo ver gekomen om nu onze nek te breken,' zei ze.

En ze had haar portie wel gehad, madame Lane. Wie dachten ze voor zich te hebben? De rijkskanselier van Goede Werken en Bedeling? Niettemin leken de soldaten de grond uit te schieten als paddenstoelen na een fikse regenbui; ineens doken ze zomaar op uit de velden. Soms hadden ze de brutaliteit hard op de deur te bonzen en hun slappe pet op te houden omdat, verklaarden ze, de nieuwelingen zo'n eetlust hadden dat wat ze van het Rode Kruis kregen niet toereikend was. Brigid stopte ze een muffin of een verschaald restje uit de keuken toe in zakdoeken die ze uit het lange geruite tafelkleed had gemaakt. 'Voor het gezond,' zei ze juffrouw Peach van huishoudkunde na, die al terug in Londen was. Wij bleven, Brigid en ik, en wandelden door de eens saffraangele heidevelden. Af en toe werden we toegezwaaid door een ruiter, een jager of een meisje in een nieuw schooluniform: Top Hill was weer open inmiddels.

Op de lange, smalle loopplank biedt Stephen Pope me een hand. Hij zegt dat er zoveel volk op de been is voor de pacifisten, dat de ss Woodrow Wilson normaal gesproken niet zo'n groot onthaal zou krijgen. Met 'volk' bedoelt hij de journalisten, mannen en vrouwen in een lange, zwarte jas en met een hoed op het hoofd, meerderen met een fototoestel. De pacifisten poseren op het uitkijkdek, achter een reusachtig spandoek dat ze met hun gehandschoende handen stevig vasthouden om te voorkomen dat het wegwaait in de harde wind. VREDE IS EEN VROUWENZAAK, staat erop.

Een rij huurkoetsen staat klaar en Stephen Pope biedt aan voor mij te betalen. Ik neem het aanbod aan. Ik ben zonder te verhongeren de kalme baren overgestoken en rijd rechtstreeks naar het Barnard College, waar ik onder andere informatie ga inwinnen over de mogelijkheid om met anderen een flat of kamers te huren.

De waarheid is dat ik, ook met mijn aanbevelingsbrief en de vereiste papieren voor mijn beurs veilig opgeborgen in de reismantel van madame Lane, amper weet hoe ik moet overleven. Van het vluchtelingenfonds krijg ik de schamele toelage voor meisjes wier omstandigheden door de oorlog onherroepelijk zijn gewijzigd. Madame Lane heeft me haar eigen aanbevelingsbrief ook meegegeven, gericht aan ieder die het aangaat.

Dank dat u juffrouw Evelyn Townsend onder uw hoede wilt nemen. U zult in haar een hardwerkende jongedame ontdekken met grote verantwoordelijkheidszin en een uitzonderlijk talent voor wiskunde en natuurwetenschappen. Ik ben Evie zeer toegenegen en wens haar het beste. Waak alstublieft met zorg over haar.

Juffr. Muriel Lane
Grayshead-on-Heath, 2 augustus, 1919

Stephen Pope krabbelt nu zijn adres op een wit kaartje. Ik pak het aan en stap in het rijtuig, waar ik me achterover tegen de brede, harde rugleuning laat zakken, en als dan de koets wegrijdt van de drukte op de kade, strijkt het besef dat ik op eigen kracht tot hier ben gekomen krassend als een zwarte kraai op mijn schouder neer.

'U wilt wetenschap bedrijven?', 'U wilt verder reiken?', 'U wilt de grondvesten van uw dromen opnieuw optrekken?'

Ik tref de brochure aan op het tafeltje naast de leren stoel. Op de deur waardoor ik binnen ben gekomen staat SECRETARIAAT op het geëtste glas. Ik laat mijn toelatingsbrief en de bevestiging van de vluchtelingenbeurs zien aan de vrouw die achter een tweede plaat van geëtst glas zit. 'Ik kom uit Engeland,' zeg ik. Een betekenisloze opmerking.

Ze schuift de glazen plaat opzij, waarmee het woord 'secretariaat' wazig wordt, verdubbelt. Ze heeft haar haar in strakke krulletjes, zoals iedereen het hier lijkt te hebben. Op weg naar dit gebouw, een rood bakstenen gebouw vlak achter de fraai bewerkte ijzeren poort, ben ik langs een groepje meisjes gelopen, een groep strakke krulletjes. Het waren net engelen, die meisjes. Ze liepen, helemaal in het wit, met grote hoepels die ze met een stokje vooruit lieten rollen: oefenen, zei er een, voor de sportwedstrijden. Doet u eraan mee? vroegen ze.

Het gezicht van de receptioniste heeft niets engelachtigs; het is een langgerekte, vervelde kop en haar hals wordt driemaal ingesnoerd met prulparels.

'Puik,' zegt ze.

'Ik kom me inschrijven,' zeg ik.

'Wacht even,' zegt ze.

Ze schuift het glas terug en rolt op haar stoel her- en derwaarts. Ik leun op het richeltje. Van ergens komen etensgeuren binnendrijven. Dit is New York, begrijp ik nu: een overvolle, vieze haven en vooral geuren (maar misschien is dat omdat ik honger heb). De geur van dieselolie, van uitstoot en uitputting, van zweet. Nog op onvaste benen van de boot en een deinend hoofd houd ik me aan het richeltje overeind. En intussen wacht ik het moment af dat de vrouw het glas weer wegschuift, me weer ziet. Ze neemt haar tijd en misschien moet ik gaan zitten.

'Wat heeft dit allemaal te betekenen?' vraagt mama achter me. Het is jaren geleden dat ik haar stem heb gehoord, maar ik herken hem; was ze er de hele tijd al? Is ze me naar binnen gevolgd?

'Ik trek de grondvesten van mijn dromen opnieuw op,' zeg ik. Het is fijn haar te zien. 'Mijn grondvesten waren uiteengevallen, weet u nog?'

'Ik was erbij,' zegt ze.

'En toen viel u uiteen.'

'Dat spijt me,' zegt ze. 'Ik vond dat ik niet anders...'

'Ondanks ons,' zeg ik, maar ik bedoel het niet zo boos als ik het zeg.

'Kon,' zegt ze.

Ze kijkt me indringend aan, zoals ze altijd deed; was ze een heldin geweest, dan hadden ze van haar gezegd dat ze mooi was, zo bleek en met dat roetbruine haar, maar ze was geen heldin, had ik haar kunnen vertellen; toen niet en nu niet, voor mij niet en voor anderen niet. Geen mens zal zich u herinneren, wil ik haar vertellen. Geen mens. Maar ik durf het niet. Wat heeft ze magere polsen! Eet ze al niet meer? Ze draagt haar zondagse handschoenen, die van grijs geitenleer waarvan je de knoopjes vasthaakt. Nu trekt ze er ruw een uit en brengt haar minuscule hand naar voren. Was ze altijd zo klein? Was ze altijd zo'n mager ding?

'Vergeef me,' zegt ze terwijl ze me probeert te pakken.

Ik viel als een baksteen, zegt de receptioniste met de langgerekte kop. Eerst hoorde ze niets, zei ze, en toen hoorde ze me praten en viel ik, zegt ze, als een baksteen. Dat wordt een blauwe plek.

Ze helpt me overeind (op de een of andere manier is er een schoen van mijn voet gegleden) en zegt dat ze me naar de wachtkamer zal brengen, zal kijken of ze thee kan vinden. Ik bedank haar, hoewel het bonst in mijn hoofd. Is een ei te veel gevraagd?

Misschien heb ik geslapen. Ik weet het niet meer. Pas enige tijd later komt Stephen Pope weer, maar naderhand vernam ik dat hij me in een andere koets was gevolgd. 'Ik had zo het idee dat je me daar gebruiken kon,' zei hij toen.

'Ik neem het wel over,' zegt hij tegen de receptioniste.

'De formulieren moeten voor het begin van het studiejaar zijn ingeleverd,' zegt de receptioniste terwijl ze hem het voor mij bestemde pakketje overhandigt.

'Heel goed,' zegt hij. 'Heel goed.'

Op weg naar het huis van Stephen Pope, een herenhuis aan Gramercy Park behoorlijk ver weg, heeft hij gezegd, waar 116th Street op Broadway uitkomt, ben ik stil. Als ik uit het rijtuig ben gestapt, stelt hij voor hem als steun te gebruiken en dat doe ik. Hij is mager en heel lang, maar wel zo sterk dat ik op hem kan leunen. Toch is het niet echt behaaglijk. Hij heeft veel weg van het paardenharen matras bij madame Lane dat we in het voorjaar naar buiten moesten slepen, Brigid en ik, om uit te kloppen.

Het is donker, het is laat en in de huizen brandt licht, waardoor de schimmige voortuintjes, elk bewaakt door een gargouille of een stenen leeuw, worden verlicht. Achter de herenhuizen van bruin natuursteen rijzen hogere gebouwen op, van baksteen, met zigzaggende ijzeren trappen die zo'n gebouw, overweeg ik te zeggen, als een uitwendig skelet overeind houden.

Brandtrappen, vertelt Stephen Pope. Ingeval er brand uitbreekt.

Stephen Pope draagt mijn tas naar de trap en doet de rijk bewerkte houten voordeur open. Hij is vroeg, zegt hij. Het personeel verwacht hem pas morgen terug. Hij stelt voor dat ik een bad neem en, mocht ik dat willen, me omkleed in iets uit de eerste kamer rechts op de bovenverdieping, vroeger de kleedkamer van zijn vrouw die, meent hij, niet afgesloten is, hoewel hij zich er sinds haar overlijden niet heeft gewaagd. Ze hield van rood, vertelt hij. Of ik van rood houd.

Ik zal al wel hebben geraden dat hij weduwnaar is, zegt hij.

Hij doet een stap opzij en laat me naar binnen gaan. Hoewel het gezien de duisternis moeilijk te zien is lijkt de hal een puntdak van glas te hebben. Onder aan de trap gloeit op de knop van de leuning een rijkversierde lantaarn van gekleurd glas, die meteen ook de enige warmte brengt. Het is een griezelig geheel, maar dat probeer ik uit mijn gedachten te weren. Ik probeer op mijn eigen benen te blijven staan en Stephen Pope te verstaan, probeer zijn snelle woordenstroom te volgen: dat hij de oceaan is overgestoken om het graf van zijn enige zoon te bezoeken, die in Frankrijk is gesneuveld, en de as van zijn vrouw te verstrooien; zij had daarom verzocht.

Hij zou zich moeten verontschuldigen voor de bruuske wijze waarop hij zich aan boord had voorgesteld, voor zijn spervuur aan vragen. Het was een poging geweest zijn eenzaamheid te verlichten.

Later denk ik het om die woorden ging, 'eenzaamheid verlichten'. Dat is wanneer ik de gladde, gebogen en glanzend gewreven trapleuning pak, een Lincoln-leuning, zei Stephen Pope, uit een landhuis in een van de zuidelijke staten, die tegen hoge kosten uit elkaar was genomen en hier weer in elkaar gezet. Zijn vrouw was er dol op geweest en zijn zoontje ook; meer dan eens was het knulletje toch, in weerwil van hun bezwaren, over de leuning omlaag gegleden en tegen de knop onderaan terechtgekomen, de gesneden tulp onder de lamp. Of ik hem zag. Zag ik hem? Blijkbaar het werk van een Italiaan die, zoals zoveel van hen, zoveel Italianen, naar dit land waren gekomen om zich op te werken. Ze wonen ruim een kilometer ten zuiden vanhier te midden van hun kerken, reusachtige bouwwerken van hun eigen steen. Ze verschepen het vanuit Padua. Of ik die steensoort kende. De steen van Michelangelo. Zo'n glans heeft u nog nooit gezien, zegt hij.

Hij wil me veel vertellen, Stephen Pope, hoewel hij zich, wanneer ik hem goedenacht wens en dank u wel zeg, en nee, het gaat uitstekend, ben te moe om te eten, ervoor verontschuldigt zo lang te hebben gepraat.

Als ik, eenmaal boven, de deur openduw, blijkt het pikdonker in de kamer, maar Stephen Pope heeft me het elektrische licht al laten zien, evenals de telefoon, het korte koord waarmee 's morgens het dienstmeisje kan worden gebeld en het lange voor de kok, die zal klaarmaken wat ik nodig heb.

Ik vind de schakelaar en een ogenblik voordat ik zie waar ik ben, verbeeld ik me dat ik zijn vrouw daar op hem zal zien wachten, op mij zelfs, op de rand van het bed, in ochtendjas en de kleine voeten, beurs van het lopen, in pantoffels. Ze liep maar en ze liep maar, zei Stephen Pope daarnet. Ze liep maar en ze liep maar, zei hij. Ze bewoog zich onder hen, de Italianen. Ze vond het haar plicht, haar róéping, die mensen te dienen.

Al die zieke kinderen, zei ze altijd, met hun tienen in een kamer, stervend, de dood nabij. Kinderen, kleine kinderen, zei ze.

Maar ze is niet meer in deze kamer. Ze is op het grafheuveltje van haar zoon geveegd: as die veel weg had van gruis, zei Stephen Pope, en zwaarder was dan hij had gedacht. 'Zij heeft het zo gewild,' zei hij, 'en dus schikte ik me, al weet ik nog altijd niet of het protocol erin voorziet en zelfs niet of het legaal is.'

Het elektrische licht ruimt op. Het is een minuscuul kamertje, dat wordt gedomineerd door haar hoge, donkere klerenkast van geolied notenhout en aan de muur ertegenover hangt een trompel'oeil van een bosweg: verschoten, her en der schilferende verf, maar het schilderij is zo levensecht dat je er zomaar in zou kunnen stappen. Boomtakken vormen een tunnel en het gebladerte, althans een deel ervan, is al verkleurd en gevallen. Het zal daar herfst zijn.

Ik open de kast en zie haar kleren op planken gesorteerd, de kleuren van elkaar gescheiden door vloeipapier. Het ruikt vagelijk naar seringen of lavendel en in de laden zijn bloemblaadjes gestrooid. Later zal ik hierover aan Brigid schrijven, en ook, naar beste kunnen, over New York, dat echt heel veel van Londen verschilt zoals het dagelijks wordt herboren, over de meisjes van Barnard die als de stad zelf zijn, zoals ze van naam en haardracht wisselen en meteen weer verdwijnen als ze ergens binnen zijn gegaan. Ze praten maar en praten maar, met een sigaret in een lange, ivoren pijp. De een is hier nooit weggeweest en de ander komt uit Polen. De een woont nog bij haar ouders en een ander deelt met vriendinnen een huis in Morningside Heights. De een studeert Engelse literatuur en een ander is overgeschakeld op antropologie om die boeiende Franz Boas – of ik hem kende – met zijn recente reizen naar het Amazonebekken en het duidelijke bewijs voor matriarchale samenlevingen daar. Ergens, op dit moment, modelleert een vrouwelijke chimpansee een steen tot een beter gebruiksvoorwerp! Evolutie! juichen ze, en nee, uit principe zijn ze fel gekant tegen gedwongen sterilisatie hoezeer ze het in andere zaken ook eens zijn met Margaret Sanger: geen goden, geen meesters.

Kijk ons! roepen ze. Kijk ons!

Het is reuze spannend hoe alles doorlopend verandert, en ik ben niemand hier, schrijf ik haar. Ik ben een schone lei. En Stephen Pope, schrijf ik, is een vriend; al die rampen die hem zijn overkomen, pats-boem, pats-boem, rampen die te verschrikkelijk zijn om op te schrijven; hij praat er niet graag over en ik evenmin. Het gaat om de toekomst, zegt hij. God zegene Amerika.

Ik vertel dat we een huurovereenkomst hebben gesloten: een kleedkamer met naastgelegen slaapkamer in ruil voor conversatie. Ik ben net iets ouder dan zijn zoon geweest zou zijn, zei hij. Bovendien, goedkoper kun je niet wonen, zei hij, ook al is het ver.

Een dollar per week, zei ik. Ik wil geen gesjoemel. Dat is een nieuwe uitdrukking van me, hier geleerd. Nieuwe uitdrukkingen probeer ik uit op hem en op de rest van de meisjes in de scheikundegroep van professor Browski; jezelf opvreten, zeg ik, en mieter op, en wat is dat voor een raar geval. En dan lachen ze alleen al om hoe ik het zeg, om het accent dat ze van de radio of het toneel kennen, maar nooit iemand in het echt hebben horen gebruiken, zeggen ze, want ik ben hun eerste Brit.

En jij? schrijf ik. Hoe is het met jou?

Brigids brief komt vele maanden later. Onze-Lieve-Heer heeft mama gehaald, schrijft ze. Ik heb het huis nu en ben inmiddels gewend. Joseph is een goede man, een goede echtgenoot. Niks overdrevens. Dinsdags naar de muziek en gewoon piepers en rapen.

Een tweeling! schrijft ze de kerst erop. 'Het jongetje is naar zijn vader vernoemd en het meisje,' schrijft ze, 'noemen we Evelyn.'

Dorothy Barrett-Townsend

Patagonië, Argentinië, 2004

Het was toch Browning die zei: 'Het gaat goed met de wereld,
God zit in Zijn hemel...' enzovoort, enzovoort?

Charles hoorde zich de vraag stellen – retorisch, ironisch –
aan het kleine gezelschap – zonder zijn weldra ex-vrouw Dorothy; die was elders – tijdens een van de lezingen die buiten het
programma om werden gegeven door hen die vonden dat ze een
bijdrage konden leveren. Hij heeft er enkele bijgewoond en met de
voorbereiding van zijn eigen aangekondigde praatje gewacht tot
duidelijk was of het vereiste aantal belangstellenden hun naam op
de lijst zou zetten die bij de eetzaal aan boord hing. Tot dusver zijn
het er drie: van hemzelf, van Dorothy en van Chester Briggs, de
biologieleraar uit Seattle die ze al aan het begin van de reis hebben leren kennen. En aan Chester stelt hij nu de vraag; met enkele
dagen vrij van de woelige baren zijn ze bij wat reisgenoten gaan
zitten in de schaars verlichte bar van het Duitse hotel, waarvan
het alpine karakter vreemd aandoet na die eindeloze vlakte, die
dorre, bruine pampa die ze daarstraks met hun busje doorkruis-
ten en waar alleen het afval dat de wind had aangevoerd en nu
en dan een groepje guanaco's met gespitste oren in de verte het
beeld verstoorde. Ze waren naar Punto Tombo geweest, naar de
reusachtige kolonie pinguïns – bijna een miljoen! – die als enige
vogelsoort, was ze verteld, niet van nature een afkeer van mensen

heeft omdat de dieren hun hoofd bij andere dingen hebben: de bouw en herbouw van hun nest en het bebroeden van hun vuile eieren. De vaders doen dat zelfs. Stel je toch voor. De vrouwen in het gezelschap hadden gelachen. De vaders!

Het grootste deel van de dag waren ze bezig geweest, banjerend door de kolonie, van dichtbij eieren te bekijken en zich uit de voeten te maken wanneer weer een rij vogels naar het water marcheerde. Dorothy had er een gezien die, 'van kop tot zwemvlies onder de olie', door zijn partner tot in de oceaan werd voortgepord en daar verdronk omdat het arme beest zijn vleugels vanwege de aaneengeklonterde veren niet gebruiken kon, hetgeen – zoals de vlag er nu bij hing – steeds vaker gebeurde.

Voordat hij aan Browning toekomt, heeft Charles het verhaal van de verdrinkende pinguïn verteld alsof hij er zelf bij is geweest en er allerlei bijzonderheden aan toegevoegd die hij over het smelten van de zuidelijke poolkap heeft gelezen, zoals de verwachtingen voor de toekomst en het tempo waarin het gebeurt.

'Browning was darwinist, toch?' vraagt Chester. En Charles, knikkend, vraagt zich af waarom hij de grote dichter introduceert in zo'n gezelschap van middelbareschooldocenten en gepensioneerden terwijl Dorothy als altijd het gelijk aan haar zijde had: hij is een oude snoever. En mocht ze nu terugkomen en dat lamlendige zootje hier bij elkaar zien alsof ze dadelijk allemaal hun vorkje in een grote bak gesmolten Zwitserse kaas gaan zitten prikken, dan zou ze daaruit opmaken – uit hun houding en de ongeïnspireerde stilte – dat haar weldra ex-man met zijn Browning-citaten of erger het gezelschap verveelt.

Zij ging liever naar de lezing van Sachiyo de Pauling over ikebana, de Japanse bloemschikkunst. Sachiyo had een winkel, vertelde Dorothy hem zo-even, in een buitenwijk van Rochester, waar ze aan het eind van de jaren veertig als oorlogsbruid terechtgekomen bleek. Wanhópig, fluisterde ze, met een beschuldigende uitdrukking op haar gezicht in hun alpine kamertje, alsof hij op de een of andere manier schuld had aan Sachiyo's ellende. Ze waren half gekleed voor het diner.

'Eerlijk, ik heb met Sachiyo te doen, al lijkt er veel belangstelling te zijn voor haar praatje,' zei Dorothy met haar rug naar

Charles, die zijn duimen op de sluiting van haar halssnoer had, een kettinkje met een smaragd dat hij haar jaren eerder had gegeven. Een bijzonder nare opmerking, nu hij zo dicht bij dat halssnoer stond, haar hielp.

'En wat maakt haar geschikt?' vroeg Charles, hoewel ze hem dat al had verteld. Het slotje had nog niet gepakt of Dorothy draaide om haar as.

'Ze heeft die winkel al bijna twintig jaar en ze is verdorie in Kyoto grootgebracht,' zei ze. 'Dat betekent toch wel íéts.'

'Het zal reuze boeiend zijn,' zei Charles.

'Ik heb altijd al willen weten hoe ze het voor elkaar krijgen,' zei ze.

'Wat?'

'Hier iets, daar iets. Drie bloemen en je hebt een meesterwerk.'

'Je moet vragen naar de bamboemaand. Ze hebben een maand waarin ze alleen maar dingen met bamboe eten. Zelfs hotdogs eten ze met bamboe.'

Dorothy kneep haar ogen tot spleetjes.

'Het is een heel lieve vrouw,' zei ze.

'Dat weet ik,' zei Charles.

'Ze heeft net haar man verloren,' zei ze.

'Ik snap het,' zei hij.

'Hoe zie ik eruit?' vroeg ze.

Daarstraks, bij de pinguïns, had Dorothy kniehoge laarzen gedragen en een zonnehoed op gehad die haar gezicht in de schaduw zette. Charles had een foto van haar genomen met de digitale camera die Caroline als reisaankondiging had opgestuurd; Caroline had uiteraard de boeking verzorgd en betaald, inclusief de maaltijden en de lezingen. Ze was er vast van overtuigd, had ze tegen haar vader gezegd – stiekem, buiten gehoorsafstand van Dorothy – dat recente gebeurtenissen aangaven dat haar moeder er even tussenuit moest. De gebeurtenissen, zei ze, waarvan geen melding meer wordt gemaakt, die in de 'voorbijpot' komen, de pot die terecht het etiket 'niet te noemen, niet te bespreken, voor later, kop dicht' draagt, de pot waarin Charles voor zijn geestesoog een jonge James in korte broek ziet die met vuile knieën, hoogrode, betraande wangen en touw om zijn vingers (hij probeert een kopen-schotel te maken of die andere die hij nooit kan), en nu ook zijn huwelijk. Wat zei Vergilius ook weer? 'Het gebeuren het schreit.' Oké, zijn huwelijk ligt op de bodem van een glazen pot: een los muntje, een tee. Er komen steeds meer van die 'niet te bespreken'-gebeurtenissen; ze is immers een vuurteken, zal Dorothy zeggen, alsof dat het verklaart. Dat doet het niet. Kortom, hij begrijpt haar niet meer. Ze begrijpen haar geen van allen meer. Vroeger was ze blij met een biefstuk en gegratineerde aardappelen, met een potje bridge. Nu is ze heel iemand anders, alsof ze op een van haar geheime uitjes een huid heeft afgeworpen.

'Prachtig,' zegt hij wanneer hij beseft dat Dorothy nog staat te wachten.

Charles heeft zijn barvrienden uit wanhoop gevonden. Even een drankje en daar zaten ze, de paar reisgenoten die inmiddels boezemvrienden zijn. Chester Briggs had hem nu gewenkt.

'En Dorothy?' vroeg hij.

'De lezing van Sachiyo,' zei Charles terwijl hij op de kruk naast Chester ging zitten. Had hij de moeite genomen ernaar te vragen, dan was hij erachter gekomen dat Chester ook een zwak voor Sachiyo had, voor dat net verweduwde vrouwtje met de grijze pluk in het zwarte haar en de gewoonte Kleenex uit te delen. Maar hij vroeg er niet naar. Mismoedig van het beeld van de vrouwen daar, ieder met een eigen bakje voor zich, luisterend naar Sachiyo's uitleg over de traditionele betekenis van de verschillende schikkingen van de bloemen in hun handen – liefde, kinderplicht, vriendschap – bestelde hij iets te drinken. Vriendschap? Ha! Meer een heksenkring, een exclusief clubje. Ze waren er allemaal: Bibs Pierce, Ginny Donaghue, Gayle Schwartz, Madeline Hoe-heet-ze-ook-alweer.

In het duister klonk de stem van Chester op. 'Ik begrijp dat Dorothy het over Florence Nightingale gaat hebben.'

Charles had geen idee waar Chester op doelde, maar schudde zijn hoofd alsof ook hij verbijsterd was.

'Ze vertelde me dat de fenomenale zuster groot onrecht wordt aangedaan,' zei Chester, die zijn wenkbrauwen theatraal kon laten krullen; op dat moment leken ze de zee op zijn wildst.

'Door wie?' wilde Teddy Flamm weten. Charles had Teddy nog niet opgemerkt; hij zat op onverklaarbaar grote afstand, wat meer in het donker.

Chester haalde zijn schouders op. 'Schoolkinderen,' zei hij. 'De geschiedenisboeken.'

Charles bestelde nog wat. Het was heerlijk drankjes voorgezet te krijgen in een echte bar, ook al was het er een in alpine sfeer. Het was geen grote boot waar ze op voeren, niet eens een lijnboot, maar een kleinere, die als ijsbreker dienst kan doen zodat ze niet ergens schipbreuk hoeven te lijden. De bar aan boord schonk uit de voorraad die ze bij de dutyfree hadden ingeslagen en die flessen gingen ook mee naar de eetzaal.

Teddy schoof zijn kruk bij en zei: 'Ik was vooral gek op Mary Lincoln, de vrouw van de president. Liep die niet handenwringend door de gangen?'

'Spoken, dacht ik,' zei Chester. 'Ze zag spoken. Ze had natuurlijk een homo als man.'

Teddy dronk zijn glas leeg. 'Was hij homo?' vroeg hij. 'Nou, ik zie ze ook. Gisteravond zat mijn vader op mijn bed.'

Ze wachtten op meer, maar Teddy zweeg.

Chester ging verder waar ze gebleven waren: 'En wanneer bedacht Dorothy Florence Nightingale?' Boven, in een van de *junior suites*, demonstreerde Sachiyo de Pauling hoe je met een simpel stukje koperdraad en geduld een bamboestengel een spiraalvorm geeft waardoor hij, zei ze, een danser lijkt die hemelwaarts wervelt. Een wat versleten metafoor, een beetje eerste generatie misschien, zal Dorothy later tegen Charles zeggen, maar wel een die aanspreekt. Dat zegt ze wanneer hij haar op Florence Nightingale aanspreekt.

Maar vooralsnog kiest Charles ervoor met de stroom mee te drijven. 'Wanneer bedacht ik Browning?' vroeg hij zich hardop af.

Charles moet zich door de smalle gang naar hun aftandse tijdelijke kamertje manoeuvreren; binnen staan een lits-jumeaux en een ladekast, en er hangt een spiegel die hem eraan herinnert dat hij zijn gebit moet reinigen. Hij doet het uit en laat het in het bruisende water vallen, waarna hij blijft kijken hoe het tot een artificieel wit borrelt. Hoewel James maar niet snapte waarom zijn eigen gebit niet uit zijn mond knalde, vond het joch het prachtig hieraan mee te doen, het ouweltje in het glas te laten vallen en de dan witte tanden eruit te vissen. Toen zijn eerste tandje, een pareltje, eruit ging, had Charles hem dat in het glas laten gooien, waar het onnoemlijk mooi naar de bodem was gezonken.

Charles schrikt en kijkt op. Dorothy is achter hem opgedoemd.

'En?' vraagt hij met een boze blik die geen effect sorteert, 'het wordt Florence Nightingale?' Hij is aangeschoten.

'Je hebt het dus gehoord,' zegt ze. 'Laat ik dat proberen, dacht ik.'

Algauw zal hij haar intekenlijst ontdekken, onverschrokken naast de zijne geprikt in wat aan boord voor de lounge doorgaat: slechte koffie, donuts in een doos die steeds wordt bijgevuld, een paar voddige pocketboekjes. Doordat ze voor haar lijst zelfs twee punaises van hem heeft gejat, hangt de zijne half los terwijl de hare, met 'Dorothy Barrett, een betoog over werken en theorieën van Florence Nightingale' erboven – behoorlijk pretentieus, zou hij er nog bij willen zeggen – mooi plat tegen het kurk zit. Hoewel haar intekenlijst na de zijne is opgehangen, staan er heel wat namen van geïnteresseerden op ingevuld; de vrouwen natuurlijk, en Chester.

'Ik ben aan het bijlezen,' zegt Dorothy. 'Dat had ik je toch verteld?'

'Nee,' zegt hij, maar zonder tanden is het moeilijk bedenkelijk kijken.

'Ik weet zeker van wel,' zegt ze.

Met een schouderophalen gaat Charles op een bed zitten en begint zijn veters los te maken. Hij draagt hoge wandelschoenen die hier als een tang op een varken slaan, opgestuurd door Caroline, die haar ouders ongetwijfeld al over rotsbodems zag klauteren en blauwe gletsjers zag oversteken in plaats van op vastgeschroefde stoelen zitten luisteren naar lezingen over pinguïns.

'Vivian bracht me op het idee,' zegt Dorothy. Vivian, Vivian, peinst Charles omdat de namen van de vrouwen aan boord samen zijn gedwarreld in iets modderbruins; dan rijst uit dat modderbruin Vivian op: bibliothecaresse of een soort administratrice ergens uit het Midden-Westen, zo'n slimme vrouw in een ondergewaardeerd beroep met een rare vierkante bril en veel vragen.

'Vivian?' vraagt hij. Dorothy is in het andere bed gekropen en heeft de rode wollen dekens tot over haar gezicht opgetrokken. Ze steekt haar hand uit om het licht uit te doen. Gezien de enorme hoeveelheid lichaamsbeweging, de lits-jumeaux en uiteraard hun leeftijd (hij wordt volgende maand negenenzeventig en zij wordt opmerkelijk genoeg algauw vierenzeventig) hebben de bedenkers van dit soort geriatrische avonturen het bedrijven van de liefde als activiteit duidelijk voor onmogelijk verklaard. Anderzijds, Dorothy is zijn vrouw niet meer en wil dat ook niet zijn als ze straks op het noordelijk halfrond zijn teruggekeerd. Ze zullen kamergenoten zijn. Slapies. Dat is trouwens al jaren zo. De laatste keer was toen hij bijna met pensioen ging en Dorothy, misschien onder de indruk van het aantal toespraken ter ere van zijn succesvolle loopbaan, een beetje teut haar toost al hoelahoepend had uitgebracht. Het was dwaas en platvloers geweest, maar volgens hem had dat haar ertoe gebracht, alleen toen, om zich weer voor de geest te halen waarom ze eigenlijk haar jawoord had gegeven.

Ja, had ze gezegd, of nee, geschreven. Ja, schreef ze.

Simpelweg dat, voor een leven lang. Het is een leven lang geweest, voor allebei.

Mijn God, denkt hij. 'Mijn God,' zegt hij.

Dorothy houdt op met praten en gaat verliggen; ze was aan het praten! Die rottige oren. Nu hoort hij het ruisen van koude, gesteven lakens glashelder.

'Welterusten,' zegt ze.

'Ik luisterde,' zegt hij.

'Ik vind het helemaal niet erg als je niet komt.'

'Hè?'

'Bij mijn praatje.'

'Ik luisterde,' zegt hij. Het is weliswaar aardedonker, maar hij ziet haar gezicht, de ogen wijd open omdat ze te boos is om te slapen. Ze ligt kwaad te wezen, van alles spijt te hebben, haar leven te betreuren, hem te betreuren; of ze denkt terug aan James. Hij heeft geen flauw benul en bovendien denkt hij het liefst niet aan zijn zoon. Hij weigert het feitelijk, ook voor de toekomst. In zijn hoofd maakt James nog een tochtje met de scouts. Ze zijn al op de berg en kijken omlaag. James wijst aan waar hij ongeveer woont:

de nieuwbouw met al die keurige rijtjeshuizen aan glooiende stra-
ten in wat eens boerenland was, met de bomen (hij herinnert zich
nog dat ze werden geplant!) die huizenhoog zijn geworden sinds
hij er als jongen met het gezin kwam wonen, met dat Thornbrook-
bord aan de ingang van de wijk in dat belachelijke tuintje dat zijn
moeder op haar dooie akkertje had volgezet met vingerhoeds-
kruid, suzanne-met-de-mooie-ogen, tulpen en narcissen. Om de
buurt wat karakter te geven, had ze gezegd, wat te verlevendigen.
Vandaar ziet James het allemaal, kan het zich althans zo duidelijk
voorstellen dat hij het aan zijn vriendjes kan vertellen. Hij heeft
vriendjes om zich heen. Hij staat boven op een berg. Hij staat onder een stralend blauwe hemel. Zijn hand gaat naar zijn veldfles…

'Ze is nooit getrouwd,' zegt Dorothy in het donker. Het is de
gelijkmoedige Dorothy, de onverstoorbare Dorothy: een welover-
wogen en je zou zelfs kunnen zeggen theatraal stemgeluid. 'Ze is
één keer in de verleiding geweest. Ze was blijkbaar verliefd geworden. Maar ze heeft het voor en tegen afgewogen. "Ik moet worden
uitgedaagd," schreef ze, "en dit leven voldoet daar niet aan."'

Het verstandsduiveltje heeft vat op hem gekregen. 'Vivian?'
vraagt hij.

Ze slaakt een zucht.

'Niet die Browning van jou,' zegt ze, 'maar toch een mooie
uitspraak.'

Op Tinian, tijdens de oorlog, vond Charles het raar geestelijken
tegen te komen, aalmoezeniers die dagelijks piloten, kanonniers
en boordwerktuigkundigen toespraken over de geest van de ba-
jonet, over de bom. Ze hadden kerken geïmproviseerd: uit elkaar
genomen stapelbedden bij wijze van kerkbank. De manschappen
sliepen er of baden er, al naargelang, terwijl de aalmoezeniers hun
preek afstaken. Er was er een die dominee Simpel werd genoemd.
'Het is simpel, jongens,' zei hij wanneer ze met naar hun mening
ingewikkelde ethische kwesties op hem afstapten. 'Jezus wil dat
jullie jappen doden.'

Ene Frank Peterson, staartschutter toen Okinawa met brand-
bommen werd bestookt, biechtte op dat hij daarachter in het
vliegtuig met elke knal een rivier van vuur had zien ontstaan. Hij

had het vuur op een school zien overspringen en de kinderen als een zwerm opgeschrikte winterkoninkjes door de ramen naar buiten zien vliegen.

Natuurlijk had Peterson niets gezien. Dat kon toch helemaal niet vanuit de lucht?

Dominee Simpel stak van wal. 'Het is simpel,' zei hij, waarop Peterson hem, een geestelijke, onderbrak en hem te verstaan gaf dat hij naar de hel kon lopen. 'Neem me niet kwalijk, dominee,' zei Peterson. 'Loop naar de hel.'

Tegen de tijd dat ze Okinawa achter zich hadden gelaten, gaf geen mens nog ene moer om ethische kwesties. Er bestonden geen ethische kwesties. Maandenlang kregen ze opdracht de eilanden, de vliegvelden, de geschutstellingen te bombarderen, waarmee ook alles wat in de weg stond in de hens werd gezet: de rieten hutten die als onderkomen dienden voor de arme donders die de pech hadden gehad niet te zijn geëvacueerd. Er waren natuurlijk grotten, die waren er altijd, maar de meeste Japanners waren te ziek om die te bereiken en bovendien kregen ze er de tijd niet voor. Dat was de tijd van de bevelen. Het opperbevel. Charles was nog een jonge knul; gaaf gebit; uitstekend gehoor, zou hij als eerste zeggen. Het Army Air Corps had hem toch aangenomen? Zijn eigen afgevaardigde had hem toch voorgedragen? Hij herinnerde zich de brief nog, de brief die zijn moeder pas ergens in het zicht had gelegd nadat ze het zegel van Maryland – een gouden zegel, in reliëf – had opgepoetst. 'Een toonbeeld van eruditie,' had de afgevaardigde geschreven. 'Charles Archibald Barrett is naar onze mening bij uitstek in staat de waarden en beginselen van het USAAC te vertegenwoordigen.'

Hij herinnerde zich vooral de tyfoons. Het weer was de tweede vijand geworden; het was één grote samenspanning geweest. Dat zei dominee Simpel althans. Hij preekte elke avond en was met zijn witte aalmoezeniersboordje de enige die geen uniform droeg. Hij kwam uit het zuiden en was zo oud als hun grote broer. Hij had op Duke gezeten en daarna op het befaamde seminarie van New York. Hij sprak op de lijzige toon van de geleerde en klapte dikwijls in zijn handen als hij vond dat zijn publiek verslapte.

'Mist, luchtstromingen. Modder zelfs,' zei hij. 'Hitte, beslist.'

Hij had in zijn handen geklapt; de enkele aanwezigen rechtten de rug.

'Als ik het uniform mocht dragen…'

'Was u nu dood geweest,' wierp Tommy L. ertussen. Tommy was de zwarte uit Philadelphia die hun aardappelen waste en geen preek van dominee Simpel oversloeg.

'En zegevierend in het koninkrijk Gods,' zei dominee Simpel.

'Dus moet men, om voor de hand liggende redenen, de Oorlog immer in gedachten houden,' schrijft Charles, 'en uiteraard', schrijft hij, 'wat ik de "Luimen van het Leven" noem.'

Hij krast 'Leven' met hoofdletter door: te intellectueel, ietwat negentiende-eeuws. 'Luimen' eveneens. Trouwens, hij ziet de anderen op de boot al grijnzen. We leven in cynische tijden, weet hij. Ze zullen een onbestemde, ongeïnteresseerde glimlach tonen. Ze zullen even niet met het kleingeld in hun zak spelen en een luisterende houding aannemen, zoals toen Terry Pinto, de amateurbioloog, zijn lezing over weekdieren hield; gerust een aardige man, maar oersaai, een echte zeur, en dat hoopt hij zelf niet te zijn. Pedant, oké; saai, nee. Toen ze al wat langer getrouwd waren, heeft hij het Dorothy vaak genoeg gevraagd, op het achterterras dat nu wordt afgeschermd door de hoge notenbomen van Thornbrook, op avonden dat de maan niet scheen en – uiterst storend! – in het moerassige bos aan het eind van hun straat waar de krekels en cicades en kikkers tekeergingen; omdat ze de nodige whisky ophebben, lijkt het gesprek wat meer van één kant te komen en meer nog dan hij nieuwsgierig is of Dorothy nog wakker is, is hij nieuwsgierig of ze luistert. 'Verveel ik je?' vraagt hij.

En uit de richting van de vage omtrek van een duisterder Dorothy, klinkt dan een kalm: 'Ik zat te denken.'

Vooropstaat dat ze drie kinderen hebben grootgebracht, Caroline, Liz en degene die er niet is, James.

Komt hij dan zo op Browning terug? Via de oorlog? De tijd die verstrijkt? De dood van een zoon?

Hij schrijft, dronken en enigszins vertwijfeld, in het schemerdonker van het berghotel. Als hij nu naar links keek, dan zou hij Dorothy zien slapen, de benen opgetrokken. Ze is oud geworden, zijn Dorothy. Haar hals rimpelt. Toch kan haar dat geen malle-moer schelen, heeft ze verklaard. Ze doet waar ze zin in heeft. Ze betreedt regeringsgrond. Ze overtreedt bewust de wet en bijt in een hand terwijl ze heel goed weet wat de gevolgen kunnen zijn. Tijdens het proces wegens landvredebreuk en gebruik van geweld had de advocaat – in de arm genomen door Caroline – Dorothy gesmeekt haar mond te houden, de zo zorgvuldig uitgeschreven tekst die ze in de rechtbank wilde voorlezen te bewaren voor de commentaarpagina van de *Rising Sun Times*, een advies dat Doro-thy in de wind had geslagen waardoor ze pas tot zwijgen was ge-bracht toen de rechter in hoogsteigen persoon zei dat ze dertien zaken te behandelen had en revoluties bovendien de tv niet meer haalden. Niemand had naar Dorothy willen luisteren.

En nu uitgerekend Florence Nightingale. Wanneer was díé in hun leven verschenen?

Browning hoeft niet, denkt Charles. Dit is mijn verhaal. Ik kan het opschrijven zoals het is: een soldaat, luchtmachtsoldaat, wordt boven de Stille Oceaan neergeschoten. We zijn al een heel eind op streek. Het loopt al tegen het eind, voorjaar '45, begin van de zomer. De soldaat is twintig, zo ongeveer. Zeg dat hij Charles heet. Een periode van drijven in het zoute water, 's nachts beschenen door zoveel fosfor dat het water de hemel lijkt: fosforsterren, in Charles' hoofd althans. Feitelijk is hij dood en liggen zijn mannen visvoer te wezen op de bodem, maar om de een of andere reden is hij gewichtloos. Hij drijft maar. Was hij altijd al lichter dan de anderen? Is hij voorbestemd voor iets groots? Als vanzelf krijgt hij wanen; hij blijft toch drijven? In het koninkrijk Gods. In het licht van de sterren, of van de fosfor, glijden onder hem de schimmen van haaien, of van grotere vissen; hij krijgt de fosfor maar niet uit zijn ogen; hij kan niet slapen. Hij drijft als een stok of een gekurkte fles, maar wordt uit het water gehaald. Vissers die wel zo slim zijn om te weten waar ze hem heen moeten brengen.

Hij zou het hier geen kamp noemen, geen gevangenis, niet eens een dorp. Het is eerder een verzameling betonnen barak-ken, door mensenhand gemaakte grotten op een vergeten eiland. Daarbinnen hebben ze lege bamboekooien – ze hadden hem verwacht, hadden er meer verwacht – en hoewel hij niet in de kooi past, stoppen ze hem erin, want dat brengt geluk. Dat zeggen degenen die hem gevangen hebben genomen als ze hem erin vouwen: dat brengt geluk, zeggen ze.

Ze noemen hem Geluk. Ze denken dat er gauw iemand zal komen zoeken. Hij is het aas, de rauwe kippennek, maar niemand komt hem zoeken. Ze denken dat hij dood is. Trouwens, de oorlog is bijna voorbij.

Er leven ratten op het eiland en verder leeft er weinig. Wanneer hij de dood nabij is, krijgt hij vissenstaarten van de vissers en ze druppelen water door een bamboestaak. Hij probeert zich een uitweg te knagen, maar zijn tanden rotten en de bamboe is te sterk. Zijn benen zitten in rare bochten. Hij likt aan de bamboetralies. 'Geluk,' zegt de visser die hem heeft gevonden, die met tatoeages rond zijn polsen. De visser gooit Charles iets geleiachtigs toe; hij heeft bloed aan zijn vingers.

Als de ratten zijn kooi binnen zouden komen, zouden ze hem verslinden, denkt Charles; hij maakt rare geluiden waar ze een hekel aan lijken te hebben. Ze maken omtrekkende bewegingen en staren hem met hun fosforogen aan. Hij heeft het koninkrijk Gods betreden, is naar het koninkrijk Gods opgestegen.

Met de komst van de regen vingen elders brede bladeren het water op en verschenen de vissers weer bij zijn betonnen grot; ze openden zijn kooi en strekten zijn armen en benen en goten water op de zweren waar hij de mieren van af blaast: alle insecten willen naar binnen.

Als hij zou zeggen wat hij dacht, zou hij weten wat hij dacht, zou hij zeggen wat dominee Simpel uit het laatste boek van de Bijbel citeerde, namelijk dat uit Zijnen mond een scherp, tweesnijdend zwaard hing. Het zwaard lag niet in Zijnen hand, maar hing uit Zijnen mond. Hij had zelf ook zijn zwaard in zijn mond; hij verzwolg het lemmet en stikte in de greep. Maar wat wist dominee Simpel ervan? Wat wisten zij ervan? Je zult de goede strijd strijden, zei dominee Simpel. Amen.

'Dorothy was een jonge vrouw van negentien, werkte als secretaresse voor enkele hoge bankmensen in San Francisco, haar geboortestad, en woonde met twee vriendinnen in een appartement zonder warm water in de buurt van Chinatown. Maar goed, toen ze die middag tijdens haar middagpauze de straat overstak, moest ze ineens een losgeschoten kabeltram ontwijken. Daarbij botste ze tegen een lantaarnpaal en liep bijna een hersenschudding op. Ik was net terug van de Atsugi-luchtmachtbasis in de Aziatische arena, waar mijn herstelperiode langer had geduurd dan ik me eigenlijk wil herinneren en deed lullig kantoorwerk voor de geallieerde bezettingsmacht. Ik woog nog altijd amper vijfenveertig kilo. Later heb ik met de Japanners in de polymeren gezeten...'

'Plastics,' werpt Teddy Flamm ertussen.

'Sluwe mensen, de Japanners, maar uiteindelijk toch wel fatsoenlijk.'

Er is de vraag gesteld hoe hij en Dorothy elkaar hebben ontmoet en Charles wil er graag op ingaan. Ze hebben een tijdje in de alpine bar vertoefd en Chester Briggs lijkt te slapen, te dommelen althans. Verderop klinkt het gerinkel van glazen en er hangt de weeïge lucht van kersentabak; dat is Lionel Hughes, weet Charles, aan het roer of aan het bevoorraden. Op de een of andere manier waakt hij over ze.

'Dorothy,' vervolgt hij, 'woog nauwelijks meer dan ik...'

'Zet er wat vaart achter, Charles,' zegt Teddy Flamm, die eerder heeft opgebiecht dat hij als te dikke puber de bijnaam Flubber Flamm had.

'Ze had een handtasje bij zich, weet ik nog. Ze lag in katzwijm. Een jongen op een fiets hield stil.'

Charles pauzeert om ze in staat te stellen het voor zich te zien, maar bemerkt gebrek aan aandacht in die stilte.

'Ik boog me over haar heen. Ik had me die ochtend net geschoren.

Ze deed haar ogen open. "Wie ben jij," vroeg ze.'

Charles weet dat hij moet stoppen en neemt afscheid van zijn toehoorders. Hij is ineens dronken, mannetjeweemoezat, zoals hun jongste, Liz, het zegt. Je moet het een en ander voor jezelf houden, zou ze hebben gezegd, en eerder al: hou je mond.

Maar de net weer ontwaakte Chester Briggs vraagt hem verder te vertellen.

'Er kwamen allemaal mensen bij staan. Ik wist wat moed te verzamelen om tegen de politie te zeggen dat ik als haar recent teruggekeerde neef het volste recht had met haar mee te gaan en deed dat ook, naast haar in de ambulance. Toen ze het ziekenhuis in werd gedragen, vroeg ze of haar neef bij haar mocht blijven…'

'En ze leefden nog lang en gelukkig,' zegt Chester Briggs.

Charles drinkt zijn glas in één teug leeg.

'In wezen wel,' zegt Charles.

'Jeannie en ik zijn er natuurlijk door mijn neef Bud in geluisd. Eén keer kijken was genoeg om haar te willen lozen, maar Bud fluisterde "het gaat om het karakter" en jezus, wat hebben we het prachtig gehad samen.'

Chester heeft Jeannie aan het begin van het jaar verloren. Veel passagiers hebben aan het begin van het jaar iemand verloren, en anders aan het eind van vorig jaar, of een tijdje geleden, of lang geleden, of daartussenin. Ze zitten op een schip in rouw, en toch is het goed de kou op je gezicht te voelen, is het goed te leven. Met deze reis, weet Charles, probeert Chester het leven weer op te pakken. 'En ze heeft die hele klotetoestand zo moedig gedragen,' zegt Chester. Ietwat opgelaten ziet Charles zich hem op de hand kloppen. Vriendschap is niet zijn sterkste kant, maar met Chester, die geïnteresseerd leek in zijn verhaal, voelt hij een soort verwantschap en nu hij ziet dat de anderen zijn weggeslopen, biedt hij zijn vriend aan hem naar diens eenpersoonskamer te begeleiden. Dan staan ze daar, onvast, in drank gemarineerd. '*Auf Wiedersehen*,' zeggen ze, tegen niemand in het bijzonder.

Op momenten, zekere intieme momenten, noemde ze hem neef Charlie, maar minder vaak dan hij in het licht van de vele jaren samen graag had gezien. Hij had geleerd geduld te oefenen. Hij had geleerd met aarde aan zijn handen van de tuin in huis te komen, niet zo precies te zijn; dat vond ze prettig. Ooit waren ze op dansles geweest. Dorothy had de brochure opgepikt in de club. Woensdagavond, stond er. Avondkleding. Dat zou toch leuk zijn! had ze gezegd terwijl ze wist, wist hij, dat hij het niet leuk zou vinden, maar van plan was hem te geloven als hij 'ja' zou zeggen. En het was leuk geweest, moest hij toegeven. Ze hadden zich vooral op de klassiekers gericht, de foxtrot, de *lindy* en de Weense wals, waarmee ze in de prijzen waren gevallen. Zelfs Caroline, die wist dat haar moeder in haar tienerjaren weinig lol had beleefd – de restanten van de crisisjaren natuurlijk, en een vader die het haar moeilijk had gemaakt en uiteindelijk aan de drank ten onder was gegaan – had haar enthousiasme voor de cursus opgemerkt en haar gestimuleerd.

Haar vader was ten onder gegaan, placht Dorothy te zeggen, alsof de drank een bijzonder zware bui was die loswrikte wat niet goed gezekerd was.

Ze vond het niet prettig met hem of de kinderen over haar vader te praten. Het was een trieste man geweest, vertelde ze Charles in hun beginperiode, die echter geweldig pianospeelde en in San Francisco heel beroemd was. Thomas Francis Townsend heette hij, en hij was geboren in Engeland als zoon van een vrouw die was overleden toen hij nog maar klein was en vervolgens hierheen gestuurd, naar San Francisco, waar hij verder werd opgevoed door het bejaarde stel dat ze nu en dan in Sherwood Oaks bezocht. Hij was zijn baan bij het symfonieorkest voor de oorlog kwijtgeraakt, maar speelde jarenlang in de Ivy Room van hotel Fairmont en gaf door de week pianoles in de huiskamer. Hij is net vorig jaar overleden, zei ze. In het veteranenziekenhuis, zei ze, en dat was wel grappig want hij had het voor elkaar gekregen alle oorlogen langs zich heen te laten gaan. Het drijft min of meer op giften, zei ze. Hij was van straat geplukt.

Haar ouders waren gescheiden toen ze nog heel jong was, waarna haar moeder was hertrouwd en naar het Zuiden was verhuisd.

Hierbij haalde Dorothy haar schouders op. 'Ik heb mijn eigen weg gezocht,' zei ze.

'Voor de kabeltram langs,' zei hij.

'Inderdaad,' zei ze. 'En jij?'

'Ik?' vroeg hij. 'Ik weet het niet. Boerderij in Maryland. Koeien. Machtig heet in de zomer. We waren arm, denk ik, maar dat was iedereen. En daarna was er alleen nog de oorlog.'

'Juist,' zei ze.

Waar was dat geweest? Hij weet het niet meer. Ze hadden de

uren samen uitgebreid tot dagen en daarna tot weken, die ze vooral op een parkbankje doorbrachten of theedrinkend in een van de
restaurants bij de jachthaven, misschien wel in dat ene waar hij
later Dorothy ten huwelijk zou vragen; met haar handen op schoot
zat ze toen, klein achter die enorme Dungeness krab, een rood-
wit servet in haar kraag gestoken. Enkele maanden later verbond
de afgevaardigde van Californië – zo ging dat toen – hen met de
bijbel in de hand in de echt. Hij zei zijn tekst op en zij zeiden hun
tekst op. Dorothy droeg een jurk van zeegroen chiffon. Een wufte
jurk, zei ze. Gepast onstuimig.

Ze had de lavendelblauwe parelketting om die hij had gekocht
om haar over de streep te trekken. Ze stond rechtop, het hoofd iets
schuin. Ze droeg handschoenen van grijs geverfd varkensleer en
zou ze zich naar hem toekeren, dan zou ze hem aankijken door het
stugge kant dat ze de avond tevoren met rappe handen en kleine
witte tanden om de draad door te bijten aan haar lievelingshoed
had gezet.

Zo, had ze gezegd toen ze Charles de hoed ter goedkeuring
voorhield. Hij was vaag gebleven in zijn bijval nu de geluiden werden gesmoord (dat rotvliegtuig!) en hij werd afgeleid door zijn
eigen bezigheden: het ene vel perkamentpapier na het andere
volschrijven met regels van Browning. Zijn vader en broers thuis
zouden van het huwelijk op de hoogte worden gebracht – hij verwachtte niet dat ze zouden komen – met enkele dichtregels die hij
wilde voorlezen tijdens de ceremonie die met alleen Dorothy en
hij en de door burgerzaken geleverde getuigen (een secretaresse
en een schrijver) eigenlijk geen ceremonie was. Hij had de regels
hardop gezegd, uit zijn hoofd geleerd, hoewel hij wist dat ze hem
een uitslover zouden vinden. Zijn stem beefde, wat duidelijker
hoorbaar werd doordat de trouwzaal verder leeg was. De afgevaardigde van Californië leek geërgerd door het vertoon, maar de
getuigen vonden het wel apart, zoals ze later zeiden toen ze de be-
nodigde formulieren tekenden en hun honorarium incasseerden.
Wat Dorothy betreft: die hield haar mond erover.

In de dip van hun huwelijksnacht stelde Charles voor om niet al te
snel hun kleren weer aan te trekken. Hij was nog steeds verbaasd

over haar vogeltjesgewicht. Een tastbaar spook, dacht hij. Stil de hele tijd, ook al leek ze het fijn te hebben gevonden, leek ze wel lucht. Ze streelde zijn haar. Ze liet zich door hem optillen, ietsje, en de kussens verschikken. Het klonk als een redelijk verzoek om nog even zo te blijven liggen, niet te bewegen, maar op dat moment vroeg ze of ze weg mocht, op de bank mocht slapen in de andere kamer van hun suite, of hij dat niet heel erg zou vinden.

Charles pakte de kamerjas die hij speciaal voor dit moment had gekocht, een groene zijden kamerjas met een motief van biljartballen, en trok hem aan. Hij had hem wel chic gevonden, had zich althans van het chique laten overtuigen door de verkoper in het warenhuis die ook zijn trouwpak met bijpassende stropdas uitzocht. Het kon gewoon een superieure verkoper zijn, en anders had hij het inderdaad goed met hem voor. Hoe het ook zij, hij geloofde hem op zijn woord en kocht de zijden kamerjas waarvan de man zei dat hij op de belangrijkste avond van hun leven 'voor de zo noodzakelijke luchtige noot zou zorgen'. Hij had ongetwijfeld geraden dat Charles nog maagd was, misschien aan de manier waarop hij zijn das knoopte of de overdreven opwinding waarmee hij tegen een vreemde de schoonheid van Dorothy bezong, over zijn aanzoek van de week ervoor sprak, over de ring die hij heel slinks onder een theekopje had verborgen omdat hij wist dat ze de maaltijd afsloot met thee, dat de ober dan met een hele pot kwam en dat dat allemaal gebeurde wanneer over het algemeen de conversatie luwde en ze de andere gasten gingen bekijken. Hij had het van tevoren precies zo zien gebeuren, had Charles de man verteld.

Daarbij zaten ze in de gemakkelijke stoelen voor de driedelige spiegel van de mannenafdeling. De verkoper luisterde zeer aandachtig.

'Precies zo,' zei Charles, schuivend in zijn stoel. Hij had het trouwpak nog aan dat hij voor de plechtigheid had uitgezocht en onwillekeurig wierp hij af en toe een blik op zichzelf. 'Ze draaide haar theekopje om en toen zag ze hem.'

'De ring?' vroeg de verkoper.

'Het doosje,' zei Charles, 'maar ze wist het gelijk.'

'Dat is altijd zo.'

'Ze maakte het niet meteen open. Ze nam er de tijd voor. "Wat is dit nu, Charles?" vroeg ze eerst nog, maar ze wist het gelijk al.'

De verkoper knikte; hij boog voorover om een los draadje van Charles' revers te plukken en liet zich weer terugzakken om verder te luisteren.

'"Maak open," zei ik. "Je zult wel verrast zijn." Het was mijn moeders ring geweest. Die was al jaren…'

'Mijn medeleven.'

Charles wuifde het weg. 'Ze had hem aan mij vermaakt. Ze had er alle vertrouwen in dat ik nog leefde.'

De verkoper knikte.

'Maar goed, Dorothy hield haar adem in. Letterlijk. Ik zei dat we hem passend konden laten maken. Dat hoefde niet voor haar.'

'Ze vond hem zo al prachtig,' zei de verkoper.

'Niet precies,' vertelde Charles verder. 'Ze zei dat ze na wilde denken.'

'O.'

'Het leek logisch,' zei Charles.

'Volledig.'

'De volgende ochtend schoof ze een briefje onder de deur van mijn kamer door. Ik hoorde het glijden. "Ja" stond erop. Alleen dat ene woord. "Ja".'

'Die dame weet wat ze wil,' zei de verkoper terwijl hij opstond.

Charles stond ook op, alsof Dorothy op dat moment de mannenafdeling binnen stapte.

'Misschien een donkerder blauw,' zei de verkoper, doelend op de das van Charles, en met een 'neem me niet kwalijk' ging hij op de kamerjas uit.

En daar stond Charles nu in dat geval, met zijn te magere benen en te magere armen en de wirwar van littekens op zijn borst. Hij begreep direct dat ze hem de maat had genomen en dat haar besluit om op de bank te slapen voortkwam uit een vrij algemene verandering van inzicht over hoe het met hen verder moest. 'Helemaal niet,' zei Dorothy, maar zonder verdere uitleg. Ze sleepte de deken van het *queensize* bed de zitkamer in en trok de deur achter zich dicht. Hij deed zijn belachelijke kamerjas uit, maar bij zijn poging hem in de kleerkast op te hangen gleed hij meermalen van het houten hangertje. Toen ze een week later naar huis gingen, liet hij hem expres achter. Dorothy was op de bank blijven slapen en Charles in het queensize bed; hij had uiteraard geprobeerd haar te bewegen te ruilen. Dat leek de juiste handelwijze. Zij weigerde, hield vol dat ze de prijs van haar besluit wilde betalen, dat ze erop vertrouwde later bij te zullen draaien, dat ze beslist van hem hield. Ze had tijd nodig, zei ze.

Die eerste nacht kon hij niet slapen, en de andere nachten van hun huwelijksreis evenmin. Heel laat in de nacht opende hij dan de tussendeur om te kijken hoe het met haar was. De gelijkenis met hoe hij haar oorspronkelijk had aangetroffen was opmerkelijk: de ogen gesloten en het hoofd opzij, alsof ze luisterde of ze een trein hoorde komen. Het haar in een permanent. Een bleke huid. Blauwgeaderde oogleden waarvan hij elk moment verwachtte dat ze omhoog zouden schieten. Hij wist dat hij dan opnieuw zou schrikken van de grote ogen, van het opmerkelijke groen ervan en van opnieuw haar 'Wie bent u?'

Vanwege de overdonderende belangstelling zal Dorothy haar lezing over Florence Nightingale in de grotere Trumbull-zaal geven, genoemd naar Louise Trumbull-Walcott, de eerste vrouw die iets zo opmerkelijks heeft gedaan dat het geheel vergeten is. Blijkbaar togen rond de vorige eeuwwisseling vrouwen als Louise onder achterlating van man en kinderen in groten getale van Engeland naar Patagonië om er in inboorlingendracht op trommels te slaan. Ze gingen op Darwin uit of voor hem uit. Ze werden honderd en ontwikkelden schubben.

Toen kwamen de anderen, zij die met Chinees porselein en zijden japonnen in hun bagage in een zelf gesticht dorp van witgekalkte huisjes met bijbel, piano en dienstmeisje op de onmogelijke grond een boerenbestaan probeerden op te bouwen. Het land strekte zich eindeloos uit. In hun goeie goed keken deze vrouwen uit op niets en wie weet was dat juist wat ze zochten. Er gaan talloze verhalen rond en in Dorothy's heksenkring doen ze niets liever dan elkaar de saillante details opdissen, de vrouwendingetjes: de onderdrukking, de neerslachtigheid, de transformatie, enzovoort. De heksenkring zal Dorothy's lezing bijwonen en enkele leden zijn al bezig hapjes klaar te maken voor de nazit (een woord dat ze uitspreekt alsof ze voor de koningin moet verschijnen). Ze geeft hier en daar een commando, is weer de kordate Dorothy die Charles zich herinnert van toen ze de kinderen om zich heen had, hoewel ze hem jaren later vertelde dat ze zich destijds meestal ellendig voelde. Maar ook weer niet, zei ze die keer. Nee, niet; zei ik ellendig?

'Ja,' had hij gezegd. 'Je zei ellendig.'

'Nee, niet,' had ze gezegd. 'Nee, niet.'

Dat was zo'n 'laat in de avond op het achterterras'-gesprek geweest, toen James op de universiteit zat, Caroline puberde en elke avond uitging en Liz met de deur dicht in haar kamer opging in een boek. Ze zaten tegenover elkaar, elk op een smeedijzeren stoeltje aan hun smeedijzeren tafeltje met het glazen blad waarop hun drankjes het water deden condenseren. Het landschap rondom had zich dichtgetrokken, was een jungle geworden; het was te kostbaar om de bovenmatig zware notenbomen neer te halen, ook al klaagde Dorothy dagelijks dat het een ergerlijke zooi werd in de tuin en de rododendrons en azalea's geen zon kregen. Misschien was dat het eerste teken geweest: haar ongeduld met de tuin, de woede. De tulpen en narcissen die ze eens zo liefdevol bij het bord aan de ingang van Thornbrook had geplant, inmiddels in aantal verdubbeld of verdrievoudigd, werden met het jaar zwakker en dat voorjaar had ze haar spade ernaartoe meegenomen, de misvormde bruine bollen opgegraven en de hele zwik in de vuilnisbak gemieterd.

Zulke avondlijke monologen waren deel uit gaan maken van de immer aanwezige Dorothy-kwestie, zoals Charles het was gaan noemen (alleen bij zichzelf, want jegens haar meende hij slechts mededogen, nee, inlevingsvermogen te tonen). 'Het is nooit te laat om te worden wat je had kunnen zijn,' zei hij, in de vage hoop met dit citaat van George Eliot aan te geven dat hij haar probleem begreep. (Ooit had ze zijn inlevingsvermogen zijn grootste kracht genoemd. Ze veronderstelde dat hij die aan zijn periode als krijgsgevangene op dat eiland had overgehouden, had ze gezegd, en zijn vermogen toen om vriendschap te sluiten met de vissers die hem gevangen hadden genomen en hem uiteindelijk het leven hadden gered door hem terug de zee in te duwen.) Een probleem zonder naam, zei ze nu nadrukkelijk, een aan vrouwen voorbehouden gesteldheid. 'Het ligt in onze aard,' zei ze. 'Zo zijn we, het is, God, onze soort, ons lot, het kruis dat we...' maar aan zijn zwijgen las ze af dat het hem niet langer boeide...

'Natuurlijk boeit het me,' zei hij.

'Wat moet ik?' jammerde ze, waarbij het 'moet' hem erop attent maakte dat ze, na een paar borrels en met de nacht nabij, de acterende Dorothy was geworden, de Dorothy die zichzelf groot zag. Ze had verder gepraat: ze had het over het angstige kind dat ze eigenlijk was, noemde zichzelf in overdrachtelijke zin een mankepoot ('een aardje naar mijn vaartje,' zegt ze terwijl het ijs tinkelt en de gin klokt) die niet in staat was de vrije vrouwen van tegenwoordig bij te houden (ze kwam bij de een of andere praatgroep vandaan, waarvan ze de bijzonderheden zwoer mee te zullen nemen in haar graf), vertelde dat zich hier, hier in de stad, hier in Thornbrook een renaissance voltrok nu zoveel buurvrouwen het voor gezien hielden, scheidden en naar Californië vluchtten. God, Californië. Ik kóm uit Californië, zei ze. Ik heb jóú ontmoet in Californië.

En nog steeds verzekerde ze hem dat ze hem niet zou verlaten en van hem hield waarbij ze, geheel tegen haar aard in, naar hem toe wankelde om bij hem op schoot te komen zitten, zijn haar te strelen, in hem te kruipen.

'Ik ben een hol bot,' zei ze.

'Jij bent geen hol bot,' zei hij. 'Je bent prachtig. Je bent mijn vrouw en moeder van onze kinderen. Jij bent Dorothy.'

'Dat klopt,' zei ze. 'Dat ben ik.'

'En ik hou van je,' voegde hij eraan toe, want dat deed hij. Hij was altijd van Dorothy blijven houden.

Gevaarlijk dicht bij de terrasstoel plofte een walnoot op de grond.

'Wat moet ik?' zei Dorothy. 'Ik moet iets.'

'Je zou me kunnen kussen,' had hij gezegd.

'Ik zal je kussen,' antwoordde ze. En ze deed het. En het was een mooie avond geweest, en daar waren er de afgelopen vijfentwintig jaar meer van geweest, veel meer. En waarvoor hadden ze dit alles doorstaan? Hiervoor? Dat Dorothy nu als iets achter tralies voor zijn neus loopt te ijsberen? Alles lijkt haar te veel tijd te kosten. Waar is haar geduld gebleven? Waar is de moeder gebleven? Waar is het kusje op een geschaafde knie gebleven?

Achteraf gezien lijkt het gekkenwerk dat hij een generale repetitie heeft voorgesteld voor de kritische noot, ook al zijn ze nu weldra exen, zoals Dorothy had gezegd, en kunnen ze éérlijk zijn. Nietsontziend. In die woorden had hij de heksenkring herkend met daarboven, als een geest rondwarend in bebloed Krimuniform, een felle Florence Nightingale.

Dorothy blijft nu staan, achter het geïmproviseerde spreekgestoelte voor hem (een muziekstandaard) in de Trumbull-zaal, waar de wat formelere diners worden gehouden en in vroeger tijden werd gedanst. Het is hun goed duidelijk gemaakt dat het schip in een eerder leven diende voor het vervoer van de elite van Buenos Aires naar de Uruguayaanse stranden. De ijsbrekerfunctie is een recente toevoeging. Ze draagt haar enige pakje, omdat ze – goddank, zegt ze – op het allerlaatst heeft besloten om naast haar jeans en bergschoenen nog iets in te pakken.

'Niet leunen,' zegt Charles.

'Ik ben nog niet begonnen,' zegt ze.

'Ik wil je er enkel aan herinneren,' zegt hij.

'Is gebeurd,' zegt ze.

Charles gaat zitten en slaat zijn benen over elkaar en weer terug. Hij heeft moeite met zijn houding: hij heeft een schrijfblok, een pen en de kriebels.

Dorothy schraapt haar keel; ze draagt een leesbrilletje en het weer maakt, ziet hij nu pas, dat haar haar in slagen valt. Maar misschien ligt het eraan dat hij Dorothy nooit eerder vanuit dit perspectief heeft gezien: hij als publiek en zij als spreker. Ze ziet er totaal anders uit dan normaal, ontzagwekkender – om voor de hand liggende redenen – maar tegelijkertijd klopt er iets niet: die ietwat uit het midden staande neus – was die altijd zo vorstelijk? – en die ineens doffe, jadegroene ogen in plaats van stralend groene; wat gaat er in godsnaam door haar heen? Wat ging er vroeger door haar heen? Al die jaren met Dorothy botsen plotseling tegen een dichte deur. Ze overtreedt wetten tegenwoordig, komt in de bak terecht. Ze heeft totaal geen belangstelling meer voor bridge of paddletennis. Voor hetzelfde geld zat ze op de maan nu, was ze gewichtloos. Doemde ze altijd van heel ver op? (Want nu komt James hem niet voor ogen; die blijft de scout boven op zijn berg, waar hij insignes verzamelt en marshmallows roostert.)

Dorothy onderbreekt zijn gedachten. 'Hoor je me?' vraagt ze.

'Hè?'

'Versta je me?' vraagt ze.

'Ik versta je.'

'Mooi. Goed. Daar komt-ie.' Dorothy schraapt andermaal haar keel.

'Ik wil beginnen met een korte, biografische achtergrondschets van ons onderwerp...'

'Dorothy,' zegt Charles.

Ze kijkt op.

'Wat zei Twain ook weer over de pluralis majestatis?'

'Help me even,' zegt ze.

'Alleen te gebruiken door vorsten en mensen met een lintworm.'

'Was ik vergeten.'

'Gebeurt.'

Het schip stampt en Charles, die weliswaar vastgeschroefd zit, grijpt met twee handen zijn stoel vast. Het vaart rustig sinds ze weer aan boord zijn, dus dit zal zomaar een golf zijn.

'Ga verder,' zegt hij.

'Biografisch,' zegt ze, 'van míjn onderwerp, Florence Nightingale...'

'Juist!'

Over de rand van haar bril kijkt Dorothy hem woedend aan.

'Ik ben geen kind meer,' zegt ze.

'Ik houd mijn klep,' zegt hij.

'En niet meer opendoen.'

'Genoteerd.'

Dorothy recht haar rug, gaat anders staan en begint opnieuw. Ze heeft haar lezing op kaartjes geschreven, waar ze bekwaam doorheen gaat tijdens haar verhaal over de bevoorrechte jeugd van Florence Nightingale, haar rijke, goed bedoelende ouders, hun verbazing over haar roeping – zo raadselachtig heftig dat de visioenen waarin ze met een vlag dan wel een tourniquet in haar knuist een berg beklimt haar ook tot heilige of profetes hadden kunnen bombarderen – en de oneer die erop volgde. ('Mijn God! Wat moet er van mij worden?' had ze geschreven, 'slechts de dood is begerenswaardig in mijn ogen.') Ze moest haar zelfstandigheid op slinkse wijze bemachtigen, zegt Dorothy, waarbij ze het woord 'zelfstandigheid' tot op de laatste druppel leven uitwringt. Nightingale was voor in de dertig, gaat ze verder, en zocht nog naar iets om haar grote intellectuele vermogens voor in te zetten toen ze *Cassandra* schreef, een verhandeling waarin ze het gemankeerde leven beschreef dat toentertijd voor vrouwen was weggelegd. Dat was voor ze de verpleging opnam. Voor wat dan ook.

'Het verbaast toch niet dat ze, uitgeput, van alle hoop verlaten en dus diepbedroefd, de veerkracht van de wil gebroken en zonder helder zicht op waar haar plicht ligt, de ratio als levensvervulling vaarwelzegt en deze slechts aanwendt zoals wij met de maan aanwenden, voor nu en dan een blik door stijf gesloten jaloezieën… De vrouw heeft enkel haar gevoelens; en daarmee heeft ze meer liefde te geven en ontvangt ze er minder van,' leest Dorothy.

Charles weet dat hij er van zijn kant niets aan toe te voegen heeft. Wat heeft hij voor kritische noten? Dat hebben ze allemaal al achter zich, ver achter zich. Hij denkt aan Geluk, denkt dat hij hem van tijd tot tijd nog ziet lopen, nee, ergens in de binnenstad de schim ziet lopen van de man in wie hij zat, en hoewel hij geneigd is zijn portemonnee te trekken, doet hij het maar zelden, want hij gelooft dat die arme donder een verslaving heeft en geld geven het er alleen maar erger op maakt. Dat de behoeftigen hem bekend voorkomen, dat ze iets van kameraadschap lijken te voelen maakt het er merkwaardig genoeg gemakkelijker op ze te mijden: hij kan vlooien krijgen, gewond raken of erger. Hij loopt aan ze voorbij, zoals in dat liedje, maar Florence Nightingale deed dat niet. Ze verzorgde Geluk. Ze nam de stervenden in haar armen en waste hen…

'Charles?'

Dorothy lijkt op iets te wachten.

'Sliep je?' vraagt ze.

'Ik luisterde,' zegt hij. 'Ik verstond het niet allemaal.'

'Was je nu werkelijk in slaap gevallen?'

'Dorothy! In godsnaam.'

Dorothy verzamelt haar kaarten. Ze maakt er een net stapeltje van en doet er een elastiekje omheen. Ze draait zich om haar as. Ze klapt de muziekstandaard op en loopt met tikkende hakken de Trumbull-zaal uit, onverschillig voor de applaudisserende Charles, die klapt omdat hij niets anders kan bedenken en blijft klappen als zijn weldra-ex de smalle gang in loopt en in de deining verdwijnt.

Charles Archibald Barrett, vertelde hij haar. Niet Charlie maar Charles. Een typische pilotennaam? Nee, helemaal geen pilotennaam.

Het was in San Francisco, te elfder ure, om een uur of vijf in de ochtend, tegen zonsopgang. Vroeg. Zij was ontslagen en mocht met hem mee, met neef Charlie mee, en hij had te horen gekregen dat hij haar twaalf uur wakker moest houden, dat dat van cruciaal belang was om te weten dat ze geen hersenschudding had.

'Archibald was de naam van mijn moeders grootvader, een aardappelteler in Ohio die ook iets van doen had met de import van *clydesdales*.'

Ze rustte tegen zijn schouder en hij streelde haar haar. Hij had nog nooit iets zachters gevoeld. Op een bankje keken ze uit over de baai. Hij had gezegd dat hij haar de plekken zou laten zien waar hij dikwijls wandelde wanneer hij niet kon slapen en dat waren er veel; dat steegje in Chinatown waar bejaarde mannen voor zonsondergang de vis sorteerden hadden ze al gehad.

'Clydesdales?' vroeg ze.

'Die paarden met dat behang aan de benen. Je kent ze wel.'

Boeide het haar? Moeilijk te zeggen.

Hier hoorden ze de zeeleeuwen blaffen. De mist, vrij dichte mist inmiddels, trok van de baai het land in. De stad draaide alles voor hem om. Oost werd west. Zuid werd noord. De mensen kwamen op hun kop te staan. De legerarts had zijn verwarring begrepen, een andere bril voorgeschreven en een formulier meegegeven om er een te kopen. Met de vaste bedoeling uiteindelijk goed te zien had hij een winkel voor dat soort dingen opgesnord. Aangezien de opticien het juist had ingeschat dat Charles nog maar net terug was en een nieuwe start moest maken, liet hij hem eerst het hoornen montuur opzetten en daarna het vierkante en zei erbij wat voor persoonlijkheid ermee tevoorschijn kwam.

Dat Charles met lege handen de winkel had verlaten om vervolgens een steegje in te lopen en daar zo onopvallend mogelijk over te geven zou de opticien hebben verbaasd. Volgens Charles geloofde de man echt dat hij het serieus had gemeend, dat verhaal dat hij er nog over moest nadenken, thuis met zijn vrouw zou overleggen en mogelijk de volgende dag terug zou komen. Feit was dat Charles niet terugkwam en letterlijk met een waas voor zijn ogen door de stad liep: een meedogenloze zon had de netvliezen verbrand en aan de rand ingescheurd. Dat hij op Dorothy was gestuit, haar gekronkeld op het trottoir had zien liggen, vond hij nog steeds een klein wonder.

'Wat bedoel je?' vroeg ze. Met platte pijpenkrullen van zijn strelingen draaide ze haar gezicht naar hem toe.

'Waarmee?'

'Dat behang aan de benen.'

'Een soort pony over de hoeven heen.'

'O,' zei ze terwijl ze terugdraaide naar de baai.

Tot hier waren ze afgezakt. Tot nergens eigenlijk; tot paarden met behang. Hij dacht weer terug aan de brillenwinkel, aan het briefje van de arts in zijn hand: een recept en een verklaring naar wie de rekening moest. Tot die tijd had hij niet goed geweten hoe hij eruitzag; hij had zichzelf gezien natuurlijk, maar nooit zijn gezicht bestudeerd, en evenmin opgemerkt dat anderen het deden. In de brillenwinkel keek hij in het ervoor bestemde rechthoekig spiegeltje op de glazen toonbank: een neus met aan weerskanten de helft van een bruin schildpadmontuur en poten die om zijn oren gekruld zaten.

'Hij complementeert de vorm van uw gezicht,' zei de opticien. 'Geeft aan wie u bent.'

Door de glasloze schildpadbril keek Charles de man aan. Wie ben je? dacht hij. Hij had er vroeger zelf ook zo uitgezien, maar nu zat onder zijn linkeroog een blauwe plek die niet meer wegging en had zijn eens schoensmeerzwarte haar zijn kleur verloren. Hij had het tot bijna op de hoofdhuid af laten scheren, maar als hij het liet groeien, zou er wit doorheen schieten.

Charles knipperde een keer en keek. Zijn ogen leken peilloos diep.

'En deze?' vroeg de opticien, die het schildpadmontuur snel voor een ander, een onbestemd, zwart geval, had ingewisseld.

'U bent een lezer,' zei hij. 'Dat wist ik al toen u binnen kwam lopen.'

Charles knikte.

'Dit schatje is een lichtgewicht. Het materiaal is verbeterd. Goed, hij is duurder dan die eerste, maar Vadertje Staat betaalt.' Charles stelt zich zo voor dat de man na die opmerking knipoogde – zo'n soort man was het – maar hij keek niet of het zo was.

'Ik wist het toen u binnen kwam lopen. Dat is een lezer, zei ik. Of een docent.'

Charles glimlachte. Het gebit dat hij zich de dag ervoor had laten aanmeten neigde naar blauw, zo wit als het was, maar zijn opgezette tandvlees sprak andere taal.

'Dank u,' zei hij terwijl hij het montuur afzette.

De opticien keek hem vorsend aan; hij wilde meer horen, wist Charles, zag het waarschijnlijk aan het wat lager geplaatste linkeroog boven zijn blauwe plek, aan zijn stijve loopje, had het al gehoord aan het slissen met zijn nieuwe gebit. De opticien wilde weten waarom hij nu pas was teruggekeerd, na de parades, nu de helden al waren onthaald. Hij zag de asterisk bij de blik van de opticien en las de noot: Hoe was het voor u?

'Noch was ik aan de hete poorten / Noch vocht ik in de warme regen,' zei Charles. Eliot natuurlijk. "Gerontion." Hij knikte, op de een of andere manier voldaan. Een snoever, inderdaad. Altijd geweest.

Ze gaven elkaar een hand en Charles vertrok in de wetenschap dat de opticien hem nakeek tot hij de hoek om was, zonder te beseffen dat hij daar in dat smalle steegje tot flauwvallens toe had staan kotsen.

'Ik dien je nog een uur te bewaken,' zei Charles tegen Dorothy. 'Dan ben je een vrije vrouw.'

Hij nam zijn taken ernstig op, zei hij, maar daarna mocht ze hem aanmonsteren of wegsturen. Hij zei nog meer, zoals dat de mensen die hem gevangen hadden genomen uiteindelijk namen kregen, wat grappig was omdat het eiland dat ze bezet hielden geen naam had; ze had met hem te doen gehad, zou ze later zeggen. Ze had meteen geweten dat hij een goede man was, een gehavende soldaat die nog maar net terug was. Bovendien, placht ze te zeggen, zag hij niet. Hij had geen flauw benul waar hij in terechtkwam!

Nadien, in de sjofele hotelkamer die bij zijn overheidstoelage was inbegrepen, kleedde hij haar niet uit; beiden waren daar te verlegen voor en ze waren trouwens bekaf, zo dicht bij het twaalfde uur van zijn wacht.

'Ik ben T.S. Eliot aan het lezen,' zo stak hij van wal. 'Een dichter.'

Beeldde hij het zich in? Dat hij vuur rook hier, dat de kamer ontvlambaar aandeed?

'Of, beter, het einde dat voorafgaat aan de aanvang /En het einde en de aanvang waren altijd daar,' zei hij, omdat hij verder niets te zeggen had en omdat het alsmaar lezen van het gedicht, wat zijn manier was, heel veel op bidden had geleken. Krijg de tering, dominee Simpel, had hij graag gezegd. Krijg de tering. Ze zaten in het donker, het enige licht dat van de straatlantaarn buiten. De zon kwam op, of bijna: het eind van het twaalfde uur.

'Woorden spannen zich /Kraken en breken soms, onder de last.' Hij kon niet ophouden omdat hij het kon zeggen, omdat ze luisterde en hij heel lang door niemand was gehoord. Hij dacht dat ze luisterde, toen. Ze luisterde toch?

'Ja,' zei ze. 'Natuurlijk,' zei ze. Ze kroop naar hem toe. Ze zaten op de grond, met hun rug tegen het bed. Ze streelde hem, toen, streelde zijn bovenrug. Ze legde haar hoofd op zijn schouder, kuste zijn wang en zei: 'Bedankt voor het redden,' en zei: 'Ga verder,' en zei: 'Ik luister.'

Charles en Dorothy staan met hun tweeën op de boeg van het schip. Het was Dorothy's idee geweest de receptie te ontvluchten, een luchtje te scheppen en naar het wijken van het ijs te luisteren, naar het glaciale vervellen. Een instinctief terugtrekken, had hun deskundige eerder uitgelegd, een beweging weg van het verzamelpunt.

'U bedoelt het overdrachtelijke uitvliegen,' had Dorothy schertsend gezegd, waarop het kleine gezelschap – de een met een schrift, een ander bijna in slaap – had gelachen.

Een staande ovatie! herhaalt Dorothy, nog hoogrood van het enthousiasme waarmee ze haar praatje heeft gehouden, de vele vragen, de opgewekte stemming. Ze lijkt weer te leven, lijkt milder geworden en weer zoveel ruimte te hebben geschapen dat Charles erbij kon, als hem dat zou lukken; misschien dat een van hen beiden het overleeft, James overleeft. Kijk trouwens eens naar Florence! Naar de hoeveelheid dood waarvan zij getuige is geweest, al dat lijden! Je moet toegeven dat ze een boeiend leven heeft geleid en dat Dorothy er prachtig over heeft verteld, dat ze heeft aangetoond dat de wegen die vrouwen en meisjes tegenwoordig zo monter bewandelen direct terugvoeren op Nightingale en met name op haar geloof in redsters, in haar verpleegstersschool en wat daaruit voortkwam: de National Association for the Promotion of Social Science, waar vrouwen voor het eerst de kans kregen met mannen te praten, met mannen te eten; het was gewoon een club! Daar hielden vrouwen blijkbaar voor het eerst lezingen: voordrachten vanuit hun eigen gedachten over hun eigen dingen. En Florence, een van de eerste leden, had de vereniging geënthousiasmeerd voor het vrouwenvraagstuk…

'Het wat?' wierp Chester Briggs ertussen.

'Het vrouwenvraagstuk,' zei Dorothy. 'Zo werd het toen genoemd.'

'Werd wat genoemd?' drong Chester aan.

'Het. Wij. Het vraagstuk wij.' Er viel een ongemakkelijke stilte, pregnanter nog doordat de heksenkring heel voldaan keek. Charles concentreerde zich liever op Dorothy, haar beheersing van het onderwerp, het angstwekkende gemak waarmee ze haar exegese bracht en probeerde de stilte te negeren.

(Was dat er dus voor nodig? Hem kwijtraken om zichzelf te vinden? Ze had hem gezegd dat ze niet eenzaam was; ze had hem gezegd dat feitelijk haar plan om bij hem weg te gaan statistisch gezien in overeenstemming was met een groeiende trend waarin drie en mogelijk vier op de tien vrouwen hun man ver voorbijstreefden, hetzij als weduwe hetzij uit vrije keuze en dat die vrije keuze, zei ze, veel vaker voorkwam dan werd aangenomen; dat had ze ergens gelezen en het deed er trouwens niet toe. Ze ging toch doen waar ze zin in had. 'Dan word je dus zo'n Rode Hoed,' had Charles gezegd. Maanden eerder waren ze in een bioscoop op zo'n groep gestuit, en hoewel er tijdens het voorprogramma op de rijen achter de vrouwen een luid gemor had geklonken, hadden ze – net als Rosa Parks, had Charles opgemerkt – pertinent geweigerd naar achteren te verhuizen.)

De heksenkring wendde zich naar Dorothy; de mannen werden stil.

En dat voerde naar haar grootmoeder, Dorothy Townsend-Trevor. Die had haar leven geofferd opdat vrouwen, heel eenvoudig, iets konden doen, zei ze. Daarna liet ze de postzegel rondgaan, het bewijs van afkomst in vorstelijk blauw met zijn geschulpte rand, de originele Dorothy, ietwat beduimeld, ook al had Dorothy hem laten lamineren om hem altijd bij zich te kunnen hebben. Maar eerst, zo legt ze uit, moet ze vertellen dat dit een gravure is van een vrouw die ze niet heeft gekend en over wie ze weinig heeft gehoord omdat haar vader niet geneigd was veel over zijn familie te vertellen – enig kind, heeft ze jaren gedacht – en ze is er pas later achter gekomen dat ze ergens in Engeland – of buiten Engeland, wie zal het zeggen! – een tante had (en hij een zus!). Ze heeft zelfs een keer een brief geschreven aan ene Evelyn Townsend over wie haar dochter Caroline wat had gelezen, een docente scheikunde aan Barnard College in New York, een heel bekwame vrouw. Een antwoord heeft ze nooit gekregen en als je erbij nadenkt komt die naam wel vaker voor.

Waar het om gaat is dat ze, toen haar jongste dochter Liz aan Cooper Union ging studeren en de uren zich als een plas water rond haar voeten verzamelden, de geschiedenis, haar geschiedenis, zo goed mogelijk had onderzocht. Als ze Dorothy Townsend-Trevor niet had gevonden en andere vrouwen die jullie niet zullen kennen, vrouwen die voorbijkwamen, vrouwen na Florence, zei ze, was ze misschien verdronken.

Je moet altijd naar voorgangers zoeken, zei ze. Je moet ergens beginnen.

De stilte in de zaal was bijna tastbaar; het was of een dier zijn adem inhield.

Ze ging naar de bibliotheek, zei ze. Ze las waar ze de hand op kon leggen en haar zoon – destijds met een Fullbright-beurs aan de andere kant van de grote plas – hielp door deze zegel terug te leiden tot de antieke bibliotheek van het Trinity College van de universiteit van Cambridge, de collectie Zeldzame Efemera aldaar, waarvan de naam, zoals haar zoon had opgemerkt, eigenlijk verkeerd was, althans zeer eigenaardig, aangezien *efemera* het Griekse woord is voor weg te gooien zaken.

De collectie daar was, in zijn woorden, een van de vele in de archieven, een van de vele konijnenholen diep onder de grond, waar zogenoemde Britse haviken toezicht hielden. Er waren ook relieken: een haar van Mohammed, een tand van Christus. Pennen werden ingenomen, had haar zoon James geschreven, en je moest witte handschoentjes aan en bewijzen dat je wetenschap bedreef en om de donder niet met kwade bedoelingen naar beneden wilde.

Op dit punt meed Dorothy de aanblik van Charles, verdroeg ze hem niet. Geconcentreerd op haar aantekeningen gunde ze het zich kortstondig het oogcontact met haar toehoorders te onderbreken om terug te denken aan het moment dat ze de brief ontving en aan het blauwe luchtpostvelletje met het kriebelschrift dat eens zo hoopgevend was geweest. Nieuws! dacht ze. James! dacht ze toen ze de brief half rechtop ergens in het donker achter in de brievenbus zag staan.

De wagen van de postbode was alweer weg geweest. Ze had rustig aan gedaan, was langzaam naar de postbus aan het begin van de oprit gewandeld in de wetenschap dat een te groot verlangen tot teleurstelling leidt. Ze was langs de tuin van Charles gelopen met de tomaten en stokbonen in lange, rechte rijen, langs de sla en dat jaar zelfs de broccoli. Ze sjoemelde een beetje, begreep ze, door zo langzaam te lopen, door te doen alsof ze niet benieuwd was; daarmee hield ze datgene waardoor ze zich bekeken voelde een beetje voor de gek: iets graag willen lokte zijn minachting uit, maar wat was het eigenlijk? God? Ze denkt terug aan de keer dat James, toen nog op de kleuterschool, thuis had verkondigd dat alles door God werd gemaakt.

'Ze is blauw,' had hij gezegd. 'Lichtblauw. En ze heeft haar tot hier,' zei hij met gestrekte arm. 'En je kijkt dwars door haar heen.'

Daaraan dacht ze terug toen ze bij de postbus aankwam en hoopte op een brief van hem, een blauwe brief, een brief van God.

De tastbare stilte in de zaal krijgt een ander, een rusteloos karakter.

Dorothy is zich er ineens van bewust dat ze met haar gedachten elders was en kijkt op.

'Waar was ik?' vraagt ze.

'Het archief,' zegt Sachiyo de Pauling overdreven gretig.

'Jouw geschiedenis,' voegt Chester Briggs eraan toe.

De postzegel is weer op de katheder gelegd en nu kijkt Dorothy naar haar grootmoeder aan vaderskant (haar naamgenote!), die er en profil uitziet zoals alle vrouwen van rond de eeuwwisseling er en profil uitzagen: het haar hoog opgekamd en opgestoken, kraag, zware, gebogen wenkbrauwen, lange neus en licht neerwaarts getrokken mond. Dorothy Townsend-Trevor, stond onder de gravure gekrabbeld, 1880-1914.

'Ja,' vervolgde Dorothy terwijl ze de postzegel weer in het tasje voor zulke dingen stopte en zichzelf eraan herinnerde op te kijken, oogcontact te maken. 'Ik ben erachter gekomen dat mijn grootmoeder baat heeft gehad bij de kruistocht van Florence: in 1896 werd ze toegelaten tot Girton, het prestigieuze schoolinternaat voor meisjes van de universiteit van Cambridge, dat meer dan twintig jaar eerder was opgericht door, grappig genoeg, een nicht van Nightingale: de idealistische schilderes Barbara Bodichon. Tegen de tijd dat mijn grootmoeder werd toegelaten, had het college veel opmerkelijke vrouwen zien komen en gaan, van wie niettemin niemand een titel was toegekend. In plaats daarvan kregen ze een "certificaat", dat niet veel meer waard was dan het papier waarop het gedrukt stond. In het voorjaar dat mijn grootmoeder er kwam, werd in de senaat gestemd over het al dan niet toekennen van titels aan vrouwen. In de stad brak oproer uit. Bij verschillende colleges hing men poppen uit de ramen die vrouwen voorstelden. Het zal jullie niet verbazen dat het voorstel werd afgewezen en de status van de Girton-vrouwen ongewijzigd bleef.

De jongedames moesten nog steeds toestemming vragen om colleges bij te wonen en practica te doen, en kregen, naar het gerucht gaat, de uitdrukkelijke opdracht niets te zeggen.' Op dit punt schoven de leden van de heksenkring luidruchtig in hun stoel.

'Meteen na Girton ging ze een ongelukkig huwelijk in,' zei Dorothy, turend over de rand van haar bril, 'en bracht ze twee kinderen ter wereld: Evelyn, de oudere zus van mijn vader, die noch met mij, zoals ik al vermeldde, noch met mijn vader, Thomas Francis Townsend contact onderhield. Van haar man, Theodore Townsend, die actief lid was van de Explorers Club, werd aangenomen dat hij kort na de geboorte van mijn vader in Ceylon was overleden. Mijn grootmoeder lijkt echter wel een openlijke relatie te hebben gehad met William Crawford, parlementslid en getrouwd, die later tot op zekere hoogte berucht werd om zijn betrekkingen met de Duitsers en na een periode van huisarrest wegens verraad werd berecht.

Dorothy Townsend was actief lid van de Women's Social and Political Union, maar brak ermee toen de roep om radicalere protesten luider werd en lijkt zich aan geen enkele van de talloze splintergroeperingen voor het vrouwenkiesrecht te hebben gelieerd omdat het haar, zoals ze in een krantencommentaar schreef, teleurstelde dat zovele vrouwen hun eigen eisen overboord zetten ten faveure van de Eerste Wereldoorlog. "Oorlog is door mannen ingesteld," schreef ze.' Op dit punt zweeg Dorothy even. 'Dat heb ik ergens in een voetnoot gelezen, waar ik haar de meeste keren vind. Niettemin blijf ik gissen naar haar reden om zich dood te hongeren. Ze zou twee kinderen als wees achterlaten. Alles wijst erop dat ze een liefdesaffaire had. Ze werd gerespecteerd. Ze was hoogbegaafd.

Maar het blijft een raadsel, toch, wat een vrouw zal doen om haar vrijheid af te palen, ook als het haar het leven kost? Ongetwijfeld hoopte ze, gezien haar bekendheid en haar band met William Crawford, met haar dood een parlement op scherp te zetten dat zich niet meer om het vrouwenkiesrecht bekommerde. De politie was al maanden gestopt met de dwangvoeding van de hongerstaaksters in de gevangenis, had ze vrijgelaten hoewel ze ontzettend verzwakt waren en toen het eenmaal oorlog was, amnestie verleend. Maar als gehoord worden haar bedoeling was, dan is ze daarin misschien geslaagd,' zei ze. 'Ik bedoel, meer kan ik er niet van maken. Ze wilde gewoon gehoord worden.'

Hierop barstte vreemd genoeg applaus los, voornamelijk als gevolg van het gevoelvolle spreken van Dorothy en het feit dat ze, al waren haar gedachten even afgedwaald bij de tragische dood van haar zoon (inmiddels bij alle reisgenoten bekend), haar weg had teruggevonden en de lezing tot een goed einde had gebracht.

Haar tranen wegvegend baande Dorothy zich een weg door de klappende toehoorders en legde ondertussen uit dat ze positief had willen besluiten. Het ging tenslotte om een praatje over Florence Nightingale en niet over Dorothy Townsend-Trevor en ze had een massa inspirerende citaten die ze wilde doorgeven, citaten die de secretaresse van haar dochter Caroline, die een website over Florence had gevonden, een fanclub van Florence en een 'vraag het Florence'-blog voor wanhopige verpleegkundigen die erover dachten hun te zware beroep vaarwel te zeggen naar het kantoor van het berghotel had gemaild.

Dorothy verbreekt het zwijgen dat ze bindt. 'En jij?' vraagt ze, 'schiet het op met Browning?'

'O, die,' zegt Charles. 'Ik denk er nog over door.'

'Het gaat goed met de wereld,' zegt ze, en dat kan inderdaad kloppen, klopt misschien ook, met de sterren die uit de hemel stromen, maar dat is onwaar, herinnert hij zich. Het klopt niet. De wereld. Goed. Zij samen.

'Weten de kinderen het al?' vraagt hij, iets te plotseling.

'Jij weet het nog maar net,' zegt Dorothy. 'Ik ben niet gemeen, alleen maar ongelukkig.'

Zo simpel, dat woord, zo niet vaag, zo precies wat het is, zo Dorothy, en op de een of andere manier raakt hij er helemaal door van slag en vouwt de tijd zich tot een papieren vliegtuigje dat gewichtloos wegzweeft.

Hij had zich voorgesteld, had hij haar kunnen zeggen, met enkel wat aantekeningen en zijn hart voor een zaal met mensen te
staan, minstens tien belangstellenden althans. Hij zou van Browning verhalen en van de liefde van die dichter voor zijn muze Elizabeth, een zo bekend verhaal vertellen, zou hij zeggen, dat het
veel te weinig wordt verteld. Hij zou Dorothy aankijken en de toehoorders beschrijven hoe ze elkaar in San Francisco op straat hadden ontmoet, zonder te vermelden dat hij toen zo gehavend was,
zonder het over de ratten te hebben en het feit dat hij gevangen
had gezeten, over de man die men kende als Geluk, de rook waardoor de piloot soms niets meer zag, de vette rook boven Tokio. Hij
zou spreken over hun leven samen, dat van hem met Dorothy, en
proberen niet aan James op zijn berg te denken. Hij zou aan iets
nieuws denken, iets wat alleen maar mooi was, aan een nieuwe
Charles met witte tanden en nieuwe ogen en een tred die gemakkelijk in een drafje en vervolgens in een volle galop overging. Een
held zou hij Dorothy presenteren, een held van de geest. Hij zou
zo helder schitteren, zo verblindend prachtig zijn, zo verpleeg-
sterachtig en bekwaam – een schone lei, een tabula rasa – dat ze
hem terug zou vragen. Dan zouden ze opnieuw samen zijn in een
wereld zonder geschiedenis, een wereld zonder eind.

'Dorothy,' zegt Charles, maar ze heeft zich al van hem afge-
keerd en luistert naar iets anders, naar de deprimerende kakofo-
nie, het galmen en suizen waarmee de gletsjer scheurt, volloopt en
afbreekt. Zij alleen moet het begin ervan hebben gehoord, hebben
gevoeld dat het kwam, het spektakel; het is het lot van alle gletsjers, is hun verteld: pas als ze zich delen wijken ze.

DOROTHY TREVOR

Cambridge, Engeland, 1899

Het verbaasde haar niet, William aan het raam, gescheurde kleren, een oog dat opzwol, bloedneus. Goddomme, zei hij. Hij was van achteren aangevallen, vanuit de schaduw. De rover, zei hij, had iets scherps in zijn hand, of iets stomps, of iets wat opmerkelijk hard en spits was: een mes? De rover moest binnen zijn gekomen omdat de een of andere goddommese idioot vergeten was die goddommese poort achter zich dicht te doen en zie het resultaat: misdadigers, hier nota bene, die je goddomme van je geld af willen helpen...

Dorothy verzorgt hem met zeepwater dat ze uit de keuken heeft gehaald, op haar tenen, ervoor wakend de anderen te wekken. Het water klotste in de kom, een zwaar geval van blauw aardewerk voor het klutsen van eieren en om ui door het varkensgehakt te kneden; ze hielp weleens. Nu knielde ze en maakte zijn gezicht schoon, depte het heel lichtjes. Ze zeiden dat je gezicht het ergst bloedde, de neus, de wenkbrauwen, het voorhoofd. Toen ze de vaatdoek uitwrong, kleurde het bloed bruin in het water.

'Stil maar,' zei ze. Dat klonk mooi.

'Stil maar,' zei ze opnieuw.

Volgens haar was het het beste naar de ziekenzaal te gaan, haar sleutel in de deur te laten om die niet in het slot te laten vallen, in de schaduw te blijven als ze hem – vaatdoek tegen de wonden – via Huntingdon Road en de verschillende binnenplaatsen naar de ziekenzaal bracht waar de universiteitsarts, althans de bijna-arts voor dergelijke zaken, met de kat op de vensterbank lag te slapen in zijn bezemkast van een kamer. Donkere nacht, zei William. Valt je het eerst op. Hij zag goddomme zijn eigen handen niet. Idioot om na middernacht alleen over straat te gaan. Idioot goddomme.

De arts zei: 'Het is aan de orde van de dag.' Ze hebben hem gewekt en de arts is moe en nog een beetje dronken; alleen de kat als vriend, als metgezel, als kapitein op zijn verlaten schip. Om het hem te horen denken springt de kat bij de arts op schoot en rolt zich op.

'En wie bent u?' vraagt hij.

'Girton,' zegt William als eerste. 'Een meisje van Girton.'

'Knap,' zegt de arts, met zijn blik op William gericht en niet op Dorothy. Hij gebaart William te gaan zitten om het oog schoon te kunnen vegen en de neus te verbinden. Hij trekt gaas van de rol in een van de ronde glazen houders en knipt hechtpleister af. Ontsmettingsmiddelen, watten, hechtdraad: een arsenaal aan materiaal, die bezemkast, waarmee hij, zwijgend en gestaag, zijn werk verricht. Het is een goede arts en jaren na nu zal hij een soort held zijn, een legerdokter die tijdens de Eerste Wereldoorlog getuige zal zijn van het kerstbestand bij Ieper. Hij zal erover schrijven, zal als een van de weinigen over het wonder verhalen: Duitse soldaten die kaarsen brandden op de rand van de loopgraven en als evenzovele klimmende schimmen uit de modder oprezen en van wie sommigen heel goed in Engels en heus wel aardig waren, schreef hij. Men wisselde handtekeningen uit in die maanloze nacht zoals deze en ruilde roggebrood met ham tegen sigaretten.

'Het universele denken,' schreef de dokter, 'kan men karakteriseren als het denken dat mensen soms doen als ze kracht opzijzetten ten faveure van macht, en daarmee bedoel ik de macht van het spel, van de vriendschap, van de kameraadschap. Ze is vrouwelijk, deze macht; ze is de macht van de volgende generatie, slechts gegund aan vrouwen. En ja, deze macht is sterker dan kracht: ze is eeuwig en houdt zichzelf in stand.' (Hij had de filosoof Benjamin Kidd gelezen. Hij had aan kwijtschelding van zonden gedacht. Hij had God overwogen. Hij had in stilte bezworen om zich bij zijn terugkeer in Engeland bij de pacifisten aan te sluiten. Hij was geen H.G. Wells, begreep hij, maar toch, als arts kon hij misschien zijn steentje bijdragen.)

De dokter schreef over de kerstzang en de wedstrijden, schreef over de soldaten die zich allemaal aan een geluksvoorwerp vastklampten en de doden, zij die 'westwaarts waren gegaan', naar hun putten terugsleepten. Als mieren die kruimels naar hun hoop slepen, schreef hij.

De volgende dag ontwaakte men weer om te doden of gedood te worden, waarbij de arts tot de laatsten behoorde; de brief in het British Museum, een gift van de nabestaanden van de man aan wie hij gericht was geweest, een kleine, brildragende bibliothecaris die de oorlog had weten te ontlopen zoals een kind de pestkoppen ontloopt, getuigt er al generaties van. De bibliothecaris had de arts verzocht hem te schrijven en de arts had het hem toegezegd.

Ik ben geen dichter, schreef de arts in zijn beroemde brief aan de bibliothecaris. We staan trouwens tot onze knieën in de stront en de stank is niet te beschrijven. Ik heb een houtzaag en jodium om ledematen te amputeren en zet de gewonden tegen beide wanden van een ambulance die tussen de granaten en de gesneuvelden door moet manoeuvreren. Niettemin hoopte hij, schreef de arts, dat de bibliothecaris wist dat de gedachte aan hem zelfs dit leven opvrolijkte. Als hij terugkeerde, hetgeen hij betwijfelde, wilde hij met hem een internaat opzetten, met hen tweeën als leraar of noem maar op. Snapt u? schreef hij. Noem maar op. Te veel om op te schrijven.

Die kerst zond de bibliothecaris de arts een paar extra kousen, sigaretten en wat chocolaatjes die zijn moeder eerder die week uit het huis had gepikt waar ze schoonmaakte, zo'n huis dat vol zat met kunstenaars die bloemen op de muren schilderden en niet vochten. Gewetensbezwaard, zeiden ze. Grote aanstellers, zei zij. Het waren pedante zoetekauwen, absintdrinkers en wie-weet-watrokers. Geen mens toch die het merkt als ik er een paar gap! Als dit stelen is mag God me bijstaan, zei ze.

Het is stelen, mam, en dank je wel, zei de bibliothecaris.

De eerste brief die de bibliothecaris kreeg was die van de arts over het kerstbestand, de tweede die met het bericht van diens dood (een bekendmaking van de universiteit). Beide stak hij in *Goede bedoelingen* van Oscar Wilde. Ook die had zich willen verbeteren.

Maar nu is de dokter een jonge man, pas aangesteld en in leven. Pas over vijftien jaar zal er gevochten worden in Ieper.

Hij schenkt iets in, heft zijn glas en zegt: 'Proost.' Wonderlijkerwijs brengt William de militaire groet. Ziet hij de geest van de arts al opstaan? Te veel geesten, Dorothy wil naar buiten. Ze staat op en wacht bij de deur tot William zijn glas leeg heeft.

'Goedenacht,' zegt ze, als de dokter opstaat. 'Dank u wel.'

Later, in haar vertrekken, ruikt ze kaneel in Williams haar, iets ongewoons. De arts had zijn werk afgemaakt met jodium, waarvan een oranje vlek over is waar met Aswoensdag as zou hebben gezeten, maar William heeft, net als zij allemaal, God afgezworen.

Nu moet hij opnieuw nadenken, zei hij. Alles staat ineens op zijn kop, alles is verdacht. Misschien zijn er regels voor. Bepaalde regels. Als men niet meer veilig over de Commons kan lopen, wat dan? Hij had voor zijn leven gebeden, zei hij. Om godswil, doe me alstublieft geen kwaad, had hij de rover gesmeekt. Hij had nog een paar dingen meer gezegd, die hij niet wil herhalen, waarvoor hij zich schaamt. Hij moet ervandoor, zei hij. Hij moet gaan.

Het raam vergrendeld, de waakhond diep in slaap in de andere kamer. Ze kijkt hem na. Hij hinkt een beetje, maar hij houdt er vast niets aan over. Hij is groot, William, en vanhier, met zijn schaduw die in het licht van de plots opgedoken maan haar kant op valt, lijkt hij nog groter. Er lijkt een grens mee te worden getrokken, met zijn manier van vertrekken, waardoor ze, wanneer ze zich omdraait, er niet van opkijkt Hilde te zien wachten. In loshangende nachtjapon en met een gekneusd gezicht zit Hilde in de hoek, vlak achter de piano. Ze heeft een lach op haar gezicht en verdwijnt in het dessin van het behang: krullende ranken, overdreven grote bladeren en hier en daar een papegaai.

'Ik zie dat de dames in donker Afrika worden weggestopt,' had William bij zijn eerste bezoek gezegd. God, wat was hij toen knap.

DOROTHY BARRETT-TOWNSEND

Silver Spring, Maryland, Verenigde Staten, 1973/2006

De vrouwen, sinds kort vriendinnen, zijn bijeengekomen bij Mary Chickarella – Chick, zoals ze bekendstaat – zo'n vrije meid aan wie Dorothy formeel werd voorgesteld op de club, bij de eindwedstrijd van het stijldansen. Daar waren Chick en haar man Georgie eerste geworden bij de lindy, terwijl Dorothy en Charles een tweede plaats haalden bij de wals. Nadien hadden Dorothy en zij een paar keer gegolfd, ook al had Chick – wat ze nooit naliet te vertellen – een handicap van onder de tien; op de trofeeën en bokalen in de vitrine bij de dameslounge stond dan ook betrekkelijk vaak Mary 'Chick' Chickarella gegraveerd, zelfs op de reusachtige regionale kampioenschapsbeker met de bewerkte oren en het 24-karaats gouden vrouwtje er halverwege een slag bovenop.

'Het gaat om een praatgroep,' had Chick gezegd toen ze Dorothy belde. 'Je weet wel, over wat er allemaal gaande is.'

'Over Vietnam?' had Dorothy gevraagd.

'De oorlog? Houd jij je daarmee bezig?'

'Nee,' zei Dorothy, wat ook klopte, al was de oorlog met James' lange haar en gedenkarmband voor de krijgsgevangenen nooit ver weg.

'Een vriendin uit Philadelphia komt over,' ging Chick verder. 'Jean. Die organiseert daar van alles, is daar wat ze noemen een Big Sister. Het wordt een hele toestand. Volgens haar is het waanzinnig wat je dan allemaal hoort. Éven krabben en het bloedt, zegt ze.'

Dorothy heeft bloemen mee. Ze kon niets anders verzinnen en Charles' tuin staat volop in junibloei: irissen, ridderspoor, geraniums die zich tussen de tegels hebben uitgezaaid en klaprozen, waarvan hij de rode zo mooi vindt. Dit is de periode dat hij erin verdwijnt, met Liz als een kleine wervelende schaduw naast zich. De andere kinderen zijn er niet: James op de universiteit en Caroline naar vendelzwaaien of de leerlingenraad of naar een van de andere clubs waar ze zich voor heeft opgegeven om de moordende inschrijving in het najaar voor te zijn. Ze reed in ieder geval heel snel in de achteruit de oprit af. Alleen Liz is er nog, de vuile bril scheef op het hoofd en korsten op de knieën. Volgens Piaget zit ze nu in de enthousiaste fase – negen, tien – maar voor Dorothy blijft ze een raadsel: ongedurig, graatmager en verslaafd aan het schrijven van excuses en wanhoopskreten, vaak op rijm. Nu en dan vindt Dorothy zo'n briefje onder hun slaapkamerdeur geschoven, alsof er zojuist een dringende boodschap bij de receptie is afgegeven. Het laatste, een gedicht, stond in een hoekje gekrabbeld van een vele malen gevouwen velletje papier dat uit een blauw lijntjesschrift was gescheurd. Het ging over het kantelen van de aardas of zoiets, vertelde ze Charles later. Geef haar een emotiepot, zei Charles, die nog steeds van mening was dat zo'n ding de continu kibbelende James en Caroline had geholpen.

God, praat me er niet van, was Dorothy's reactie; een emotiepot was een garantie voor rampspoed.

Het huis van Chick is zoals Dorothy zich had voorgesteld: interessante kleur, neigend naar paars, waarmee het afsteekt tegen de nieuwbouw eromheen, feestelijke zomerkrans aan de deur – wilgenkatjes bij haar – en een dof uitgeslagen belletje dat aan een koordje bungelt. Een heuphoge, slanke hond van beton met een lange snuit heeft een asbak in zijn opengesperde muil en iets wat een plastic roos lijkt.

Als Dorothy aanklopt, doet Chick meteen open; ze heeft een

golfrok aan met bijpassende trui en haar korte haar is pas geknipt en gebleekt.

'Dorothy!' zegt ze. *'Entrez!'* zegt ze.

Chick draait zich om en gaat Dorothy voor de duistere gang in; Dorothy is een beetje uit balans gebracht. Ze had licht en ruimte verwacht, kamerplanten, maar hier ziet ze een vleugje Midden-Oosten en ruikt ze iets onbekends; voor hetzelfde geld liggen daar, als ze dadelijk de hoek om gaat, vrouwen op zijden kussens en hangt er een zware, verdovende opiumwalm. Ze heeft over dat soort dingen gelezen, bij Maugham, vooral toen ze er de tijd voor had omdat Charles aan de keukentafel zat te leren. Ze woonden toen in een studentenhuisje voor getrouwden – de golf-plaatbarakken! – in die nietszeggende staat in het Midden-Westen waar Charles bedrijfskunde deed en zij eerst een breigroepje had om haar dagen te vullen en daarna, omdat ze liever alleen was, haar lange boswandelingen. O, die Maugham! Prachtig! Zijn zonderlinge vrouwen, zijn hoeren en getroebleerde meisjes die liever nog hun jongen opvraten dan dat ze in een doorsneebestaan terechtkwamen, maar nee, nu Dorothy de hoek om is, ziet ze dat de vrouwen bij Chick in de woonkamer haar opvallend vertrouwd voorkomen, best aardig zijn, zelfs popelen om te beginnen en is het of ze bij een introductiebijeenkomst van de schoonheidscommissie van de golfclub binnenstapt. De vrouwen hier zitten in een kring op klapstoeltjes in een als zodanig herkenbare woonkamer: bloemetjesbehang met foto's van wilde bloemen en een schoorsteenmantel vol kiekjes en beeldjes van halfedelsteen die, als ze ze van dichtbij zou bekijken, wilde dieren voorstellen.

'Sissy,' brult Chick naar de naastgelegen kamer, de eetkamer, waar een zwarte vrouw in een wit uniform haar zinnen op het poetsen van een glanzende mahoniehouten tafel lijkt te hebben gezet. 'We zijn compleet!'

Dorothy draait zich weer naar Chick. 'Ben ik te laat? Ik zag nergens de…'

'Helemaal niet,' zegt Chick. 'Prima op tijd.'

Ze klapt in haar handen.

'Dames,' zegt ze. 'Dit is Dorothy. Kan fantastisch dansen. Drie kinderen, meen ik. Drie?'

Chick kijkt naar Dorothy, die zich ineens realiseert dat ze nog met de bloemen van Charles in haar handen staat.

'En een man,' voegt Chick eraan toe.

'Alsjeblieft,' zegt Dorothy terwijl ze het boeket aan Chick geeft.

Chick ruikt eraan: 'Heerlijk,' zegt ze. Dan brult ze: 'Sissy,' hoewel die als bij toverslag is verschenen met een dienblad vol glazen, poetsdoek over de schouder. Chick geeft het boeket over en wendt zich dan weer tot de andere vrouwen, die stokstijf blijven zitten alsof ze pas met iemands aandacht tot leven komen.

'Verwelkom Dorothy eens, dames,' zegt Chick.

'Hai, Dorothy,' zeggen ze, allen tegelijk loskomend.

'Hallo, allemaal,' zegt Dorothy terug. 'Dag Laura,' voegt ze eraan toe wanneer ze Laura Rasmussen herkent, een vrij jong lid van de golfclub, een goede speelster. Laura vormt, glimlachend en zwaaiend, nog een 'hallo' met haar mond.

Terwijl de andere vrouwen, afgeleid omdat Sissy weer terug is, glazen van het blad pakken en een parelmoeren schaaltje doorgeven, trekt Chick een lege stoel uit de kring en gebaart ze Dorothy te gaan zitten. In de glazen zit *gin and lime*. In het schaaltje zitten gemengde noten, gepeld en gezouten.

Chick klapt opnieuw in haar handen. 'Zo,' zegt ze. 'Zijn jullie erbij?' De vrouwen worden stil en kijken haar aan.

'Nog even repeteren?' vraagt Chick. 'Links van me zit Jean, onze Big Sister.'

Jean knikt als ze wordt voorgesteld. Met haar dikke, grijzende haar in twee vlechten waar draden in de kleuren van de regenboog doorheen zijn gevlochten en een middenscheiding zo kaarsrecht dat ze er een mes voor kan hebben gebruikt, lijkt ze in niets op de andere vrouwen in de kring. Ze heeft een tuinbroek aan met daaronder een getailleerde blouse waarvan de mouwen tot over haar ellebogen zijn opgerold, alsof ze zo-even nog brooddeeg kneedde.

Ze kijkt iedereen even aan en glimlacht. 'Hallo,' zegt ze.

'Hallo,' zegt de groep.

Eigenlijk doet Jean Dorothy denken aan enkele vrouwen van het groepje dat vroeger bij hen thuis kwam musiceren, vrouwen met sterke handen en zware schoenen die vreemdsoortige koffers de heuvels van San Francisco op en af sjouwden en wier wilskracht in duidelijke, onuitgesproken zinnen op het voorhoofd te lezen was: Weet je hoe lang ik hierop heb moeten studeren? Weet je hoeveel ik op heb moeten geven? Als ze haar aanspraken, traag en in halve tonen, was het of dat bij een kind met een briljante, kreupele vader op fluistertoon diende te gebeuren.

Jean steekt van wal: 'Waarvoor zijn we gekomen? Is dat al uitgelegd?'

'Laten we eerst de namen noteren,' zegt Chick.

'O,' zegt Jean. 'Juist.'

'Ik heb de bal,' zegt Chick terwijl ze vanonder haar stoel een tennisbal pakt.

'Ha, spelletjes,' zegt Laura S.

Er zijn twee Laura's, Laura S. en Laura R. De namen worden gespeld, op etiketten geschreven en op de borst geplakt. Iedereen heeft een drankje gehad en weet inmiddels wat komt, verklaart Jean, namelijk onze gelofte van trouw, zoals die in de beweging bekendstaat: er zijn geen regels; in een praatgroep bestaan geen slechte ideeën; alles mag; Jean is de baas.

'Dus,' zegt Chick terwijl ze iedereen aankijkt en ondertussen haar benen kruist (gespierde benen, zal ze zelden nalaten te zeggen, doordat ze elke dag achttien holes loopt en zelf haar tas draagt). 'Aangezien ik de bal heb, zal ik beginnen.'

'Mooi,' zeggen er een paar.

'Ik heb een abortus gehad,' vervolgt Chick op vrijwel dezelfde toon. 'Nee, ik heb twee keer een abortus gehad. Allebei toen ik nog geen twintig was. Allebei voordat ik Georgie kende.'

Jean buigt zich naar Chick en wrijft haar over de rug, maar die rug lijkt geen massage nodig te hebben. Chick veert een stukje omhoog. Als er al tranen opwellen, weet ze dat goed te verbergen.

'Sara?' vraagt ze terwijl ze de bal overgooit.

Sara vangt hem en vraagt: 'Ik?'

'Yep,' zegt Chick.

'Ben ik de volgende?' vraagt Sara met de bal in haar hand.

'Als ik de bal naar jou gooi, ben jij de volgende.'

Sara, recht tegenover Chick in een rok en trui die je eigenlijk alleen in Zuid-Amerika ziet, wendt zich tot Jean. 'Ik dacht dat een praatgroep geen regels had,' zegt ze.

'Spreek vrijuit,' buldert Jean met een stemgeluid dat als een zware parachute over de hele groep neerdaalt.

'Ik heb de pest aan regels,' zegt Sara. 'Dat allereerst. En het is of... god, wat is dit moeilijk... het is of we altijd aan zo'n onzinnig ceremonieel vastzitten, aan regels die...'

Jean onderbreekt haar. 'We?'

'Ja. Wij,' zegt Sara.

'Hier in de groep? Of bedoel je vrouwen in het algemeen?' vraagt Jean.

'Hoort het bij de regels om uit te spreken wat al duidelijk is?' vraagt Sara. Jean bijt zich op de lippen en friemelt aan een felgele draad die uit haar vlecht is losgeraakt. Niet voor het eerst denkt Dorothy, toekijkend, dat iedereen hier stiekem op iets zit te wachten, iets wat niet wordt of kan worden benoemd maar toch even onmiskenbaar aanwezig is als het blad met cocktails en het schaaltje noten. Ze besluipen het als een prooidier, zijn gretig in hun verlangen het te overmeesteren en verslinden; aan de andere kant, ze zijn toch meteen vriendinnen nu? Zijn hier toch om elkaar een hart onder de riem te steken?

'Nee,' zegt Jean. 'Geen regels.'

Sara is de enige academica, en al dacht ze vroeger dat ze met haar graad boven het rumoer van alledag zou uitstijgen, hij heeft haar niets anders gebracht dan een paar verloren jaren in Boston, uitstel van het onvermijdelijke.

'Het onvermijdelijke?' vraagt Jean.

Een dodelijke blik van Sara.

'Het onvermijdelijke,' herhaalt Sara. En daarna zegt ze, op opgewekter toon: 'Dorothy!'

'Pardon?' zegt Dorothy. Ze heeft haar naam wel gehoord, maar zat te denken, probeerde zich Sara in Boston in de sneeuw voor ogen te halen, met afgetrapte gympen, een houthakkershemd in een gerafelde spijkerbroek die wordt opgehouden door een felgekleurde, zelf gemacrameede riem. Ze kende wel vrouwen als Sara, al wat oudere vriendinnen van Caroline en leraressen met wie die thuiskwam omdat ze, zei ze, geschiktere rolmodellen nodig had.

Dorothy had zich Sara in Boston in de sneeuw voor ogen gehaald. 'O ja', zegt Sara terwijl ze de bal naar Dorothy gooit, 'en ik heb ook een abortus gehad.'

Het verbaast Dorothy wel een beetje dat ze hier zit en niet bij haar wekelijkse spelletje bridge, dat ze mensen heeft gebeld om dit en dat te verzetten, een vierde speler heeft gezocht en een oppas heeft geregeld. Goed, ze had zich gevleid gevoeld toen Chick belde, die toch een vrouw is naar wie werd omgekeken wanneer op de flagstones in het clubhuis het tikken van haar golfschoenen opklonk alsof ze door een stel maraca's achterna werd gezeten. (Chick ging nooit zonder golfschoenen de deur uit, hetzij aan haar voeten of gevaarlijk over de schouder geslingerd, veters samengebonden en spikes omlaag.) Toch weet Dorothy niet of nauwelijks wat van haar wordt verwacht, welke bijdrage ze aan het gesprek moet leveren. Wat Jean, de Big Sister, erover had gezegd was: We zijn hier voor een gesprek, we zijn hier om te discussiëren over onze ervaringen, om woorden te vinden voor onze gezamenlijke geschiedenis.

Het enthousiasme waarmee Jean de inleiding had gehouden was slechts getemperd door het feit dat ze – met ongelijke schouders, alsof ze uit een vervormde mal kwamen, en af en toe een pauze waarin ze op een vlecht beet – alles van papier had voorgelezen. Niettemin, wanneer zij het woord 'discussiëren' in de mond nam, bloeide het op, legde het een keur aan mogelijkheden open voor een vruchtbaar gesprek, voor ingewikkelde, sierlijk krullende zinnen als bij Maugham, voor een meanderende stroom van snorrende, botsende, brekende woorden om uit op of in weg te kruipen, was haar 'discussiëren' een immergroen bos met een vermoeden van een pad waar een diffuus licht haar wenkte.

'Waar gaan we heen?' had Jean tot besluit gevraagd. 'Waar komen we vandaan?' Waarop Maggie Sykes spontaan was gaan klappen, ook al hield ze er meteen weer mee op en klopte ze vervolgens, schuivend op haar harde, rechte stoel, op haar naamplaatje als stelde ze een baby aan de borst op het gemak.

Het is een fijn gevoel, denkt Dorothy, een bal vangen: een kamp-gevoel, al is ze nooit op kamp geweest; in elk geval een zomers gevoel, met zo'n nieuwe, harde bal, hoopgevend: misschien wint ze wel! Ze denkt aan het prettige geluid waarmee een blik tennisballen opengaat, het vrijkomen van de lucht, de zucht.

'Dorothy,' zegt Jean. 'Jouw beurt.'

'O, juist,' zegt Dorothy. 'Juist,' zegt ze.

Ze zit in een kring vreemde vrouwen die haar allemaal aankijken, allemaal op haar wachten. Wat moet ze zeggen? Ze is die aandacht niet gewend, niet gewend bekeken te worden, gezien te worden. De stijldanscursus van Ginger Foxe – die blijkbaar ooit in New York is gaan wonen om bij Martha Graham te studeren – hielp je daar gauw van af, had ze Charles gezegd; met dat draaien en duiken, had ze gezegd, zouden ze loskomen, plezier hebben, plezier zoals ze vroeger beslist hadden gehad, toch? Af en toe? De kinderen zouden het trouwens helemaal te gek vinden als hun ouders dansten. Dus waarom niet? Avondkostuum! Clubkampioenschappen! Ze had Charles het stencil laten zien: beperkte deelname, alleen paren, geen poespas (in avondkleding!), voetjes van de vloer. 'Oproep aan alle Freds en Gingers!' had er in grote letters boven gestaan.

Ze hadden zich in hun mooie kleren gestoken die eerste avond: Charles in de smoking uit zijn diensttijd en Dorothy in de lovertjesjurk die ze jaren ervoor in een opwelling bij de kringloopwinkel van de Junior League had gekocht. Het was zoals verwacht een donkere avond geweest, met een blauwige maartse maan, een avond om je warm in te pakken. Charles had haar aan haar arm over de flagstones naar de straat geleid en maakte zich pas los bij hun stationcar om met een zwierige buiging het portier te openen, als was de auto zo-even nog een pompoen en hij een muis. De kinderen stonden er als gekken bij te applaudisseren. (Eigenlijk alleen Liz, want Caroline, die ergens anders heen moest, had ze met een 'Toitoitoi, geniet ervan' succes gewenst.) Liz en de oppas stonden in de voordeur, afgetekend tegen het licht van de hanglamp in de gang en geflankeerd door de demonische schaduw van de beide rododendrons. Toen Dorothy opkeek, zag ze Liz, het magere schoudertje stevig in de greep van de oppas, een bibberende hand opsteken. Eerder, toen Liz hoorde dat ze weggingen, had ze zich onder de eettafel tot een zacht balletje opgerold en niet tevoorschijn willen komen, zodat het Dorothy niet overmatig verbaasde dat ze, onderweg naar de club en op zoek naar sigaretten om haar zenuwen de baas te blijven, in haar kraaltjestasje het daarin gepropte briefje vond. Het stond geschreven op een afgescheurd stuk van een bruine boodschappenzak en het duurde even voordat ze het had uitgevouwen.

'Ik ben een hol bot,' stond er en omdat van de o's verdrietig glimlachende gezichtjes waren gemaakt, moest Dorothy het in het duister van de auto wel twee keer lezen.

'Dorothy?' Nu is het Jean.

'Ja?'

'Weet je onze eed van trouw nog?' vraagt ze.

We zijn gelijken; we zijn zusters.

'Ik ben een hol bot,' zegt Dorothy.

Jean buigt zich naar voren, draait haar hoofd en kijkt Dorothy aan. 'Je bent een hol bord?' vraagt ze. Het is doodstil, hoewel Maggie Sykes, de unaniem gekozen notuliste (er waren geen concurrenten) aan het schrijven is: goed voor de geschiedenis, geeft het collectief een stem, de leegte wordt benoemd.

'Bot,' zegt Dorothy, luider nu. 'Hol bot.'

'O,' zegt Jean, terwijl ze weer achterover gaat zitten. 'Een hol bot.'

'Ik bedoel', zegt Dorothy, 'het is alsof ik echo, of liever, of ik in mezelf een leegte voel. Mijn dagen zijn razend vol. Eigenlijk is het gekkenwerk wat ik allemaal moet doen! Maar er zijn momenten dat ik dingen lijk te vergeten, zoals antwoord geven op een bepaalde vraag.' Ze kijkt om zich heen, maar de meeste vrouwen lijken iets met hun handen te doen. 'Ik weet niet wat ik zeg. Ik weet echt niet wat ik wil zeggen.'

Jean glimlacht en gaat meer rechtop zitten. Met een blik op Maggie vraagt ze: 'Heeft iedereen dat gehoord? Heeft iedereen gehoord wat Dorothy met ons wilde delen?'

Maggie knikt, maar de rest lijkt afgeleid door het geluid van schrapend metaal buiten – graafmachine? vuilniswagen? – hoorbaar door de openstaande erkerramen.

'Sissy!' brult Chick, maar Sissy is er al om ze te sluiten en de gordijnen dicht te trekken tegen het licht. Dan slingert ze zich door de kamer en doet een aantal lampen aan: een vloerlamp met glazen kralen, een grote fles met een schip erin en een kap erop, een kleine antieke lamp met een geplooide, taps toelopende kap. De vrouwen draaien zich weer naar Dorothy. De ogen waarmee ze haar in het aanzwellende licht aankijken, intens starende ogen, lijken uit hout gesneden of in brons gegoten en verguld.

De harige tennisbal, ongecompliceerd en onmogelijk fel van kleur, ligt veilig bij Dorothy op schoot. Niet meteen al ophouden, had Jean gezegd. Onze geschiedenis, had ze gezegd, zetelt in zwijgen.

Sara had erom gegiecheld, maar ja, Sara had om vrijwel alles gegiecheld en was er pas mee opgehouden toen Chick vroeg of ze een allergie had en ze Sissy moest vragen de hond buiten te zetten.

'Dorothy?' Nu is het een ongeduldige Chick.

'Ja?'

'Je zou de bal naar iemand anders kunnen gooien als je verder niets meer hebt,' zegt Chick.

'Ja,' zegt Dorothy. 'Je hebt wel gelijk. Naar jou?'

'Dat moet jij beslissen,' zegt Chick. 'Gelijke rechten.'

Dorothy neemt de bal in haar hand.

'Ik mag nog wel een keer,' zegt Chick terwijl ze zich met uitgestoken handen vooroverbuigt. 'Er is geen regel dat dat niet mag.'

Wat je van haar man Georgie in ieder geval kunt zeggen is dat hij een geboren danseur is: slanke taille, brede schouders en als je het wilt zien, lijkt hij wat op Gene Kelly. Het moet volstaan om te zeggen dat hij iets vrouwelijks in zijn manier van doen heeft. Daarmee bedoel ik, voegt Chick eraan toe, dat hij van kleren houdt. Mag graag slobkousen dragen en in zijn broek moet een vouw. 'Ik heb die man nog nooit in een spijkerbroek gezien,' zegt ze. 'En je kunt ook goed met hem praten.'

De inmiddels uitgeschopte schoenen, Pappagallo's in verschillende kleuren en rundleren sandalen waar madeliefjes in zijn gesneden of grote kunstbloemen op zijn genaaid, zijn door Sissy keurig in het gelid in de hal gezet en de vrouwen slaan hun enkels over elkaar. In de milde gloed van de verlichte kamer strelen ze met hun blote, bleke vrouwenvoeten, bij de tenen minder bleek, het Corsicaanse kleed. De tweede ronde drankjes is binnengebracht en ieder probeert iets te verzinnen om dadelijk te zeggen.

'De dag na de diploma-uitreiking zijn we getrouwd. Dat deed toen iedereen, weet je wel. Georgie had een bepaalde twinkeling in zijn ogen. Ik zal maar bekennen dat het meteen de eerste keer helemaal raak was. God sta me bij, ik was helemaal ondersteboven. Dus toen hij een aanzoek deed, gingen we trouwen. De dag na de diploma-uitreiking, zoals ik al zei. De dag erna, ik bedoel de dag dáárna, zei hij dat hij op jongens viel. Mary, zei hij – ik heette toen Mary; braaf katholiek meisje, weet je wel – Mary, zei hij, je moet weten dat ik op jongens val. Wat niet wil zeggen dat hij, eh, het niet met een meisje kon, of dat hij het nooit met een meisje had gedaan, alleen dat hij dat andere liever deed. Ik bedoel, hij wilde zeggen waar zijn voorkeur lag.'

Hier zwijgt Chick even, alsof ze een slokje water wil nemen, maar er is geen water, alleen een lege cocktailkaraf, en dus steekt ze haar glas naar voren. 'Sissy!' brult ze en daar buigt Sissy zich al in haar stijve, kraakheldere witte uniform naar Chick om haar uit een verse karaf weer in te schenken.

'Jezus, gun die vrouw toch even rust,' zegt Sara.

'Hè?' vraagt Jean.

'Ik heb het tegen die praatgrage tante daar. Laat Sissy even zitten, zei ik al. Laat haar erbij komen zitten. Laten we kijken wat Sissy te vertellen heeft.'

De vrouwen in de kring kijken achtereenvolgens naar Chick, Sissy, Jean en Sara, van wie de laatste de bal van Chicks schoot pakt en al te snel naar Sissy gooit. Hij krijgt effect en petst tegen de karaf.

'Game,' zegt Laura S. terwijl ze een sigaret opsteekt.

'Even pauze kan ik wel gebruiken,' zegt Sissy.

Sara staat op en biedt Sissy haar stoel aan. 'Neem dan pauze, Sissy,' zegt ze.

'Ik heet Sister,' zegt Sissy.

'Sister,' zegt Sara, wijzend naar Sissy, 'en Big Sister,' zegt Sara, wijzend naar Jean.

'Nooit waren er toegewijder zusters,' zingt Laura S. Met een lach op haar gezicht blaast ze wat rook uit.

'We dwalen af,' zegt Jean.

'Wat gebeurt er?' vraagt Chick. 'Ik ben nog niet klaar.'

'Ga verder,' zegt Jean.

'Ik was over Georgie aan het vertellen,' zegt Chick.

'We luisteren. Allemaal,' zegt Jean. Iemand vraagt om de noten en het parelmoeren schaaltje wordt doorgegeven.

'Ik heb het gevoel dat Chick het heel zwaar heeft,' zegt Maggie Sykes. 'Ik heb het gevoel dat we het allemaal heel zwaar hebben.'

Er valt een algehele stilte, waarbij de noten rond blijven gaan; ineens hoeft niemand. Chick doet een poging opnieuw te beginnen, maar dan houdt ze net als de anderen haar mond.

'Je had het over de voorkeur van Georgie,' zegt Jean ter aanmoediging. Ze lijkt de lussen in de strik perfect gelijk te willen hebben, want steeds opnieuw maakt ze hem los en weer vast.

'Voor jongens,' zegt Sara, 'niet voor jou.'

'Laten we aardig blijven,' zegt Jean wier stem, omdat ze omlaag kijkt en zich op de strik concentreert, niet uit haar lijkt te komen maar zachtjes lijkt op te klinken van ergens in het midden van de kring. 'Het kost zo weinig om aardig te zijn. Dat is toch wel het minste!'

De namiddag kabbelt voort; de bal verdwaalt en blijkt uiteindelijk in een van Chicks gympen beland, waar Sara hem in heeft laten vallen toen ze naar het toilet ging.

Faith is inmiddels aan de beurt en met een stem die nu eens luid en dan weer fluisterend opklinkt in de kamer, vertelt ze over haar bevalling, over de leren riemen waarmee ze aan haar bed werd gegespt, in toom werd gehouden alsof ze gek was. Er was haar nooit verteld dat het zo zou gaan. 'Ik bedoel, het is me nooit verteld,' zei ze eerder. 'Jullie wel?'

'Dat zeggen ze niet,' brengt Laura R. in. 'Ze vertellen je nooit ene...'

Joan schraapt haar keel: 'Inscheuren,' zo begint ze, 'en inbreken in een ver...'

'Ze spoten me iets in,' vervolgt Faith, 'en toen ging iedereen weg. Alsof ze een trein moesten halen, of nog een applaus. Ze deden het deurtje dicht en toen was er niemand meer. Ik kon me niet bewegen. Ze hadden het licht aan gelaten, alle lichten, en van wat ze me hadden ingespoten moest ik zweten en rillen en het kind... het stonk naar knoflook. Niet het kind, maar alles daar. Er moet er eentje knoflook hebben gegeten. En de dokter, de dokter kwam fluitend binnenlopen en keek me niet eens aan, zei niet eens even goeiedag...'

'God ja, toen Michael werd geboren, lag ik te vloeken als een bootwerker. Ik bedoel, wat een taal!' Chick heeft zich van haar stoel laten glijden en ligt met een asbak bij haar elleboog languit op het Corsicaanse kleed. 'En Georgie was er natuurlijk niet, zal wel bij een zaalhulp hebben gezeten of zo.'

'Chick,' zegt Jean.

'Of een verpleger.'

'Chick,' zegt Jean.

'Ik hou mijn snater,' zegt Chick.

'Definitief,' zegt Jean.

'Definitief,' zegt Chick.

Sissy lacht. Ze zit met het parelmoeren schaaltje op schoot in kleermakerszit op de klapstoel, het witte uniform tot boven de knieen opgeschort. Ze heeft haar veters losgemaakt en is uit haar schoenen gestapt. Ze heeft een drankje gehad en neemt er misschien nog een. 'Omdat ik geen dienst heb,' had ze in de richting van Chick gezegd. 'Omdat ik gevraagd ben mee te doen,' had ze gezegd. Sara zit voor Sissy op de grond, met haar rug tegen de poten van de stoel en met haar tenen tegen die van Chick. Eerder hadden ze er wat mee gestoeid, academica tegen vrouw van een homo, had Sara erover opgemerkt, maar eigenlijk was het volgens haar een ongelijke strijd omdat Chick een abortus voor lag. Op dat moment laste Jean een ogenblik van stilte in en vroeg iedereen op te staan en elkaar bij de hand te pakken, zij aan zij te gaan staan als het ware, lijf aan lijf.

'Horen hoever we zijn gekomen,' zei Jean. 'Het geeft enorm veel kracht een ander je eigen woorden te horen zeggen,' zei ze.

'Laten we de lof zingen van wat we gemeen hebben,' zei ze. Toen vroeg ze Maggie Sykes naar voren te komen om de notulen voor te lezen – in willekeurige volgorde, alsjeblieft – waarop deze de op het oog eenzijdige beslissing nam uit de kring te stappen en pal in het midden te gaan staan. Ze hief haar blocnote op om het lezen te vergemakkelijken en schraapte haar keel.

'Beverley P.,' toeterde ze, 'iets met onzichtbaar zijn, kindertijd in het fort, moeder in het ziekenhuis en wat daarbij komt; Chick: abortussen, homoseksualiteit van Georgie, zelfrespect?, kleineren, als een zwakke knie; Laura S.: de vragen die ze op het werk krijgt, lastiggevallen door grote broer, normaal of niet (jongens blijven jongens), strafbaar? Laura R.: de was en zo; Margaret: wat is frigide? wat wordt als normaal gezien? Laura S.: we vechten tegen onszelf, luister naar ons! Sara: titel onzin? universiteit onzin? abortus – hele discussie onzin? we mógen vragen, we mógen vrijuit spreken, we hébben een stem, zie in deze Sister; Sister: militair industrieel complex (zoon bij de marine), Christus een Ethiopiër; Dorothy: hol bot.'

'Hol bot' was het laatste wat Maggie Sykes voorlas voordat ze haar aantekeningen liet zakken en de vrouwen het verzoek kregen hun plaats weer in te nemen. De o's van 'hol bot' dreven nog even boven de hoofden en losten toen langzaam op.

'Ik dacht dat ik dood was,' gaat Faith verder. 'Ik dacht dat ik er niet levend weg zou komen. Ik ging ook dood. Ik trad buiten mezelf. Ik zat in een hoekje te roepen zonder dat iemand me hoorde en toen gilde ik als een waanzinnige zonder dat iemand me kon horen en pas toen ze niet meer spoten, de spuiten eruit haalden bedoel ik, met Annie in de babyzaal, zag ik dat ze oordoppen in hadden, allemaal. Gewoon niks willen horen.'

Hoe de dag eindigde is een beetje wazig, hoewel Dorothy weet dat ze met de anderen in de rij heeft gestaan om Jean een hand te geven en te bedanken en onbegrijpelijkerwijs Laura Rasmussen heeft omhelsd en uit een plotseling gevoel van verwantschap haar en haar man heeft gevraagd om te komen eten. Sister heeft een fooi van vijf dollar gekregen. 'Hoeft niet,' zei Sister, maar ze vouwde het biljet wel op om in haar mouw te steken.

Het was of ze op elkaar gepropt in een grot hadden gezeten, zo overweldigend, zo agressief zelfs was het junilicht waarin Dorothy terechtkwam. Ietsje verderop stond Chick boven een pot margrieten gebogen. Ze knipte de uitgebloeide bloemen af en schoot ze als evenzovele sigarettenpeuken de tuin in. Naast haar kauwde de hond op de tennisbal.

Misschien was Chick haar gasten alweer vergeten, en anders hadden haar gasten haar teleurgesteld en was ze blij dat ze vertrokken. Moeilijk te zeggen bij Chick, moeilijk dingen van haar gezicht af te lezen; het was tenslotte een knappe vrouw, die vreselijk goed kon golfen: een handicap van niks en drie jaar achter elkaar regionaal kampioene. Ze zou nog enkele plaatselijke toernooien winnen voordat de club, die strenge regels hanteerde waar het scheidingen betrof, haar zou vragen op te stappen. Niettemin bleef haar naam nog jaren op de trofeeën bij de dameslounge staan en zouden haar titels pas veel later worden overgenomen.

Dorothy heeft geen flauw idee waarom ze zich dat nu allemaal herinnert, ruim dertig jaar later; het lijkt ongepast hier te staan dromen, in deze geïmproviseerde tent met aan alle kanten kilometers kerkhof en achter het spreekgestoelte de dominee die uit de Bijbel leest. Charles ligt voor haar in de gesloten kist en aan weerskanten van haar, als evenzovele supplianten, zitten Liz met kinderen en Caroline met man en kind om als het moeilijk wordt haar hand te pakken, zoals gebeurde toen de jongere broer van Charles het gedicht van Browning voorlas waarmee Charles zijn huwelijk had meegedeeld: de gelukkigste dag van zijn leven, schreef hij zijn broer. Zo'n man was het, waren de woorden waarmee Charles' broer zijn grafrede besloot, waarna hij het papiertje met zijn notities weer in zijn jaszak stak en het hoofd boog. Velen getuigden van het soort man dat Charles was: enkele collega's, zijn golfmaatjes; en ook een lang verloren gewaande vriend en collega-piloot was naar het spreekgestoelte gehinkt en had over Tinian verteld, waar ze in de oorlog allebei gestationeerd waren geweest, en over de gronddoelen die ze, in zijn woorden, bij hun vluchten boven de Aziatische arena als een stel cowboys aan gort hadden geschoten.

De dominee dreunt nog altijd voorspelbare passages op. Zij zal de rouwenden als laatste toespreken, zo is besloten, ook al zegt

Caroline dat het tegen alle gedragsregels in gaat om als echtgenote – éx-echtgenote, voegt Liz eraan toe – het woord te nemen.

Ze gaat graag tegen de gedragsregels in, zegt ze tegen ze. Doet niets liever. Kijk naar me, zegt ze, en het klopt: ze heeft zich ontwikkeld, zoals ze het noemt; waarom zien zij het niet? Ze heeft haar grijze haar kort laten knippen, zich laten scheren, luidde Carolines commentaar, en geïnvesteerd in wat ze haar uniform noemt: een wit overhemd (op maat gemaakt, gestreken en gesteven), een zwarte broek (soms afgewisseld met een zwarte rok), kniekousen en platte schoenen. Haar andere kleren, de kleurige ensembles van rok met bijpassende trui of blouse, de cocktailjurken, de broeken met zijden of linnen jasje, zijn weg: een volle doos naar de kringloop, een paar bontjasjes over de post naar Liz, die er het eerst om had gevraagd, enkele sieraden opgeborgen in een kluisje bij de bank, de sleutel daarvan met FedEx naar Caroline, die erover zal waken tot ze dood is, zoals ze in haar nog altijd sierlijke handschrift had geschreven (waarbij ze de verleiding had moeten weerstaan van de puntjes boven de i lachende gezichtjes te maken). Slechte gewoonte. Tegelijk met de kleding had ze hun spullen ingepakt. De prulletjes. De verzamelingen die allang niet meer werden bijgehouden. De ingelijste foto's. De stenen beeldjes. De briefopeners.

Charles had nooit iets gewild. Jezusmina, zei hij, begreep ze dan niet dat hij in een kooi had geleefd! Wat zou het simpel wonen zijn in het seniorencomplex dat hij had gevonden, zei hij.

In de twee jaar dat ze gescheiden waren teerde hij weg tot er bijna niets van hem overbleef, volgens de meisjes, en vorige maand pas was hij naar een verzorgingshuis gegaan. Het zij zo; zijn keuze om het op te geven, het over te laten, zijn tijd uit te zitten. Ook zij had nog maar een beperkte tijd van leven en er moest nog flink wat werk worden verzet. Zo dacht zij erover. Ze moest lezen. Ze moest nadenken. Om eten gaf ze niet meer: wat granen in een kom, een sinaasappeltje schillen. Soms nam ze wat crackers, een paar plakjes kaas en een glas wijn mee naar bed. Dan viel ze geregeld met het licht aan in slaap.

Maar hiervoor, met het oog op dit moment, wil ze graag spreken, zegt ze tegen de meisjes, om iets over hun vader te zeggen, over de vele jaren die, zoals in ieder huwelijk, complex waren maar niet zonder hoogtepunten. 'Wie anders dan ik,' vraagt ze retorisch, 'kan in het geheugen roepen dat jullie vader geweldig kon dansen?'

'Een echt talent!' had Vivian Foxe geblaft. 'Gewoon gewéldig!' had ze geroepen toen Dorothy en Charles walsten zoals zij het hun had geleerd.

Maar eerst stelde Vivian Foxe de paren voor. Er zaten enkele bekende gezichten bij, en Chick en Georgie waren er natuurlijk, bij iedereen bekend. Ze werden naar de danszaal geleid en moesten een kring vormen. Vivian Foxe stak haar vinger op om iedereen stil te krijgen, liep met tikkende hakken naar het podium, haalde een lp uit de hoes en legde hem op de draaitafel. Toen de plaat draaide, tilde ze de arm van de pick-up op en zette hem boven de juiste plek. Een ogenblik later werd de stilte verscheurd door een krassend geluid; en toen: o verrassing! Muziek! De grote danszaal werd overspoeld door akkoorden, frasen, refreinen, dissonanten en solopartijen waarop ze werden meegenomen als op een tijgolf om op een kust heel ergens anders te worden neergelegd. Charles in de smoking uit zijn diensttijd en zij gehandschoend en in lovertjesjurk.

Vivian Foxe had in haar handen geklapt. 'We gaan beginnen!' had ze geroepen. 'De dames kiezen!'

Maar toen ze Charles' hand wilde pakken, gleed het briefje dat ze nog altijd vasthad – vergeten! – als een geheime boodschap op de gewreven dansvloer. 'Ik ben een hol bot.'

Evelyn Charlotte Townsend

Dag van de Overwinning op Japan, New York City,
New York, Verenigde Staten 1945

Vanaf hier ga ik lopend naar Gramercy Park, zeg ik tegen Stephen Pope.

De bus of de metro is een crime en nu de jongens van Columbia niet meer op de marineopleiding zijn en de meisjes van de kweekschool een optocht houden – om de tennisvelden heen, de campus over naar Millbank en de Trumbull-trappen af – is het universiteitsterrein een circus. Ik heb het wel gehad met de Betsy Rosens, de Eleanor Roosevelts, de Carmen Miranda's en de Myrna Loys. Ik heb een Rode Kruisverpleegster in een kartonnen ziekenauto gezien en een groepje Florence Nightingales van wie er eentje de Engelse vlag als cape droeg.

Het was te voorspellen dat Stephen Pope het een onverstandig besluit noemt en zegt dat ik moet blijven waar ik ben, dat hij wel iemand stuurt om me te begeleiden, ook al kan dat even duren. Er rijdt geen bus meer, zegt hij, het is te druk en te gevaarlijk op straat; in de buurt van Times Square is blijkbaar een bus omvergeduwd en de feestvierders zwermen eromheen als mieren om een picknick, helemaal buiten zinnen, dronken, zegt hij. Hij zei dat hij via de radio helemaal op de hoogte was van de overgave van Japan. Maar is hij nu de enige die vindt dat het veel te vroeg is om feest te vieren, dat het dwaas is de Chinezen te onderschatten?

Heeft iemand wel de moeite genomen, zegt hij, om naar het Aziatisch schiereiland te kijken? Het is te vroeg voor al deze herrie, en gevaarlijk ook nog. Hij hoort overal dat de metro uit zijn voegen barst en bepaalde lijnen helemaal niet meer rijden.

Ik vertel hem over al het verbazends dat ik heb zien gebeuren: meisjes die verkleed rondparaderen, schetterende radio's in de ramen van de slaapzalen, de serpentines en de toeters en het hele pandemonium. Ik zie hem voor me in zijn stoel aan het raam, zie het plein, de deken over zijn knieën, hoewel het al augustus is en warm. Hij heeft het altijd koud.

'Iedereen danst,' zeg ik tegen Stephen. 'Men viert féést,' zeg ik. 'Ik red me wel.'

'Linea recta naar huis,' zegt hij.

Ik had mijn officiële pakje aan en mijn gelukshoed op, maar gezien het uitzonderlijke nieuws van vandaag is mijn lezing afgelast. Er zou een diner zijn om de publicatie te vieren, mijn eerste omslagartikel voor *Science*, en omdat Stephen Pope wist wat deze bijeenkomst inhield, zou hij voor één keer ook komen. Hier gaat het om, zei ik tegen hem, terwijl ik me al onder een daverend applaus op de schouders gehesen en het auditorium binnen gedragen zag worden. 'Hoe is het daarboven in de wolken?' zou ik Juf hebben horen zeggen, zoals vroeger. 'Ziet het er vandaar net zo uit als vanhier?' Juf had het idee, zoals ze bij meerdere gelegenheden heeft gezegd, dat ik wat te veel met mijn neus in de lucht liep. Met een koude wind kon mijn hoofd weleens in die stand aan mijn nek vastvriezen, zodat ik altijd langs mijn neus naar andere mensen zou moeten kijken, zei ze voortdurend. Waar zij niet mee uit de voeten kon was het rekenen, al gebeurde het soms dat we samen aan Penny's keukentafel gingen zitten waarop buiten de maaltijden om het zeil lag waar ik met mijn nagel graag voren in drukte. Laat maar zien, zei Juf dan, ik wil het leren, om vervolgens te beweren dat ze het even begreep, maar dat net zo snel, zei ze, de cijfertjes weer uit haar hoofd vlogen.

Maar Stephen Pope! Hij zou trots zijn geweest als hij me daar in het restaurant had zien zitten, aan het hoofd van de tafel, druk speculerend op het moment dat hij binnenkwam, hoewel de gebeurtenissen van de afgelopen weken het gesprek zouden hebben beheerst, nu de scheikunde voorgoed is veranderd met die bommen op Hiroshima en Nagasaki, waarvan we ons de kracht niet kunnen voorstellen. De wijn zou hebben gevloeid, we zouden zijn onderbroken, er zou wat zijn geruzied en zoals altijd bij zulke gelegenheden zou er een zekere intellectuele kameraadschap zijn ontstaan. Hiervoor ben ik Stephen Pope dankbaar: naast zijn genegenheid heeft hij me een basis geschonken waarop ik op de een of andere manier blijf staan en word gehoord. Ik heb verder geen familie nodig: op afstand, aanwezig en toch niet nabij, twee levens waar door nood en omstandigheden een kloof tussen ligt. Wij samen is op die manier anders dan wat wordt geaccepteerd tussen man en vrouw: strijdgenoten van een heel andere orde.

Ik laat mijn gestencilde voordracht op mijn bureau liggen en sluit mijn werkkamer af vanwege de chaos. Eerder vandaag kwam mevrouw Browski, een andere docente, binnenwandelen die, zei ze, gezien haar kennis van het Manhattan Project en de trucjes van de regering in het verleden, al wist dat het bombardement eraan zat te komen. Pas toen ik haar een stoel aanbood, nam ze plaats. Ik houd van een comfortabele werkkamer. In de hoek staat een leunstoel die ik op Broadway van straat heb gehaald. Ik heb ochtendzon en de bamboe die ik voor mijn veertigste verjaardag van Stephen Pope heb gekregen doet het goed. (Niet kapot te krijgen, zei hij. Hij deed me aan jou denken.) Afgelopen juni nog heb ik die ene muur de kleur blauw gegeven die ik als kind in mijn kamer had; de blauwe kamer noemde mijn moeder hem.

Browski leek gespannen. Ze zei dat ze haar bijdrage aan de exacte wetenschappen had geleverd en moest je nu zien wat ervan kwam. 'De geheimen van de scheikunde, het mysterie van het onzichtbare, het heeft me altijd aangetrokken. En ineens,' zei ze, 'ben ik doodsbang.'

Ze is oud geworden, mevrouw Browski, een krom vrouwtje dat met haar magere benen vol aders, gehuld in grove kousen, en haar pakje van de verkeerde stof voor dit seizoen bijna in de stoel verdween. Ze komt elke ochtend in hetzelfde ensemble naar de campus en ze zit nog steeds in het faculteitsappartement dat haar, de gestudeerde dochter van een Poolse vluchteling die haar als een zoon heeft grootgebracht, voor de Eerste Wereldoorlog is toegewezen. Ze heeft er een kamer en keuken, geschakeld, waarvan de keuken niet wordt gebruikt terwijl in de kamer behalve de contouren van een opklapbed slechts een bank en een ronde salontafel te zien zijn. Op die laatste stapelt ze de tijdschriften die ze uit hoofde van haar vak en functie ontvangt en legt ze de krant neer, keurig in een rechthoek gevouwen, alsof ze er een vlieg mee dood wil slaan. Ze is natuurlijk alleen: een van haar vele offers waarvan ze ons zessen heeft verteld; ons zessen, de scheikundekern, zoals we zijn gaan heten toen we in het eerste practicum van ons eerste jaar rond de spekstenen tafel naar het periodiek systeem der elementen zaten te staren waarvan de lege plekken, zei ze, onze uitdaging vormden. Het is heel wel mogelijk, zei ze, dat een van jullie het zeventiende element vindt; dat hier in het lokaal de nieuwe Madame Curie zit, zei ze, is even reëel als elders.

We zaten in 'natuurwetenschappen', een reeks versterkte kamers van stopverfgeel geverfde betonblokken diep onder het gebouw. (Nu is het de schuilkelder van de universiteit en staat hij volgestouwd met soep in blik en gedroogde mie, is me verteld.) Daglicht drong helemaal niet tot ons door, geluid amper. Nu en dan roken we de sigaretten uit de meisjesrecratiezaal direct boven ons, maar verder leken de scheikundestudenten in een apart sterrenstelsel gestopt en cirkelden we als elektronen in een grote baan rond het luchtige gekwebbel op de binnenplaatsen, de alfahoek waar de docenten uit de ramen hingen, de rest van de meisjes en de jongens van Columbia met hun vrijdagse dansavonden, begeleide theekransjes op dinsdagmiddag, etiquetteclub, verfijnd-levenclub en goedemanierenclub. Ik zie mevrouw Browski in dat sterrenstelsel zoals ze eens was: een hoogleraar van hooguit vijftig in een wollen pakje, op pumps en perfect, compact taalgebruik met een buitenlandse tongval. Zij stond bovenaan, vaardigde orders uit.

'Doe de dingen snel,' zei ze. 'Veel rapper dan de jongens. En snap dat je ze alleen moet doen, dat niemand ernaar kijkt. En wie wel kijkt, is ontevreden.'

Browski stak haar oude hand uit. Ze kwam niet op eigen kracht uit haar stoel.

'Ik ben te laat,' zei ze. Ze gaf geen colleges meer, bracht in plaats daarvan het grootste deel van haar tijd door in haar studiecel op de tweede verdieping, waar ze op elk uur van de dag of de nacht te vinden was. Ongetwijfeld zal ze daar tot stof vergaan en zal Diego, die na middernacht schoonmaakt, haar opvegen.

'Mevrouw Townsend!' wordt er geroepen als ik bij de trap ben. 'Mevrouw Townsend, wacht!' Het is Helen natuurlijk, het is altijd Helen, hoewel het in voorbije leerjaren Marilyn, Sadie of Joyce zou zijn geweest die met een moeilijke vraag kwam die ze tijdens college was vergeten te stellen. Ze struikelen over het onzekerheidsprincipe van Heisenberg, hebben even een bemoedigend woord nodig en soms is het zelfs iemand met gewoon een nieuwtje. Het zijn brave meisjes, goede studenten en hoewel wat meer afstand, een formelere omgang me meer ligt, neem ik aan dat ik hun leidsvrouw ben. Ik weet wat er komt, weet dat ze hun eigen weg zullen gaan en plaats zullen maken voor andere meisjes met gelijkaardige namen en vragen en gezichten, dat er voor deze bewerkte poort naar de Lower East Side, naar Brooklyn en Queens een oneindige rij meisjes staat te popelen om zich te verheffen, ongedurig als de koetspaarden die in Central Park op passagiers wachten om tenminste een stukje te kunnen knikkebenen.

Helen holt door de marmeren gang op me af. Ze lijkt rouge te hebben opgedaan, of anders is ze gewoon opgewonden. Ze ziet eruit zoals iedereen er tegenwoordig uitziet: leesbril met sterke glazen en mouwloos bloesje. Haar hakken ratelen over het marmer... Gelooft ze echt dat ik het nog niet weet? Iedereen weet het, zou ik kunnen zeggen. Er valt confetti uit de lucht. Vuurwerk verlicht de pieren en de Hudson en de natuurstenen muren van de kathedraal van St. John the Divine, waar ik daarnet, toen mevrouw Browski er weer vandoor was, bitter gestemd en juichend vanbinnen – moeilijk de vinger op te leggen – de stilte heb opgezocht. Ik wilde alleen zijn. Ik wilde met Thomas praten, waar hij ook mocht zijn. Hij kan dood zijn, maar ook een paar huizen verderop zitten. In mijn eerste jaar hier heb ik eraan gedacht contact te zoeken, hem te schrijven of zelfs de trein te pakken en hem op te sporen. Hij had geen idee waar ik zat; ik dacht dat ik hem dat misschien zou moeten laten weten. Maar wat moest ik hem zeggen? Wat kón ik hem in vredesnaam zeggen. Het leed geen twijfel dat hij ons verleden heeft willen uitwissen. Het is de *Principia Mathematica*, heb ik Stephen Pope verteld, gebaseerd op Russell, op de logica, getalsmatig vast te stellen, zei ik, en de ordening der elementen en alles bij elkaar even onzichtbaar als waterstof of helium. Ik praatte verward die avond dat hij me in huis nam. Ik kreeg de kleedkamer van zijn overleden vrouw zonder dat hij er iets voor terugvroeg; ik had tenslotte haar maat en, vertelde hij me later, ik leek zelfs op haar.

'Gaat u?' vraagt Helen. Ze heeft me ingehaald. 'Mevrouw Townsend?'

'Ik ga naar huis,' zeg ik.

'Nee, nee,' zegt ze. 'Het feest van mevrouw Weinstock; u gaat niet.'

'Ik loop naar huis,' vertel ik haar.

'Ik loop met u mee,' zegt Helen.

'Ik red me wel,' zeg ik.

Met vuurrode wangen en donkere ogen achter haar zware brillenglazen kijkt Helen me aan.

'Goed dan,' zeg ik, en ik geef haar een arm.

Het is een uitzonderlijke dag, een belangrijke dag. Daarstraks in de kathedraal dacht ik dat ik ze graag had willen opbellen, Juf en Penny, mama. Ik had Thomas graag willen troosten toen hij huilde om de pauw met zijn verenkleed, rood van het bloed, en de magere nek, opengereten door de vos. Ik had hem graag op mijn rug naar boven willen dragen, naar zijn gele kamer. Ik had graag op mama willen reageren als ze weer eens vroeg om mijn boek neer te leggen en op te kijken, om antwoord te geven als me iets werd gevraagd; Thomas was tenslotte mijn broertje en zij mijn moeder en ik niet meer dan een gewoon meisje met een voorliefde voor boeken en pianospelen en vliegtuigen: het vuurwerk op de pieren deed me terugdenken aan die oorlogsheld die over het Kanaal vloog, aan het prachtige spektakel dat het moest zijn geweest, ook al zei Michael dat het niet zo was, dat de rook van het vliegtuigje over ze heen was getrokken en dat iedereen daar bang van was geworden, al die mensen die omhoog stonden te kijken naar de schietschijven die op het canvas van de vleugels waren geschilderd.

In de kathedraal van St. John the Divine, daar waar het gewelf het hoogst is en alle luchters waren aangestoken, heb ik gebeden voor mevrouw Browski en Stephen Pope, voor dominee Fairfield en mama en Thomas. En toen ik met de anderen neerknielde in die dodenstad en bad voor hen allemaal, was het het onvatbare van deze merkwaardige jubelstemming, van deze nieuwe vrede, die alles in één keer verzwolg.

Helen trekt me door de mensenmassa op het universiteitsterrein, waar een aantal studenten, de vingers opgestoken in een v, ons een hallo toeroepen. We dringen ons naar de imposante poort, omdat volgens Helen de bewaking snel een avondklok zal instellen en het terrein zal afsluiten om het feestgedruis buiten te houden. Dat heeft ze ergens gehoord, brult ze me over haar schouder toe. We moeten maken dat we wegkomen, brult ze.

Helen denkt een doel te hebben en handelt ernaar. Ze hakt me een weg, ook al wordt ze van alle kanten geduwd en glijdt ineens haar slagerstas van haar schouder, waardoor haar boeken en papieren op het klinkerpad vallen. Blozend hurkt ze neer; haar knieën zijn gehavend als die van een kind. 'Pardon,' zegt ze als ik me vooroverbuig om te helpen. 'Ik ben echt een kluns,' zegt ze.

Wat ik van Helen weet is niet meer dan wat ik van andere meisjes met een beurs weet of denk te weten. Ze lijken vrij veel op mij vroeger, maar ook weer niet: ze hebben een naaister als moeder en een winkelier of onderwijzer als vader. Ze komen uit de Lower East Side, Queens of een deel van de Bronx waar ik nog nooit ben geweest: er schijnt daar een gemeente te bestaan. Er is altijd een gemeente en zij, zo'n meisje, is daarbinnen enigszins bekend. Het is de knappe kop, het meisje met de bril; kip en ei, denkt het arme kind. Wat was er eerst? De kop of de bril?

Ze zit na schooltijd op de bovenste tree van de trap naar de voordeur te lezen of werkt met een boek op schoot in de winkel en terwijl onder schooltijd de rest van de klas zit te keten, drukt zij, de knieën stijf tegen elkaar in de houten bank, haar potlood op het papier. Er gaan punten af, heeft ze al zo vaak tegen de anderen gezegd dat ze er maar mee is opgehouden, en ze wil het zo graag goed doen dat ze er haast van gaat huilen. Ze heeft haar verslag trouwens al af: dat zit met nog natte lijm van de plaatjes uit de *National Geographics* en de *Lifes* die ze bij het afval heeft gevonden – een hele stapel! – bij de tweedehandsboeken in haar rugzak; ze had weer eens de vuilnis buiten gezet, het klusje van haar broer.

Op Barnard zit het beursinsigne op de mouw van haar ruw-katoenen jurk genaaid, een afleggertje van een moeder die dacht er met een satijnen strik of een vilten poedel nog wat van te kunnen maken. Niet doen, had ze tegen haar moeder gezegd. Alstublieft niet.

Deze beursmeisjes lopen 's zomers stage op de universiteit, doen typewerk of archiefwerk waarmee ze elk uur college compenseren. Ze slenteren wat rond met hun donkere haren, mollige handjes en maffe, exotisch klinkende namen. Tijdens de lunch zitten ze met elkaar op het pas gemaaide grasveld of lezen ze, zoals Helen, in hun eentje onder de es. In een bruinpapieren zak hebben ze een hardgekookt ei mee met in plakjes gesneden tomaat en soms een dubbele boterham met gehakt, het zout in een lapje gevouwen en thee met suiker in een thermosfles. Ze happen een appel af bij het lezen van een stuiversromannetje. Ze kauwen langzaam om er lang mee toe te kunnen (met de appel en de spannende stukjes) en tegen de onrust leggen ze tijdens het lezen hun benen over elkaar.

Tijdens het schooljaar dwalen ze rond als donkere schimmen in de gloed van hen die een maand na hen komen, de blondines die zich al met een soldaat hebben verloofd, aan wie ze brieven schrijven op geparfumeerd papier en voor wie ze achter in de klas sokken breien, de blondjes met kleedkisten op wieltjes en baljurken als wapenrusting. Er komen weer balavonden aan. De ene balavond na de andere.

'Ga je niet liever naar het feest?' vraag ik terwijl ik haar het laatste mapje geef.

Ze schuift haar bril omhoog, pakt haar tas en staat op. 'Ik heb een hekel aan feesten,' zegt ze.

'Net als ik,' zeg ik.

Buiten de poort is het een herrie vanjewelste, heel Broadway langs tot aan West End, waar de pensions de nog altijd in gesteven wit geklede veteranen en matrozen hebben uitgespogen. Er wordt op een trompet gespeeld. Negers en Italianen hebben kraampjes ingericht en bakken vlees. Het ruikt heerlijk. Ik heb niet gegeten, besef ik, evenmin als Helen, en daarom trakteer ik ons op een worstje. Ze zegt dat ze zin in dansen krijgt door de muziek maar het nooit goed kon, en iedereen lijkt trouwens de *lindy hop* te kunnen; waar zat ik toen, vraagt ze, toen dat gebeurde?

In de bibliotheek, zeg ik, want zo'n meisje is ze nu eenmaal en, besef ik, knap is ze ook niet met die zware wenkbrauwen boven en donkere kringen onder haar ogen. Het is of er een blijvende schaduw op haar gezicht wordt geworpen door al dat lezen en omlaagkijken; en door al dat naaien, want meteen erop vertelt ze dat ze net zo mooi kan naaien als haar moeder en dat toen er nog geen beurs was meneer Levine, de fabrikant voor wie haar moeder al zevenentwintig jaar werkt, tegen haar moeder had gezegd dat ze wat stukken stof mee naar huis moest nemen om haar dochter er wat mee te laten stoeien. Haar moeder had gezegd dat haar getalenteerde dochter een studie wilde doen en het te druk had met haar boeken, waarbij Helens uitspraak van het woord 'studie' vertrouwd klinkt, klinkt als mijn uitspraak ervan, jaren geleden, toen het het enige woord was dat voor mij belang had.

We gaan op de bank zitten in het parkje bij het fjord waar West End op Broadway uitkomt. Met een kartonnen bordje op schoot besluiten we voor het toetje naar Grossman te gaan en daar chocoladetaart te eten; alle winkels zijn immers open en de winkeliers hebben plezier met hun klanten en het geld gaat van hand tot hand: of iets nu honderd dollar kost of niets, het maakt niet uit. Geen mens die het wat kan schelen.

Ze had nog nooit van Nagasaki gehoord, zegt Helen. Net zo'n mooie naam als 'delphinium'.

We zijn bijna een uur onderweg. Ergens in de buurt van 40th Street wordt Helen vastgepakt en gezoend, waarna ze met een onbruikbare bril – hij was gevallen en voor ze hem kon pakken werd een glas onder een hak verbrijzeld – mijn hand stevig vastgrijpt.

Een boeiend perspectief, brult ze. 'Links zie ik wel,' brult ze. 'Mijn vader vermoordt me.'

Op Times Square slaan we af naar het oosten en komen langs de zeepkistpoëet van vijftig dollarcent per gedicht en tien voor een haiku. Wie hoort die man in vredesnaam! Hij deint op een zee van zingende feestvierders: 'Voorbij! Voorbij! Voorbij!' Het woord alleen al bouwt zich op tot een golf, een rumbapassage. Overdreven dichtbij, zodat zijn ranzige adem blijft hangen, verruilt een matroos mijn hoed voor zijn pet en wankelt saluerend voor me uit totdat de kolkende massa hem verzwelgt. Ik moet nu eigenlijk Helen in de steek laten en de matroos met mijn hoed, mijn geluks-hoed, de immense drukte in volgen, maar ik doe het niet.

Iedereen heeft een glas of een heupflesje met het een of ander in zijn hand of schenkt wat in. Voorbij het Grand Central wordt het stiller op het trottoir en vang ik in een etalageruit een glimp van mezelf op, de grijze hoogleraardot als een opgerolde, slapende slang schuilgaand onder de matrozenpet. Het is gewoon mijn vertrouwde gezicht dat wordt weerkaatst, dat van Evelyn Charlotte Townsend, hoogleraar scheikunde aan Barnard College. Getuig hiervan. Getuig hiervan, denk ik. Getuig van deze dag die een keerpunt is om andere redenen, meer om wat komen gaat dan om wat was; getuig van deze gezuiverde, opnieuw schitterende stad in de schemering, waarboven in grote letters 'vreugde in het leven' geschreven staat.

Ik pak Helen en maak een pirouette.

'Het is voorbij!' zeg ik, en een lachende, blinde Helen zegt: 'Ja! Ja!' We zoeken een plek in het eerstvolgende café, waar ik Helen vertel dat ik een beursmeisje was, dat mijn leven in dit land begonnen is, dat ik een broer heb in Californië die ik sinds mijn dertiende niet heb gezien. Misschien is hij dood, misschien niet, zeg ik. Ik vertel dat ik dikwijls bang was en dat dat aan mezelf lag, zoals mijn grootmoeder altijd zei, en dat bij de gratie Gods, zoals ze ook altijd zei, en dat ik vaak om meer vroeg, of nee, om beter, en dat het daarmee wel gezegd was. Toch? Dat vragen? En dat deze dag, deze historische dag, me merkwaardig veel doet, alsof we als passagiers van een en hetzelfde schip weten dat ons weldra zal worden gevraagd van boord te gaan...

Helen verstaat er geen woord van, weet ik, en ik ook niet want de mensen spoelen in grote golven naar binnen en naar buiten: de hele stad een stormachtige zee. We houden vol. Hoog in een kast staat een radio waaruit een wijsje van een bigband klinkt, steeds afgewisseld met het bericht dat Japan zich heeft overgegeven, dat Hirohito onteerd is en dat in twee grootse klappen, zegt de presentator, Japan een gewonde, verwoeste natie is. Hier wordt geschiedenis geschreven; hij schreeuwt de woorden uit, alsof hij zich, zelfs op zijn kruk in zijn geluiddichte hokje, van het geluid op straat bewust is, van het pandemonium daar.

Het hout van de lange bar is glanzend gewreven: als evenzovele bowlingkegels worden flessen naar ons weerkaatst. We wachten op stilte, opnieuw, wachten tot we weer worden gehoord en ondertussen doppen we pinda's en mikken ze naar binnen. Helen zegt dat ze eraan went niet te zien, maar ze loenst een beetje. Ze wordt er driest van, zegt ze.

'Hè?' vraag ik.

'Driest,' brult ze. Dan: of ik ooit verliefd ben geweest. Of ik ooit van iemand heb gehouden, wil ze weten; en wat moet ik zeggen? Dat ik van mijn moeder hield, eens, hoewel ik niet heb gehuild toen ze stierf, en dat ik denk dat ik van dominee Fairfield hield met zijn dunne polsen en zijn prachtige mond en de volharding waarmee hij de sjaal droeg omdat hij, zei hij, in zijn vak weinig cadeautjes kreeg. Langer nog dan ik me kan heugen houd ik van cijfers, de mentale klik, de bloedgeur van inkt, en ik houd van Stephen Pope, van Helen zelfs en van de andere meisjes om wat ze niet weten en nog niet kunnen vatten, maar mijn liefde is een andere dan waarvan Helen spreekt, is – zonder gezin, zonder man, zoals de zaken staan – niet de soort liefde die een vrouw moet kennen of lijken te kennen.

Wat Helen met haar vraag bedoelt is of ik getrouwd ben geweest. En wat ze dolgraag wil vertellen is wat haar die dag is overkomen en dat ze het nog steeds moeilijk te geloven vindt dat hij haar juist vandaag, vanmiddag eigenlijk, een aanzoek heeft gedaan. Daarvoor was ze naar mijn kamer gekomen, om dat te vertellen. Nieuws! zei ze. Hij vertrekt toch niet. Het is het goede moment, had hij gezegd, en ik haal me Helens vrijer voor de geest met confetti op zijn schouders, op zijn kortgeknipte hoofd, op zijn gepoetste schoenen. 'Trouw met me,' had hij gezegd.

'En de artsenopleiding dan?' brul ik, omdat ik weet wat míj drijft.

'Hè?' vraagt ze.

'Arts,' brul ik. 'Ik dacht dat je arts wilde worden.'

'Word ik ook,' zegt Helen loensend.

Voor Helen ben ik wazig, ben ik een vage vrouw die te oud is om het te begrijpen.

Ik hef mijn glas. 'Gelukgewenst,' zeg ik, en ik drink tegenover een blind glimlachende Helen.

ELIZABETH 'LIZ' ANNE BARRETT

New York City, New York, Verenigde Staten, 2007

Matilda's moeder verontschuldigt zich dat ze zo laat nog belt, maar ze wil graag weten of Suzanne misschien kan komen spelen. Morgen misschien?

'Er gaat iets niet door,' zegt ze.

Liz zoekt Suzannes *Weekoverzicht* op in de keukenla. Het is al tien uur en ze heeft haar wijntje gehad; een paar deuren verder bij de tweeling ligt Lorna, de babysit, en Suzanne slaapt; Paul is de stad uit. Hoe heet Matilda's moeder verdorie ook weer? Faith, Frankie, Fern...

'Een uurtje moet kunnen,' zegt Liz. 'Om halfvijf hebben we piano.'

Ze ziet haar duidelijk voor zich: een alleenstaande vrouw die door de schoolgangen dwaalt met een gezicht dat Liz met bepaalde moeders is gaan associëren: hoop vermengd met doodsangst in de hertenogen, alsof ze dadelijk de eed van trouw moeten opzeggen of een voordracht moeten houden over het huidige plagiaatbeleid; het is zo'n school waar leren een strijd is die met de juiste wapens tegemoet moet worden getreden, waar betrokkenheid wordt geëist en moeders in aanvals- en terugtrekkingscommissies zitten. Zag ze haar vorige week niet bij de voorlichtingsbijeenkomst? 'De opvoeding van stille kinderen in een zorgelijk tijdperk; opvrolijken door met rust te laten', een lezing van ene dr. Roberta Friedman, universitair docent in iets. Matilda's moeder, een bewuste grijze lok in het haar (intellectueel?), zat daar op het puntje van haar klapstoel furieus aantekeningen te krabbelen, maar nu weet Liz bij God niet meer of ze iets tegen elkaar hebben gezegd.

'Hemel, geweldig.' zegt Matilda's moeder. 'Anders weet Matilda het helemaal niet meer.'

'Ik snap het,' zegt Liz.

'Echt?' vraagt Matilda's moeder. 'Echt?'

Ze blijkt Fran te heten. Fran Spalding. Liz heeft het in de vertrouwelijke 'pas op dat je het niet kwijtraakt'-huisadressengids opgezocht. Ze woont met Matilda aan de overkant van het park aan West 86th Street. Goede buurt. Zijn er ook die niet zo duur wonen? Maar Liz stelt de vraag alleen aan zichzelf, waardoor er geen antwoord komt, er alleen de betrekkelijke stilte van haar atelier heerst, een grote loft in wat vroeger tot Chinatown werd gerekend. Meestal zit ze hier 's morgens klei tot potten, kopjes en gebaksschoteltjes te draaien. Om die tijd wordt ze weinig gestoord: af en toe een rammelende vuilniswagen, wat zacht gekwebbel op de radio en het gerommel in haar eigen hoofd: Fran Spalding, moeder van Matilda, West 86th. Ze gaan er na school naartoe. Moeders en dochters nemen dan een taxi door het park naar het appartementengebouw waar Fran Spalding en Matilda wonen, nummer 340 en nog wat, waar ze naar de veertiende verdieping gaan. Flat 15D, weet ze (het adres staat in het tweede deel van de gids, waarvan de eerste bladzijden helemaal zijn volgeplempt met alarmnummers en 'goed zichtbaar neer te leggen'-vluchtroutes).

Het is een speelafspraak; op Lafayette, tijdens het wachten op de schoolbus, wordt Suzanne naar behoren op de hoogte gebracht. Voor de etalages en bij elk rood voetgangerslicht draaien studenten van Cooper Union als blauwe vleesvliegen om elkaar heen.

'Bij wie?' vraagt Suzanne.

'Matilda. Ze zit bij je in de klas. Je weet wel. Die met die gestreepte hemdjes.'

'Heeft ze een poes?' vraagt Suzanne.

'Geen idee.'

'Wil ze met My Little Pony spelen?'

Liz kijkt naar haar dochter. 'Iedereen toch!' zegt ze.

Suzanne steekt haar handen in haar zakken en zwaait met haar been. De parkeermeter waar ze tegenaan staat is één grote plaktatoeage van stickers: gratis telefoonnummers voor advies waar je wat aan hebt, een hiv-lijder die positief blijft.

'Goed, ik wil wel,' zegt Suzanne alsof ze nee had kunnen zeggen.

'Geweldig!' zegt Liz. 'Daar is de bus!'

Het is zo'n grote gele schoolbus, precies zo een als waarin ze zelf vroeger naar school ging, ver weg, in dat verre land dat bekendstaat als landelijk Maryland. Hier in Lower Manhattan lijkt hij overdreven groot, is het een relict, een besmeurde gele schelp, een lege pop van een uitgevlogen vlinder die zich als een dinosaurus tussen de zwenkende fietsers, de talloze voetgangers, de pylonen en de dampende mangaten slingert. Een handvol kinderen met oortjes in staart met niets ziende ogen door de vuile ramen naar buiten. Ze zitten over de hele bus verspreid. Vroeger bij haar in de bus, waar de jongens eerst niet en later wel wilden inschuiven, was het een herrie vanjewelste geweest.

De bus komt tot stilstand; de deuren gaan open. Liz laat Suzannes hand los en wacht tot ze de hoge treden is opgeklommen en in het gangpad uit zicht raakt. Een tel later verschijnt Suzanne met haar rugzak als het andere deel van een tweeling achter het raam waar zij staat. Liz zwaait en lacht; het is een bron van voortdurende woede voor haar dochter dat ze geen headset heeft willen kopen en zo'n apparaat waar die in gaat, maar nu de deuren zich sluiten en de bus zijn slingerweg vervolgt, lijkt Suzanne, zoals ze teruglacht en loensend haar tong uitsteekt, toch wel gelukkig.

'Om te beginnen de gouden regel: vergelijk de vroege jeugd van je kinderen nooit met die van jezelf,' had dr. Friedman gezegd, de bril op het puntje van haar neus. 'Het is een ouderlijk trekje waaraan vooral vrouwen zich bezondigen. Niet blijven herkauwen, dames. Het verleden ligt achter ons, is in ieder geval voorbij, en bovendien is herkauwen een vruchteloze, ongezonde en contraproductieve onderneming. Je kunt beter in het heden leven, vooruitkijken. Goed, u moet waakzaam blijven, maar ook moet u, waar mogelijk, het positieve benadrukken, vreugde uitstralen. Wie anders dan vrouwen strijken oneffenheden glad! Wie anders dan wij veraangenamen de zaken!'

Liz kwakt klei op de schijf en trekt haar mijnwerkerspet recht; het zit in haar hoofd, dat rechttrekken, maar het werkt betrekkelijk goed om zich op de klei te concentreren, niet aan de kinderen te denken. De tweeling ligt waarschijnlijk in het park te slapen in de dubbele wandelwagen, en anders zitten ze getweeën op de kleine schommel. Lorna is een prof. Ze zal ze goed hebben ingepakt en flesvoeding of de melk die Liz 's ochtends afkolft hebben meegenomen; haar borsten hebben hun uiterste houdbaarheidsdatum bereikt, denkt ze. En Suzanne zit veilig op school de kleuren van groente in het Spaans te leren of zit aan de kleine ronde tafel het zogeheten tussendoortje te eten: apart verpakte kaascrackers (iedereen zeurt erover!) of 'gehydrateerde olie en maisstroopvrije maar mogelijk sporen van noten bevattende'-crackers in diervorm uit de fabriek. Het belangrijkste voor Liz is dat ze pas over vijf uur de metro hoeft te pakken; vijf hele uren. Het is niets en het is alles. Als ze zich ertoe zet kan ze ze tot een eeuwigheid uitrekken, en anders laat ze ze in een oogwenk verdampen.

Concentreren, denkt ze.

In het felle licht van de lamp op de pet ziet Liz de draaiende klei vorm krijgen; ze ziet haar oude handen, de tot het leven afgekloven nagels. Ze heeft het mobiele nummer van Fran Spalding op de rug van haar hand geschreven voor het geval ze het vergeet, er een probleem rijst of de wereld ontploft: kan gebeuren, gebeurt waarschijnlijk, gebeurt blijkbaar, maar voorlopig gaat ze zich concentreren. Daar gaat ze niet over nadenken.

'Dames en heren, hier volgt een belangrijke mededeling van de politie,' klinkt het vijf uur later via de intercom in de metro. Liz staat met één been in en één been buiten de wagen. Een nieuwe gewoonte: pas wanneer de laatste reiziger zich langs haar heeft gewrongen gaat ze haar best doen een zitplaats te vinden.

'Verlies uw bagage niet uit het oog. Indien u een verdacht pakket ziet of op het perron iets verdachts ziet gebeuren, houd dat dan niet voor uzelf. Meld het aan de politie of het personeel van het vervoerbedrijf.

Blijf waakzaam, en een veilige dag verder,' wordt eraan toegevoegd wanneer de deuren sluiten.

Op weg naar de West Side scheurt de taxi door het merkwaardige systeem van halve tunnels in Central Park; met de steenformaties aan weerskanten van de weg is het of de taxi door de aarde wordt geschoten. Witgevlekte platanen en ander geboomte, kaal en grijs, steken er dreigend boven uit; eens, eeuwen geleden lijkt het, voordat de tweeling er was, werden langs deze route oranje vlaggen ontrold. Duizenden mensen, allemaal met een onbestemde glimlach op het gezicht, hadden toen als pelgrims in een droom de paden hier bewandeld. Nu lijkt geen mens te glimlachen. Het is een loodgrijze dag; het wordt donker; iedereen haast zich voort, de jas strak om zich heen getrokken. *Ethan Frome*-dagen noemde Liz ze op de universiteit wijs, ook al was ze niet bepaald wijs, zoals ze die rare gedragscodes hier in het noordoosten niet wist te ontcijferen. Ze heeft er jaren niet aan gedacht.

Terwijl Fran de chauffeur betaalt, haalt Liz achterin Suzanne en Matilda uit de gordels en duwt voor de kinderen langs het portier open. 'Op de stoep,' zegt ze. 'Kijk uit waar je loopt,' zegt ze. 'Handschoenen mee.' Fran wenkt hen mee naar de dubbele glazen deur, die door twee geüniformeerde mannen wordt opengehouden die, als ze hen passeert, een kleine buiging maken.

'Partner!' zegt de ene met een high five tegen Matilda. 'En wie is je maatje?'

Fran houdt halt op het WELKOM op de vloer en zegt: 'Dit is Susan, Michael. Een vriendinnetje van Matilda.'

'Suzanne,' zegt Liz; ze kan er niets aan doen, pure zenuwen.

'Natuurlijk,' zegt Fran.

'Kijk nou toch, beertje,' zegt Michael. 'Wat zie je d'r mooi uit.'

Ze kijken. Het kan ook niet anders. Overal zijn spiegels die henzelf weerkaatsen, Michael en die andere man weerkaatsen, de overdadige grandeur van alles weerkaatsen: witte lampen in plantenpotten, kransen, een kerstster, en op een sokkel tussen de liften zelfs een rijk bewerkte stenen urn met… met wat? vraagt Liz zich af. Overleden bewoners?

'Prachtig,' zegt Liz.

'Je kunt er wonen,' zegt Fran. Met de kinderen dicht tegen zich aan drukt ze op het liftknopje. Nog geen tel later klinkt het belletje en schuiven de deuren open. Ze stappen in bij een andere geüniformeerde, glimlachende man; in de hoek is een stoeltje waar hij op kan zitten, maar het is duidelijk dat hij liever staat.

'Hoi, Matty,' zegt hij. 'Hoe is het met Go-Go?'

Go-Go, legt Fran uit, is hun poes, die onlangs een *hot spot* heeft opgelopen. Een hot spot, vertelt ze, is een jeukplek waaraan ze niet mag krabben.

'Tjee,' zegt Liz.

Een wondergang naar boven en dan ineens stoppen ze op de tiende verdieping, waar niemand staat.

'Vals alarm,' zegt het uniform terwijl hij de deuren deblokkeert om ze verder, hoger te brengen. Iedereen staat stokstijf.

'Ben jij allergisch?' vraagt Matilda aan Suzanne.

'De poes,' zegt Fran tegen Suzanne.

'Ben jij allergisch voor poezen?' vraagt Matilda. Ze draagt haarspeldjes van roze plastic en een gestreept hemdje onder een roze trui.

'Suzanne,' zegt Liz. 'Hoorde je…'

'Nee,' zegt Suzanne. Ze kruipt weg achter haar enorme rugzak, die ze alleen mee heeft omdat het in is, en anders voor het geval dat. Nu, weet Liz toevallig, zit er een handgroot blocnote in waarin ze tekent wat er overdag gebeurt en een intens gekoesterde Bratz-pop met paars gestifte lippen die ze – goedbedoeld, zei Paul – voor haar laatste verjaardag van zijn moeder heeft gekregen.

'Veel mensen wel,' zegt Matilda.

De lift komt tot stilstand.

'Noordpool,' zegt het uniform.

'Bedankt,' zegt Fran.

'Bedankt,' zegt Liz.

'Bedankt,' zegt Matilda.

'Bedankt,' zegt Suzanne, die achter Liz aan loopt en per ongeluk expres probeert haar te laten struikelen.

'Suzanne,' klinkt het hoog van vooraan. 'Wat dacht je van stru-del?'

Maar Suzanne noch Matilda luistert naar Fran. Of ze hebben gewoon geen honger; bevrijd uit de greep van de lift hollen de meisjes in een fantasiespel door de flauw verlichte gang. Ze botsen tegen deuren en schieten linksaf en rechtsaf.

'Matilda Beth!' gilt Fran achter ze aan. 'Dat is een.' Ze wacht even. 'Laat me niet tot twee komen.'

Matilda blijft staan, grijpt Suzannes hand en trekt haar naar wat flat D moet zijn: een pretentieloze deur met een kindertekening voor het kijkgaatje. Altijd hetzelfde, zulke tekeningen, denkt Liz: ongelijke oren, ronde ogen en de naam in een hoek gekrabbeld. De meisjes zijn zes, hebben het haar in vlechtjes en dragen een onderbroek met de dag van de week erin geborduurd. Ze dragen naadloze sokken en schoenen met rubberzolen en missen allebei twee tanden, maar niet dezelfde; aan allebei is *Charlotte's Web* voorgelezen, over de vriendschap tussen een boerderijvarken en een spin, en *The Boxcar Children*, over kinderen, weesjes, die fijn met elkaar in een bos wonen en het moeten zien te rooien met roestige lepels van de vuilnisbelt en af en toe wat melk in een gebarsten beker.

'Suzanne,' vraagt Liz, 'krijgt deze dag een gouden ster?' Uit haar ooghoek heeft ze Suzanne in haar neus zien peuteren en de vraag verwijst naar een onderlinge afspraak die soms wel maar vaker niet in gedragsverbetering resulteert.

Eenmaal binnen neemt Matilda Suzanne mee naar haar kamer, waar ze onder een baldakijn van groen gaas met My Little Pony beginnen te spelen. Liz keert met Fran, wier grijze lok, hoort ze, natuurlijk is en die tijdens de schooluren aan huis correctie- en persklaarmaakwerk doet voor een advocatenkantoor, naar de woonkamer terug. Van tijd tot tijd vallen de kinderen binnen, in maillot of tutu en één keer zonder kleren, wat het moment is voor Fran om Matilda apart te nemen en te onderhouden op een toon die Liz alleen van alleenstaande moeders en moeders van een hele rits kinderen kent, van vrouwen die gewoonweg de tijd niet hebben of het geduld niet kunnen opbrengen, hebben ze haar verteld, voor de gekkigheidjes die ieder ander voor lief neemt; ze heeft het toontje zelfs een keer bij een moeder gehoord die beweerde zich juist aan Jezus te hebben overgegeven, herinnert Liz zich nu. Misschien is het dus de toon van Jezus, denkt ze vol bewondering; die van haar, weet ze, ontbeert alle gezag, alsof ze bij elk vonnis uit haar mond al een vraagteken zet.

'Nog thee?' vraagt Fran.

'Graag,' zegt Liz terwijl ze Fran de keuken in volgt om er, met de ogen op de vlekkige ketel met zijn gebogen tuit en glimmende deksel alsof ze nog nooit iets zo fascinerends hebben gezien, op het koken van het water te wachten.

'We leven in een zorgelijk tijdperk,' zei dr. Friedman, 'en wij hier zitten in het epicentrum, Ground Zero, zo u wenst.' Over de rand van haar bril keek ze de hele groep aan, al die moeders en de paar huismannen of vaders wier agenda het toeliet: mannen in t-shirt, korte broek, stevige stappers en merkwaardig geruststellende harige benen, alsof ze de anderen zo over de schouder door het raam naar buiten zouden kunnen tillen. Veel vrouwen leken Liz de tranen nabij, maar sommige waren moeilijk te doorgronden: dure pen, de aktetas tegen de enkel en een glad geföhnd kapsel. Bij haar inspectie van de aanwezigen was dr. Friedman duidelijk op zoek naar oogcontact met degene die het dichtstbij zat en ongelukkigerwijs werd het Janey Fitch: wallen onder de ogen en zo verlegen dat ze ieder moment flauw leek te kunnen vallen.

'We worden alom herinnerd aan waar we ons bevinden, aan het gegeven dat New York anders is dan het was. Ik denk niet dat ik hier hoef te melden welke dingen ons eraan herinneren. De school heeft u ingelicht over eventualiteiten en uw contactgegevens bij noodgevallen zijn in drievoud aanwezig. Alle kinderen hebben een eigen eerstehulppakket en een mondkapje.

Maar toch, zegt u misschien, blijft de vraag bestaan wat u nu kunt doen, vandaag, op dit moment.'

Toen dr. Friedman even opkeek, deed ze dat met zo'n ingestudeerd ontwapenende glimlach dat Liz in plaats van een glimlachende vrouw een portret van een glimlachende vrouw voor zich leek te zien.

'Adem diep in,' zei ze, hardop uitademend. 'Ruik de rozen,' zei ze, hardop inademend. 'Kom tot rust.'

In een poging de raad van dr. Friedman op te volgen zakten de vrouwen ietwat in op hun klapstoel. In gedachten zag Liz de meesten ook al opspringen als dr. Friedman zou opperen met zijn allen een paar spreidsprongetjes te maken.

'Nu,' zei dr. Friedman, draaiend met haar schouders, 'krijgen jullie huiswerk van me. Het gaat om een oefening die bij mijn patiënten heel goed werkt. Eigenlijk is het heel eenvoudig. Wie van jullie houdt een dagboek bij?'

Enkele handen schoten omhoog en Marsha Neuberger zwaaide alsof ze ontzettend graag de beurt kreeg.

'Mooi, heel mooi,' zei dr. Friedman. 'Ik wilde alleen weten hoeveel ongeveer. Goed, wat ik wil voorstellen is dat jullie een dagboek gaan bijhouden, een zorgendagboek, zoals ik het noem; net als degenen onder jullie die ooit hebben gelijnd en een eetdagboek hebben bijgehouden…'

Zorgendagboek als eetdagboek, zou Liz hebben opgeschreven als ze niet vergeten was papier en pen mee te nemen. *Verbijsterd gelach*, zou ze eraan hebben toegevoegd.

'…waarin jullie noteerden wat er aan calorieën naar binnen ging. In jullie zorgendagboek noteren jullie per dag waar je bang voor was of je zorgen over maakte. Het klinkt misschien gek. Ik vraag jullie om naar binnen te kijken, alleen aan jullie zelf te denken, wellicht te komen bij wie jullie werkelijk zijn, hoe jullie werkelijk zijn, zonder te foezelen. Echt, niemand dan jullie zelf zal het lezen.' Dat laatste zei dr. Friedman invoelend (*Invoelend*, zou Liz hebben opgeschreven) terwijl ze met een zwaai haar bril afnam en iedereen, niet alleen Janey Fitch een geruststellende blik toewierp.

'Dat verzeker ik jullie,' voegde ze eraan toe.

Liz laat haar blik van haar dampende thee naar Fran gaan. Fran vertelt met hoeveel mazzel ze deze flat hadden gevonden, dat hij zomaar op haar weg kwam toen ze, wanhopig, met Matilda en wat bagage San Francisco was ontvlucht. Nu, als alleenstaande moeder, heeft ze haar leven goed in de hand, zegt ze. 'Merk je dat?'

Liz weet niet goed wat ze moet hebben gemerkt, dus blaast ze over haar thee en schudt haar hoofd.

'Er was bij me ingebroken,' zegt Fran. 'In San Francisco. Toen vonden we dat we weg moesten. Vond ik, bedoel ik. Ik heb Matilda's vader daar gelaten. Richard. En ben terug naar het oosten gegaan.'

'O.'

Fran schuift een schoteltje over de bar. 'Strudel?' vraagt ze.

'Hemel, nee.'

'Voor de kinderen heb ik een appeltje in partjes gesneden.'

'Geweldig,' zegt Liz, die weet dat Suzanne het zal laten staan: na een paar minuten is het haar al te bruin.

'En jij?' vraagt Fran.

'O,' zegt Liz. 'We woonden eerst in Boston. In ons afstudeerjaar zijn we hier gaan wonen, Paul en ik. Paul werkt bij de televisie, kindertelevisie. En toen kregen we Suzanne, en nu de tweeling, James en Colin, maar ik kom er weer in. In de kunst. Ik ben pottenbakster eigenlijk. Ik werk met klei.'

'Reageerbuis?' vraagt Fran.

'Pardon?'

'De tweeling,' zegt Fran. 'Reageerbuis?'

Liz knikt.

'Jouw eitjes?'

Liz blaast over haar thee. 'Nee. We moesten twintigduizend dollar ophoesten; het is via de alumnivereniging gegaan.'

'Slimme eitjes,' zegt Fran.

'Dat maakte me eigenlijk niet uit. Voor Paul was het wel belangrijk, weet je. Hij wilde geen adoptie.'

'De meeste mannen niet.'

Ze zitten in de woonkamer, tegenover elkaar op de U-bank.

'De meisjes kunnen het wel met elkaar vinden,' zegt Fran.

'Ja,' zegt Liz.

'Na die inbraak maakte Matilda trouwens moeilijk vriendinnetjes. Ik bedoel, ze speelde het grootste deel van de tijd alleen. Verhaaltjes verzinnen. Dan ging ik met haar naar een verjaardagspartijtje of zo, en dan waren al die kinderen heel luidruchtig, aan het rennen, tikkertje spelen of ze maakten de *piñata* kapot, dat soort dingen, en dan zat Matilda in haar eentje een sprookje na te spelen. Gênant, eerlijk gezegd.'

Onwillekeurig denkt Liz dat taupe helemaal de verkeerde kleur is voor deze kamer, zo hoog boven de straat. Magnifiek licht, zou een makelaar zeggen. Licht en lucht; doorschijnende lucht; zonovergoten, zonverzadigd, zondoordrenkt, snel naar de oase en laat u strelen door de zon! Overal ramen, en dan die radiatoren. Ze zou ze eruit moeten gooien, Fran, en de boel schilderen. Iets theatraals: terracotta, saffraangeel.

'Ik bedoel, dat was San Francisco, je weet wel, het gezonde leven daar. Altijd die mensen van laten we lief zijn voor elkaar. Na een tijdje kon ik het niet meer hebben. We zijn gewoon op het vliegtuig gestapt. Goed, zo liggen de zaken. Ik blijf hier. Ik ben hier opgegroeid, weet je, in de binnenstad, maar die is nu natuurlijk wel veranderd.'

Er valt een korte stilte; goed wonen, denkt Liz. De waarheid is dat ze het naar haar zin heeft. Ik heb een speelafspraak, hoort ze zichzelf denken. Ik ben bij een vriendinnetje.

'Wil je iets drinken?' vraagt Fran. 'Dan neem ik er ook een. Carpe diem of hoe dat heet. Niks thee, we zijn grote mensen, nietwaar?'

'Oké,' zegt Liz. 'Goed. Lekker. Ja.'

'Heel mooi,' zegt Fran.

In Matilda's kamer klinken kirrende gilletjes.

'Bovendien, zij hebben het naar hun zin!' zegt Fran.

'En wij ook!' zegt Liz.

Fran verdwijnt in de keuken en Liz staat op en strekt de spieren even, kijkt naar buiten. De flat staat op het westen, denkt ze, hoewel ze op zo'n hoogte de dingen omkeert. Ze is nog altijd niet gewend aan het uitzicht dat je in een flat of op een hoge verdieping hebt, aan het gemak waarmee je in andermans leven kijkt, dat ze zelfs vanaf hier een jongetje aan een eettafel ziet lezen en, nu eens wel en dan weer niet in beeld, een bedrijvige oude vrouw – kinderjuffrouw? oma? oppas? – die hem keer op keer rechtop zet. Ze vormen een diorama, iets wat je in het American Museum of Natural History ziet: vroegtwintigste-eeuws, NYC, VS. Eigenlijk zijn ze dood, zijn het opgezette dieren, met de vrouw op een lopende band.

En Fran in de keuken? Zijzelf hier in de woonkamer? Vrouw; stedelijk/voorstedelijk ca. 2007; speelafspraak: stedelijk/voorstedelijk ritueel bedoeld om verveling bij kinderen te bestrijden/ eenzaamheid te verlichten en sociale verbanden aan te sturen/te controleren...

'Koud?' gilt Fran.

'Heerlijk,' gilt Liz. Ze keert zich van de ramen af en begint in de taupekleurige kamer rond te neuzen. In een brede boekenkast staan de gebruikelijke geschiedeniswerken, pockets en ingelijste foto's: Matilda als baby, een plechtig kijkende knul in toga en baret – Richard? – Fran als tiener met volledig zwart haar en nog zonder grijze lok voor een fontein, in wereldwijze houding (op de universiteit misschien, of op de middelbare school in Manhattan). Ik leef op een smal eiland, is aan haar houding af te lezen. Ik woon in het centrum van de wereld.

Op de secretaire liggen rekeningen, Post-itblokjes, losse recepten en wat al niet. Liz heeft een sterk vermoeden, een hot spot, een plek om aan te krabben, en kijk, daar ligt het: Frans zorgendagboek. Zoals verwacht een stenoblok. Liz biedt slechts een ogenblik weerstand.

'Voilà!' zegt Fran. Liz keert zich om en ziet Fran met een dienblad, zo'n zorgenbarend blad om voor de tv te kunnen eten.

'Wat heb je daar?' vraagt Fran. Omdat ze inschenkt, ziet ze niet wat het is.

'O, niets,' zegt Liz. 'Je zorgendagboek.'

Fran stopt met inschenken. 'Stond je erin te lezen?'

'Hemel, nee. Natuurlijk niet. Ik zag het liggen en pakte het op. Ik bedoel, ik dacht: prima meid en ik moest eraan denken dat ik er een had willen kopen. Dan zou ik *blad voor bij tv* opschrijven.'

'Huh?'

'Blad voor bij tv. Zoals dat daar. Daar word ik zenuwachtig van, maar waarom zou ik je niet kunnen vertellen.'

Fran kijkt naar het blad. 'Het was van Richard. Hij keek graag naar het nieuws tijdens het eten.'

'Dat bedoel ik nou.'

'Misschien associeer je het met het nieuws.'

'Misschien.'

'Zie je nou! Ze had wel gelijk ergens,' zegt Fran. 'Proost!' Ze heffen het glas en nemen een slokje wijn, rode wijn; heerlijk wijntje, zegt Liz; ze denkt er zelf nooit aan rode wijn koud te drinken. 'Moet je wel doen,' zegt Fran. Ze pakt haar zorgendagboek en stopt het onder een kussen van de bank. Ze heft nogmaals haar glas en zegt: 'Op vriendinnetjes!'

Het is bijna etenstijd en Suzanne en Matilda krijgen honger; aan hun moeders hebben ze geen kind gehad. Pinkie Pie en Sparkle Dust zijn wel een miljoen keer in het kasteel geweest, ze hebben ballongevaren in de blauwe ballon en waren te laat voor het gekostumeerde bal, maar nu ze er zijn, draaien ze in de rondte op het daarvoor bedoelde roze draaischijfje op de klanken van het My Little Pony-liedje dat het kasteel laat horen. Suzanne ligt neuspeuterend op haar rug te luchtfietsen. Matilda foetert haar denkbeeldige vriendinnetje Beadie uit.

'Kom naar beneden, jij,' zegt Matilda. Beadie, gevaarlijk ver op het kozijn, dreigt uit het raam te gaan springen en hoewel ze vleugels op haar rug heeft en ook nog kleine aan haar enkels, smeekt Matilda haar ermee op te houden.

'Vaarwel, vriendin,' zegt Beadie. 'Vaarwel!'

Beadie zet zich keihard af en tuimelt omlaag. Matilda slaakt een denkbeeldige gil, maar Beadie, weet ze, zal niet op straat te pletter vallen; op haar vleugeltjes zal ze rechtstreeks haar kamer binnen wieken. Toch is Matilda bang.

'Help! Help!' schreeuwt Matilda. 'Houd de dief! Help!'

De deur zwaait open.

'Kap daarmee,' zegt Fran. 'Ik word er hoorndol van.' Vanachter Fran kijkt Liz de kamer in. 'Suzanne,' zegt ze, 'goudensterdag, weet je nog.'

Suzanne haalt haar vinger uit haar neus.

'Hebben jullie het naar jullie zin?' vraagt Fran.

'We hebben honger.'

'We gaan hier eten. Wat vind je daarvan!' zegt Liz.

Hand in hand springen de meisjes op en neer; ze zijn in hun ondergoed.

Door een zee van knuffelbeesten, kleren, tekeningen en boeken waadt Fran naar de hoop kussens en dekens in het midden van Matilda's kamer en graaft erin tot ze het tafeltje eronder te pakken heeft. Ze waren een fort aan het bouwen.

'Jezus,' zegt ze, hoogrood in het gezicht. 'Wat een rotzooi. Niet te geloven toch?!'

'Ik ken het wel,' zegt Liz.

Fran zet het blad met kipnuggets neer en roept de kinderen. 'Goed, dames,' zegt ze. 'Welke prinses?'

'Jasmine,' zegt Matilda.

'Ook dat nog!' zegt Fran terwijl ze de borden verwisselt.

'Ketchup?' vraagt Liz. De meisjes knikken en slingerend baant ze zich een weg naar ze toe, klaar om te knijpen.

'Het is niet zo dat er echt iets misging tussen Richard en mij,' zegt Fran. 'Het was gewoon, zeg maar, een, eh, gevoel.' Ze ligt op de grond in de woonkamer, voeten op de bank en het wijnglas wankel op haar boezem. 'Dat "je kunt er niet omheen"-gevoel.'

Liz weet niet meer wanneer ze voor het laatst 's middags wijn heeft gedronken; doorgaans schenkt ze haar eerste glas pas in als Suzanne slaapt, de tweeling met Lorna in de babykamer is en Paul weer naar kantoor is (het zware leven van een kindertelevisie-baas!). Daarna neemt ze misschien een tweede en een derde, voldoende om de dag uit te wissen; de stukjes die ze zich niet wenst te herinneren althans: Suzanne die met haar rugzak op Lafayette staat, de krullerige neonbuizen achter de ramen van de homobar bij de bushalte, het gemeentelijke affiche met onder een busstoel een achtergelaten tas, een soort ouderwetse dokterstas.

Fran draait zich op een elleboog. 'Heb jij ooit om een gevoel je leven in het honderd laten lopen?' vraagt ze.

'Weet ik niet,' zegt Liz. 'Ik hoop van niet.'

Ze heeft haar ogen dicht om naar de rode lichtspikkeltjes op haar oogleden te kijken. Dat doet ze graag, het is een gewoonte. Ze telt ze, doet of het vonkjes zijn. Ze is ontvlambaar en misschien… brandt ze op.

'Ik mis Richard,' zegt Fran. 'Ik mis hem elke dag. Je hebt niemand meer om je verhaal te doen.'

Liz doet haar ogen open en de vonkjes doven. Ze is weer terug en om haar heen wordt alles één geheel: boekenkast, secretaire, radiator, kleed, vloerlampen.

'Eigenlijk had ik nooit iemand om mee te praten, weet je,' zegt Fran. 'Al dacht ik van wel. Ik heb dat een tijdje gedacht. Kun je me volgen?'

'Ja,' zegt Liz terwijl ze haar ogen beurtelings sluit; zo verandert haar perspectief. 'Ik denk het wel,' zegt ze. Ze heeft een gedegen kunstenaarsopleiding gehad, reken maar. Ze zat op Washington State. Ondanks de vele aanvragen kreeg zij een beurs.

'Lijken de anderen op jou?' vraagt Fran.

'Huh?' vraagt Liz.

'De tweeling. Lijken ze op jou? Of op dat, eh, slimmere en knappere eierenvrouwtje?'

Liz lacht. Het was niet de bedoeling, maar ze lacht en daarbij valt het bijna lege wijnglas, waarvan ze was vergeten dat het wankel stond, naast haar op de grond. Ze is een goed opgeleide kluns, verdorie, een sociale mislukkeling met grote kennis van kunstgeschiedenis. 'Sorry, sorry,' zegt ze. 'Deed ik het weer.'

'Geeft niet,' zegt Fran.

Liz smeert de natte plek op haar mouw uit. 'Geeft wel. Dat is het hem juist,' zegt ze. 'De tweeling lijkt op geen van ons beiden. Allereerst zijn ze blond en hebben ze blauwe ogen. Ik bedoel, schattig hoor. Absoluut lief en schattig en prachtig, maar de mensen denken dat we ze hebben geadopteerd.'

'Om je te bescheuren toch!' zegt Fran.

'Jaja, zal wel,' zegt Liz.

'Maar je bent wel een bofkont,' zegt Fran.

'O ja, weet ik wel,' zegt Liz. 'Ik behoor tot het uiterst kleine groepje grote bofkonten.'

'Je kwam door de selectie heen,' zegt Fran.

'Ik ben een groot talent.'

In Matilda's kamer klinkt een luide bons.

'Gaat het daar?' gilt Fran.

'Niks aan de hand!' gilt Matilda terug.

'Suzanne!' gilt Liz. 'Ben je d'r nog?'

'Ja hoor,' zegt Suzanne.

'Ze had verdwenen kunnen zijn,' zegt Liz. 'Soms denk ik dat ze zomaar een keer verdwijnt.'

'Het gaat prima daar,' zegt Fran. 'Nog wat?'

'Een skosje,' zegt Liz.

'Skosje?' vraagt Fran.

'Dat is Japans voor een beetje,' zegt Liz. *'Sukoshi.'*

'O,' zegt Fran. 'Spreek jij Japans?'

'Mijn vader zat in het leger. Krijgsgevangene geweest. Vroeger dacht ik dat het Jiddisch was. Wanneer hij wijn aangeboden kreeg, zei hij altijd "een skosje". Zo'n man was het. Een beetje, wat zal ik zeggen, een beetje een snob. Ik mis hem,' zegt Liz.

'Je pa?'

'Ja.'

'En je moeder?'

'Die heeft hem ingeruild voor Florence Nightingale.'

'De verpleegster?' vraagt Fran.

'Toe, zeg. Zeg "zieneres" of zo, maar niet "verpleegster". Zeg "volksmenner". Ik kom kennelijk uit een oud geslacht,' zegt Liz.

'Gaaf,' zegt Fran. 'Alsjeblieft.' Ze schenkt in; één fles is leeggedronken en een tweede geopend; ze hebben geen idee wat ze vieren.

'La-mij maar,' zegt Liz. Op handen en knieën kruipt ze langs de bank. Ze heeft de schakelaar van de vloerlamp niet kunnen vinden, maar dat geeft niet; ze is een poes en ziet in het donker. 'Hij lag hier. Ik heb hem gezien. Jij hebt hem afgepakt.'

'O god!' giert Fran. 'Het is zo idioot allemaal. Toe, zeg. Straks kun je me niet meer luchten of zien,' zegt ze.

'Ben je gek!' zegt Liz. 'Je bent mijn nieuwe hartsvriendin.'

'Als je belooft…' zegt Fran.

'Ik beloof het. Ik beloof het,' zegt Liz.

'Dat je niet lacht. Echt niet. Ik meen het. Niet lachen. Ik weet dat je gaat lachen. Ik kan…'

'Erewoord. Op mijn erewoord van kabouter, gids. Hemel, je gelooft me niet!'

'Wauw,' zegt Fran. 'Meen je het echt?'

'Ik meen altijd alles,' zegt Liz. 'Ik zeg nooit iets wat ik niet meen. En ik blijf waakzaam.'

'Denk je dat we, als we bijvoorbeeld in Montana woonden, dat het dan, wat zal ik zeggen, anders was?' vraagt Fran.

'Tadaa!' zegt Liz.

'Shit,' zegt Fran.

'Dat mocht wel.'

'Toe maar, ga je gang. Maar je had het beloofd.'

'Ik zal doodernstig blijven,' zegt Liz. 'Ik ben een dodelijk ernstig, doodernstig, nooit niet onserieus mens. Ik zeg het nog eens. En ik blijf waakzaam.'

Wat zegt ze allemaal? Ze heeft geen flauw benul, eigenlijk, maar het voelt goed te praten: het voelt goed zoals de woorden over haar lippen tuimelen en hoog boven straatniveau rondbotsen in de donker wordende kamer waar ze de middag bij een nieuwe vriendin heeft doorgebracht, bij een wereldwijze vriendin, een vrouw die hier is grootgebracht, een vrouw met een grijze lok, een gescheiden moeder met een vlijmscherp advocatenverstand. En wat heeft ze in haar hand! Een veelbelovend dagboek! Fran maakt aantekeningen! Ze heeft opgepikt wat haarzelf is ontgaan; te warm in de zaal en zulk slecht geluid dat je je onmogelijk kon concentreren. En toen – nu is het Liz die praat, die ratelt – hadden er zoveel mensen zich rond dr. Friedman staan te verdringen, was die vrouw zo verschrikkelijk slecht te bereiken geweest dat ze daadwerkelijk in de hal van de school op haar had staan wachten en achter haar aan was gelopen naar de metrohalte, eerst over Madison en toen over Lexington, maar met die resolute robotpas van dr. Friedman had ze haar letterlijk pas op de trap naar de metro ingehaald.

Liz kijkt naar het dagboek. 'Hier wacht een taak,' zegt ze.

'Oké,' zegt Fran, die met gekruiste benen tegenover haar op de grond is gaan zitten.

Liz slaat het dagboek open, maar eigenlijk lukt het haar met haar slechter wordende zicht in het bijna-donker niet te lezen wat er staat. Ze brengt het blok naar haar gezicht en met toegeknepen ogen leest ze hardop:

1. Dieven
2. Menigten
3. School

'Hè!' zegt Fran. 'Hè! God, wat heb ik opgeschreven!' Ze schuift op tot ze tegen Liz aan zit; Liz ziet haar al op schoot kruipen zoals Suzanne doet wanneer ze leest zoals ze het op school heeft geleerd: één keer om het te zien, één keer om het te begrijpen en één keer om de betekenis tot je te laten doordringen.

Go-Go duikt op uit het niets. Zonder ophouden krabt en knaagt hij aan de hot spot aan zijn poot. 'Laat dat!' zegt Fran en ze klapt in haar handen. 'Laat dat!'

Liz slaat het dagboek dicht en staat op, ietwat onvast. 'Jezus, het is donker,' zegt ze. 'Niet te geloven dat het al zo laat is.' Ze geeft het dagboek aan Fran terug. 'Ik zou eerder thuis zijn, had ik Lorna beloofd.'

'Oké,' zegt Fran als ze het boek aanneemt. 'Het spijt me.'

'Hoeft niet hoor. Het was leuk zo. Ik bedoel, dit was echt leuk en de meisjes…'

'Ze lijken het prima met elkaar te kunnen vinden,' zegt Fran.

'Suzanne!' gilt Liz in de richting van de dichte deur van Matilda's kamer. 'Shit! We hadden piano. Helemaal vergeten.'

'O god. Dat spijt me echt,' zegt Fran.

'Je hoeft je niet te verontschuldigen, hoor. Suzanne haat piano. Trouwens, het was niet jouw… Zijn dit mijn schoenen?'

'Hier,' zegt Fran. 'Bij de rugzak van Suzanne.'

'Suzanne!' gilt Liz.

'Onmogelijk om ze te…'

'Suzanne, nu!'

De deur gaat langzaam open en de meisjes, eigenlijk de schimmen van meisjes, drijven, spoelen de gang in.

'Komt de donderdag beter uit?' vraagt Fran.

'Pardon?'

'De donderdag. We zouden donderdags…'

Liz voelt zich min of meer wegvloeien, alsof het laagtij van de schemer al wat loszat, niet was vastgelegd, haar de nacht binnen heeft gebracht. Ze heeft altijd tegen de emoties gevochten die dit moment van de dag met zich meebrengt, het moment dat haar vader in zijn tuin bleef en haar moeder deed wat moeders toen deden, thuis of op de club. Caroline was weg, of bijna weg, maakte ergens een ritje: voorlopig rijbewijs, permanent rijbewijs. James zat in Engeland en zijzelf, veruit de jongste (een ongelukje, had haar moeder eens toegegeven, geboren uit een ogenblik van twijfel, uit een atypische roekeloosheid) wachtte, heen en weer fietsend op de oprit, het moment af dat haar vader haar zou roepen, zou zeggen dat ze voor het donker nog vlug naar de misvormde pompoen moest komen kijken, naar een regenworm, naar de coloradokever. Dat deed ze dan. Snel als de wind fietste ze naar wat haar vader in zijn hand had; een wonder, zei hij dan, wat ongetwijfeld van Browning kwam of van een andere dichter die de mensen niet meer lazen, zich niet eens meer herinnerden. Kijk, zei hij dan. Het leven, zei hij dan. En daarmee kwam ze plompverloren in het hier en nu, werd voorkomen dat ze werd opgezogen.

Liz strikt Suzannes gympen vast. 'Sneu van Richard,' zegt ze terwijl ze overeind komt.

'O, het is prima zo,' zegt Fran. 'Matilda en ik vormen een team; toch, Matty?'

'Jippie,' zegt Liz.

'De donderdag,' zegt Fran. Ze heeft Suzannes jas onder de kapstok gevonden en houdt hem haar voor. 'Het wordt de donderdag!' zegt ze tegen Matilda.

'Laat me thuis eerst even kijken,' zegt Liz. 'Ik weet dat nooit zo precies.'

'O,' zegt Fran.

'Zeg dank je wel tegen Matilda,' zegt Liz tegen Suzanne.

'Dank je wel,' zegt Suzanne.

'Zeg dank je wel tegen Fran,' zegt Liz.

'Dank je wel,' zegt Suzanne.

Op het perron pakt Liz Suzanne bij de hand. Er wordt ergens aan het spoor gewerkt en af en toe rijdt de metro niet, maar met dat waanzinnig drukke verkeer is een taxi of de bus uitgesloten. De tweeling is in bad geweest en slaapt, weet ze inmiddels van Lorna. Het gaat allemaal prima, is haar verteld.

'Heb je het fijn gehad?' vraagt Liz, op haar hurken om op dezelfde ooghoogte te komen.

'Best wel,' zegt Suzanne.

'Is Matilda aardig?'

'Best wel,' zegt Suzanne.

'Vindt ze het leuk om met My Little Pony te spelen?'

Suzanne trekt aan de losse banden van haar rugzak met in een van de vele vakken, achter een rits, een gejatte Pinkie Pie, de staart in een vlecht en gaatjes van een pen in de ogen.

'Weet ik niet,' zegt Suzanne. Ze keert zich van haar moeder af en staart naar de lege sporen. 'Nee,' voegt ze er zachtjes aan toe, maar wie hoort dat, nu er een trein aan komt gieren? In de stormloop wankelt Liz en om niet te vallen grijpt ze Suzanne bij haar magere schoudertjes, omhelst ze haar. 'Maar het was een dag met een gouden ster, liefje,' zegt ze, overspoeld door mensen. 'Toch?'

Dorothy Townsend-Trevor

Wardsbury, Engeland, 1914

Hilde komt nu vaker naar Dorothy, duikt op uit het niets om in de hoek van de ziekenhuiskamer met haar gekneusde gelaat, haar mooie handen, haar grote ogen, voor zich uit te staren; ze is zelfs een keer uit regen opgerezen, op zijn wind binnengedreven. Iemand had een stok in het raam gezet om het open te houden.

'Hilde?'

'Ja, mevrouw Townsend?' De zuster pakt Dorothy bij de schouder en schudt haar door elkaar.

'De lelies,' zegt Dorothy, Hilde wegknipperend. 'Ze rieken.'

CAROLINE DEEL-BARRETT

Bedford, New York, Verenigde Staten, 2007

Caroline ontdekt het blog van haar moeder op zo'n nachtelijk uur dat ze niet meer kan slapen en het beter vindt wat te lezen of op het internet wat onderzoek te doen naar godbetert Dora Maar, nu haar dochter Dorothy heeft meegedeeld dat ze de gedichten van Picasso's gekwelde minnares had bestudeerd en voortaan onder de naam Dora door het leven wilde gaan.

'Je weet wel, moeder,' zei Dora-voorheen-Dorothy daarstraks in dat telefoontje, 'die van *Vrouw met twee gezichten?*'

Caroline kende het schilderij: grote, amandelvormige ogen, scheefstaande neus, een ontzettend lange hals, een gezicht dat uit het gezicht naar voren treedt. Had hij niet vaak twee gezichten? Het een en profil en het ander niet? Luisterend en niet luisterend? Ze herinnerde zich de ontzettend lange hals, zei ze, maar had niet iedereen die door Picasso was geschilderd een ontzettend lange hals?

'Hou toch op!' zei Dora. 'Hallo-o! Gertrude Stein? Een roos is een roos is een roos?'

'Hè?' zei Caroline.

'Stein ziet eruit als een kikker,' zei Dora. 'Het was een mooie vrouw. Honderden minnaars…'

'Stein? Die hield toch van Alice…'

'Dora Maar! Moeder toch!'

'O, juist ja.'

'Laat ook maar,' zei Dora, waarop ze het volumineuze zwijgen liet volgen dat moeders zo goed kennen, de 'wat je had moeten snappen maar niet raadde/aanvoelde/concludeerde'-stilte. Nu Dora op de universiteit zat, wist Caroline dat ze op haar tellen moest passen. Dat zwijgen vormde maar al te gemakkelijk een keiharde steenlaag, net als as bij harde regen: geen telefoontjes, geen e-mails, slechts de ondraaglijke last van een afwezige dochter. Die jonge studentendecaan had hen toch juist hiervoor gewaarschuwd!

'Uw kinderen mogen dan hier zijn,' had hij vanachter de lessenaar in de voorlichtingsruimte gezegd, waarbij alles erop wees dat hij à l'improviste sprak, 'maar laat ze niet gáán. Dit is het ec-moment, het moment van essentiële communicatie. U bent, zeg maar, Ronald Reagan. En zij zijn Gorbatsjov.' De jonge studentendecaan, in een donker pak met lavendelblauwe stropdas, had volgens het knerpende 'Ouders eerst'-boekje in Caroline's zweterige hand vorig jaar aan de universiteit van Harvard nog zijn masterstitel in communicatie gehaald, met jongerentaal als bijvak. Echt waar? had Caroline gedacht. Jongerentaal? Op Harvard?

Caroline zit aan haar bureau. De flauwe gloed van het beeldscherm verandert haar gezicht in een spookmasker. Het is alsof de dingen om haar heen, haar werkdingen – presse-papiers, ingelijste foto's, archiefkasten, een gelukshoed – in hun gedaante gevangenzitten maar met het omzetten van een schakelaar zomaar weer kunnen worden bevrijd.

Dora Maar, Dora Maar, Dora Maar, leest Caroline al scrollend langs een lange reeks Dora's: leven van, betekenis van, belang van, werkstukken brieven biografieën artikelen toneelwerken afbeeldingen van; Dora Maar kreeg 341.288 hits en mocht Caroline het willen, vond ze met een verfijnde zoekopdracht nog meer, inclusief een geluidsopname van Dora Maar, voorlezend uit Cervantes. Alles op logische volgorde, georganiseerd, keurig opgeborgen en van een titel voorzien. Ze denkt terug aan haar eigen studietijd, aan de ouderwetse notities op de vergeelde kaartjes aan een stalen pen in een propvolle cataloguslade. Daar heerste willekeur, maar kwamen daar geen betere dingen uit voort? Jezus, denkt Caroline, studiejaar '77, mijn God. 'Onze Moeders, wijzelf'. *Ms. Magazine.* De tweede feministische golf. Dat heeft ons toch een hoop goeds gebracht. Daar waren we kapot van.

Vanaf Obvious.com (feministische kunst en letteren – essays) staart Dora Maar haar aan: prachtige donkere ogen... betrekkelijk vreemde ogen op de foto van Man Ray... vasthoudend op de een of andere manier, alsof ze het niet kan hebben dat Caroline zo weinig interesse toont, sowieso al snel afdwaalt. Was het een levende Dora Maar geweest in plaats van een samenstel van pixels, had ze kunnen zeggen: Ik ben het niet gewend te moeten wachten. Een beetje consideratie zou fijn zijn, had ze eraan toe kunnen voegen. Ze is het gewend te worden bewonderd, geobjectiveerd althans, in de woorden van de wetenschapper die dit stuk heeft geschreven, maar eigenlijk boeit het onderzoek naar Dora Maar Caroline niet meer. Ze ziet zich iets anders intikken: Wiliam Deel. Het is een slechte gewoonte, weet ze, net als krabben aan een jeukplek, maar toch wacht ze vol spanning de fractie van een seconde af die het laden kost.

Bedoelde u William Deel?

Christus, ja, eikel, zegt ze tegen het scherm terwijl ze een 'l' toevoegt aan de naam van haar ex. Ze tikt harder, staccato, op de returntoets en daar is hij dan: Bill, tevoorschijn gekomen als man in pak met vouw in de broek en boven aan de pagina als een lilliputter afgekort. Op deze foto in een verslag van een bedrijfsuitje naar een resort op de Bahama's, de laatste toevoeging aan iemands site, lijkt hij in gesprek. William Deel heeft 12.297 hits, maar in voorgaande nachten is ze erachter gekomen dat het maar bij een paar om haar Billy gaat en ze ziet er niets nieuws bij. Nu zou ze haar eigen naam kunnen intikken. Dat doet ze vaak, om opnieuw de prestaties waar ze graag op terugkijkt na te lezen: wetenschappelijke prijzen, ereblijken van haar werk, artikelen uit het bedrijfsblad waarin ze wordt genoemd, wat alles bij elkaar, veronderstelde ze, bewees dat ze iets heeft gedáán.

In plaats van haar eigen naam tikt Caroline die van de eerste Dorothy in. De stuk of tien zoekresultaten kent ze al uit haar hoofd: de plaats die haar overgrootmoeder, voorvechtster van het vrouwenkiesrecht, inneemt in de voetnoten van het huidige onderzoek (al hoopt Caroline steeds meer vermeldingen te vinden, over een pas verschenen boek bijvoorbeeld van de een of andere feministische uitgeverij in Iowa of Kentucky). Misschien dat ze daarom niet meteen haar moeders naam in het rijtje ziet staan, een naam die vrij veel lijkt op die van haar overgrootmoeder maar op de een of andere manier niet zo opvalt, zoals het niet opvalt wanneer achter in de klas een leerling van wie je het het minst verwacht zijn hand opsteekt. 'Een proclamatie; overpeinzingen over leven en laatste jaren van Florence Nightingale, door Dorothy Barrett-Townsend, achtenzeventig jaar oud.'

Een proclamatie.

U kent me niet en dat is prima. Mijn verhaal verschilt niet veel van dat van u, als u een vrouw op leeftijd bent, met kinderen. Ik ben een vuurteken, maar ik ben de woede voorbij en verbaas me, nu ik vanaf de andere kant van de lijn terugkijk, over al die tijd die ik aan boos zijn heb verspild. Waarom Florence Nightingale? In de allereerste plaats omdat ze MOEDIG was. Ze gooide haar leven om. Haar handen raakten bloedbevlekt. Ze accepteerde niet wat ze niet kon verdragen. Uiteindelijk begreep ze dat haar ketens van stro waren en verbrak ze ze, of boog ze, of wat je ook doet met stro. Dat schreef ze in *Cassandra*, een onvoltooid gebleven betoog dat ik degenen onder u die zichzelf graag willen uiten ten zeerste kan aanbevelen. Ik ben zevenenzeventig. Ik heb mijn enige zoon verloren. Ik ben gescheiden na een huwelijk van ruim vijftig jaar. Ik ben gearresteerd wegens verstoring van de openbare orde, landvredebreuk en mishandeling en zonder mijn oudste, meest verantwoordelijke dochter zat ik misschien nog steeds in de bak. Voor mij is er nog maar een korte weg te gaan, althans voor degene die ik vroeger dacht te zijn. Ik moet het in mijn eentje zien te maken. Ik ben bejaard. Ik ga door. Ik probeer dat 'het' een naam te geven, wat dat 'het' ook is. Ik doe wat ik kan.

O, en Florence reisde, wat ik bewonder.

Ik stel u geen hoogstaand proza in het vooruitzicht, maar omdat ik tegenwoordig prijs stel op een bepaald soort eerlijkheid, streef ik daarnaar en doe ik het niet voor minder.

— DBT

Liz neemt fluisterend op. Caroline heeft er niet aan gedacht te kijken hoe laat het is... de hemel licht wat op, ziet ze door het raam, en ze heeft al enkele vogels gehoord. Ze weet trouwens dat haar zus zelden slaapt en als ze wel slaapt een hand vrijhoudt voor het geval ze weer de sirenes hoort loeien of heel dichtbij de helikopters hoort brullen.

'Maak ik je wakker?' vraagt Caroline.

'Hoe laat is het?' vraagt ze.

'Ik dacht dat de tweeling altijd vroeg op was.'

'Het is halfzes,' zegt Liz.

'Mam blogt.'

'Hè?'

'Ik zit er net naar te kijken. Ze noemt het "een proclamatie", alsof ze vooropgaat in de revolutie of zo.'

Caroline hoort Liz ademen en iets mompelen, en dan is ze er weer.

'Oké. Opnieuw.'

'Mam heeft een blog. Wist je dat? Drie weken geleden is ze ermee begonnen.'

'Volkomen nieuw voor me.'

'Er staat een foto van ons op. Van het hele gezin. En van Florence Nightingale.'

'Welke?'

'Waar ze voor die tent met al die gewonden staat. Je weet wel, die beroemde.'

'Nee, die met ons.'

'Die met die schommelstoel, waar we erop staan als de Kennedy's en Petunia bij haar voeten.'

'Héél triest.'

'Dieren gaan dood.'

'Ik heb het over mam.' Weer het zware ademen. 'Kan ik je straks terugbellen? De tweeling leek om twee uur al wakker. Sorry hoor, ik was wakker, maar tegelijk ook weer niet, weet je.'

'Best.'

'Bedankt trouwens voor het bellen.'

'Ik bel je straks weer.'

'Na zevenen, ja?'

'Begrepen.'

'Een blog. Jezus!'

'Ze mist pap.'

'Zij koos ervoor.'

'Jawel, maar nu is hij dood.'

Caroline hangt op en keert zich weer naar haar computer. De screensaver is in werking, zodat nu Dora op de voorstoel van een gehuurde cabriolet haar aankijkt met een lachje dat haar ergernis amper verbergt. Het is duidelijk dat Dora, hooggehakt en in het lang, liever naar het afstudeerfeest zoeft (zonder vrijer!) dan wacht tot de foto is genomen. 'Doe effe normaal,' had ze gezegd. 'Zo zeggen ze dat helemaal niet meer.'

Caroline tikt op een toets en de pagina verschijnt: de gezinsfoto met de geboortedata en bij James, hun vader en Petunia het woord 'overleden'. Eronder staat de beroemde foto van Florence Nightingale met haar witte kapje en witte, kennelijk gesteven, uniform.

Het is misschien wel voor de tiende keer dat ze 'Een proclamatie' leest, geschreven door DBT, een vrouw die eens haar moeder was, een blogger die door een fase van woede – WOEDE! – is gegaan en aan het einde van die reis gekleed gaat in een zwarte broek, een gestreken witte blouse en degelijke schoenen, die stevig geaard is in een bepaald soort eerlijkheid en wier ketenen slechts van stro zijn. Er dwarrelen wat reacties achteraan, onveranderlijk niet ter zake doende – blijkbaar snapt niemand het punt dat haar moeder wil maken; welk punt wíl haar moeder maken? – en dan: niets meer.

24 september, 12.20:

Ja, ik vond het mooi wat u in 'Een proclamatie' over woede zegt en ik heb ook bewondering voor verpleegkundigen! Wat moesten we zonder hen! Mijn vraag is: waar blijft de tijd? Bedoelt u dat? Ook ik ben benieuwd naar het jezelf uiten tegenover alleen zijn en/of ouder worden. En naar het waarom van het mediseren in plaats van motiveren van tegenwoordig! Daar ligt het probleem. Toen u en ik jong waren (in juni word ik ook zevenenzeventig!) had je portieken en niet zulke hoge verwachtingen en wij begrepen de waarde van geld. Ga zo door!

– Houvankoffie

27 september, 12.47:

Anders gezegd: oud worden is kut. Ter info: 'mediceren' schrijf je met een 'c'.

– Mackie45

29 september 13.03:

Eindelijk! Dank u. De dame met de lamp verdient veel meer krediet dan ze volgens de heersende opvattingen krijgt; je kunt zelfs zeggen dat zij in haar eentje de mythe heeft ontkracht van vrouwen als hulpeloze, ongelukkige, aan bloedarmoede lijdende en tot de salon veroordeelde wezens. Ze weigerde, zo heeft ze geschreven, vastgenageld te zitten aan een voortzetting van het oude. En wist u dat ze vele stille, toegewijde fans heeft, onder wie, ongelooflijk maar waar, Joe van de baanbrekende sixtiesband Country Joe and the Fish? PS: Mackie45, je bent een Z E U R :-)

– Fantast

29 september 15.52:

Het is fijn om verschillende geluiden te horen!

– DBT

'Wat heeft Houvankoffie tegen medicatie?' vraagt Liz. 'Ik bedoel, jezus, ik zou hartstikke gek worden zonder Xanax. Zij wil haar kopje koffie toch? Eigenlijk klopt er geen moer van, zoveel mensen die zoveel persoonlijke dingen van mam weten.'

'Hou toch op,' zegt Caroline. 'Niks is meer persoonlijk.'

'Toch,' zegt Liz, 'vind ik het eng.'

Caroline hoort een kind op de achtergrond en dan iets wat klinkt als een bord dat op de grond kapotvalt. 'Hoe staat het leven?' vraagt ze.

'Grandioos,' zegt Liz.

'Moet je weg?'

'Lorna is bij de kleintjes,' zegt Liz. 'Denk ik.'

'Hoor 's,' zegt Caroline. 'We zouden moeten reageren. Ik bedoel, het is gewoon zielig dat er in weken niemand wat heeft geschreven. Ik vind het vreselijk dat ze daar in het niks zit te staren. We hoeven niet eens te schrijven dat wij het zijn. We spelen het spelletje gewoon mee. We verzinnen een paar namen of ID's of hoe dat heet. Om het gesprek op gang te brengen.'

'Hè?' vraagt Liz. 'Sorry. Colin kotste juist de bank onder.'

'Laat maar,' zegt Caroline.

'Hé, ik bel jou wel. Paul gaat net weg en ik moet de kinderen eten...'

'Doei!'

'Nou niet kwaad worden.'

'Ik ben niet kwaad. Doei!'

Caroline hangt op. Toen ook zij vond dat ze het druk had, toen er nog veel in orde moest worden gemaakt voor ze de trein naar de stad kon nemen, toen bestond er tijd. Nu heeft ze alle tijd van de wereld. Ze kan in bad gaan, ze kan haar teennagels lakken, ze zou over het avondeten kunnen gaan nadenken en alvast iets uit de vriezer halen. Omdat haar trein om twaalf over acht vertrekt, ongeveer, zal ze gaan kaarten of lezen en schrijft ze misschien vanochtend nog een ouderwetse brief aan Dora-voorheen-Dorothy: dat ze erover heeft nagedacht, over die nieuwe naam, en dat hij wel iets moois heeft, iets wereldwijs en exotisch, doet denken aan een vrouw met een bepaalde artistieke zwier, maar dat dat misschien komt door wat ze heeft verteld, namelijk dat Dora Maar met een blokdrukkersmes in haar vingers sneed, onopvallend, terwijl aan een naastgelegen tafeltje Picasso en een beroemde vriend toekeken, en dat het verminken van de vingers en het rode bloed op het servet waarschijnlijk de redenen waren dat die twee zich tot haar aangetrokken voelden.

De vogels zijn nu echt begonnen en ze hoort een paar kinderen schreeuwen, een deel van de groep die op weg is naar de schoolbushalte bij de rij postbussen naast de oprit van de buren. Zoals altijd zal ze zwaaien als ze naar het station rijdt en misschien zwaaien er een paar terug. De meesten zijn tienerjongens, lijken dat in ieder geval, maar ze herinnert zich hen niet van toen ze jonger waren en weet ook niet of ze ooit jong zijn geweest. Waren ze bevriend met haar Dorothy?

Met het denken aan haar Dorothy begint er iets te knagen. Of ze is gewoon eenzaam. Het legenestsyndroom, volgens de jonge studentendecaan, die dat verdomde zeventigerjarentaaltje eruit gooide alsof het werkelijk iets nieuws was, alsof het verleden in zijn geheel terugkwam in zijn lullige das, de lengte van zijn haar en het gemak waarmee hij, ontspannen op de lessenaar leunend, de vrouwen in hun functie van moeder toesprak. Toen was ze opgehouden met luisteren, hoewel dat eigenlijk kwam doordat ze hem niet goed verstond, naar achteren gedrukt in die overvolle voorlichtingsruimte en opgenomen in de grandeur ervan, de warmte ervan.

Er hingen portretten van voormalige voorzitters, eender ingelijst en verlicht door trendy lampen waaruit verantwoord licht scheen; de feeëriek oplichtende stofdeeltjes voor de schitterende gotische ramen riepen beelden op van andere werelden. Voor aanvang van de lezing had Caroline door die ramen de studenten zich doelbewust en met volwassen tred van hot naar her zien haasten, alsof ze wisten dat ze al te laat waren voor iets. Ze had gehoopt haar dochter te zien, een glimp van haar op te vangen door de bobbelige gekleurde ruitjes in de bronzen sponningen die haar uitzicht doorsneden. Haar bejaarde docent antieke cultuur had die sponningen een hydraulisch gebaar genoemd, weet ze nog, vanwege de gelijkenis met Korinthische zuilen; geneigd te verdwijnen, had hij gezegd, in vliedende stromen. Een zwakke poging om vereerders tot vereerden te verheffen, had hij in het licht van de overheadprojector gezegd, met Korinthische zuilen op zijn gegroefde wangen.

Hadden ze toen in deze zaal college gevolgd? Onwaarschijnlijk, maar hier op Yale zagen alle kruislings doorsneden ramen er eender uit, in dit doolhof van internaten, elk achter een smeedijzeren hek met ingewikkeld uitgevoerde symbolen (de hiërogliefen van de man, had iemand het genoemd) en afgeschermd door binnentuinen, passages en trappetjes heuvelop en heuvelaf.

'Geschiedenis van kunst en letteren', heette het vak, of 'Geschiedenis van een gedachte', daar wil ze vanaf wezen. Ze studeerde voor haar bachelor en was helemaal idolaat van die stokoude docent. 'Professor Edwards is God' stond in de kantlijn van haar schrift geschreven. Hij is de Alwetende Chroniqueur van Mijn Leven, schreef ze, hoewel zijn onmiskenbare geflirt (onhandig, de waarheid moet gezegd) haar verbijsterde – hij was even oud, ouder nog, dan haar vader! – en ze er niet helemaal uit kwam of zijn gedrag misschien in middeleeuwse zin, misschien gerenommeerde universiteitszin, aanvaardbaar was of ronduit walgelijk. In haar vriendenkring waren de meningen verdeeld; iedereen kende die andere, die man die af en toe een eerstejaars 's ochtends verkreukeld op het universiteitsterrein afleverde. Niemand leek bijzonder veel last van hem te hebben. Maar Edwards was anders – verstandiger, had ze gedacht, discreter – waardoor ze zich door zijn attenties uiteindelijk een uitverkorene voelde, en in ieder geval erkend als beter dan een doorsnee ouderejaars. Het wrange ervan was aan haar besteed. Ze maakte een studie van Susan Brownmiller. Op woensdag begeleidde ze verkrachtingsslachtoffers in New Haven. Ze was niet onnozel inzake seks en macht, had ze zich destijds voorgehouden. Ze had Yale weten te halen tenslotte, in het eerste jaar dat vrouwen er college mochten volgen, en zou er algauw magna cum laude afstuderen. En daar lag ze dan! Niet bepaald zoals haar moeder het in haar hoofd had gehad: als studente met de benen wijd op de grond in de kamer van een hoogleraar, met de blote huid op een prikkend Tibetaans gebedskleed. Hun eerste en enige keer was vluchtig afgehandeld, een mislukking, en meteen daarna had zij het heft in handen genomen. Eigenlijk vond ze het sneu voor hem, voor dat genie met zijn broek op zijn enkels en zijn pik die 'de aftocht blies', zoals hij het stelde; en hoewel hij haar dikwijls weer op zijn kamer had gevraagd, was ze niet gegaan en had ze zijn colleges (een verplicht curriculum na het kerstreces) laten schieten; 'conflict' had ze op de daarvoor bestemde regel ingevuld.

'Ik heb het over detente,' brulde de jonge decaan. 'Ik heb het over het neerhalen van de Muur. Zie me als de brug, de verbinding, waarmee ik wil zeggen dat ik de ruimte opvul tussen de generaties.'

 'Wat zei hij?' vraagt iemand.

 'Ruimte opvullen,' antwoordt ze. 'Hij vult de ruimte op.'

 Bij het 'O' dat als reactie komt, merkt Caroline op dat het gezicht van degene die de vraag stelde niet meer bij haar hals past, alsof ze de jaren die ze zich kon veroorloven heeft laten wissen en vervolgens uit geldgebrek heeft gedacht: ach wat.

Carolines ontdekking van haar moeders blog is alweer een aantal dagen geleden. Ze heeft haar best gedaan DBT niet continu in de gaten te houden, maar het is net een hot spot, je wilt krabben, en op een rustig moment qua werk of laat op de avond voelt ze 'Een proclamatie' aan zich trekken en kan ze er geen weerstand aan bieden nogmaals de tekst te lezen waarin haar moeder verklaart de woede voorbij te zijn en de reacties erop. Wat zijn dat voor mensen? Bestond er nog iets anders in hun leven?

 Het deed akelig aan, dat gejaagd en stiekem kijken, alsof ze weer een kind van twaalf was dat in haar moeders ondergoed- en sokkenla onder de soepele zijde en kriebelige wol het kraaltjestasje opgroef waarin ze het pessarium wist, die vleeskleurige ring in het roze hardplastic doosje. De bijsluiter was helemaal verkreukeld, maar die kende ze al uit haar hoofd: een tekening van een vrouw die, hangend boven een toiletpot, het pessarium in haar vagina duwt, dat bedoeld was, vermoedde ze, om iets tot staan te brengen of te smoren. Op een dag had haar moeder haar betrapt, juist toen ze met trillende knieën vol korsten in de badkamer het ding probeerde in te brengen. Ze had als een gek gehuild, haar moeder. 'Eerst je broer,' had ze gezegd, 'en nu jij.'

 Een paar weken eerder had James geweigerd nog langer met zijn ouders onder één dak te wonen en was hij weggelopen, naar het bos aan het eind van het doodlopende straatje.

'In jezusnaam, kom nou toch gewoon terug,' zei Caroline toen James haar mobiliseerde om koste wat kost te doen wat hij zei. Hoewel haar moeder nergens te zien was omdat die indertijd, met het speldje van de Junior League op haar sjaal geprikt, in de gaarkeuken in de binnenstad de minderbedeelden bediende, had ze een boterham met tonijn in vetvrij papier uit de koelkast gepikt en een banaan van de fruitschaal gegrist.

'Ik heb het al gezegd,' zei James. 'Het gaat om het principe, Charles en Dorothy moeten er maar mee om zien te gaan.' James was met het idee gekomen hun ouders bij hun voornaam te noemen, alsof het gezin niet meer was dan een vriendengroep die toevallig onder één dak woonde. Het had haar tijd gekost eraan te wennen; Charles en Dorothy, oefende ze fluisterend als er niemand bij was: de namen alleen al waren een waagstuk, verboden om redenen die ze niet kon verwoorden. Maar tegenwoordig zei ze zo vaak mogelijk 'Dorothy'.

'Het zou koud worden vannacht. Net onder nul of zo.' Ze pulkte aan het plekje op haar knie waar ze altijd aan pulkte. 'Trouwens, ik mis je.'

'Ik ben nog maar net weg.'

'Ik word stapelgek van Dorothy,' zei ze.

'Ze zit nu toch bij die zeurtantes,' zei hij. Hij was inmiddels aan de banaan bezig.

'Straks ben ik stapelgek vanwege Dorothy,' zei ze.

'Negeer haar gewoon,' zei hij.

Ze zaten op de kleine open plek die hij had gemaakt; eerder had ze hem een emmer water gebracht zodat hij de jonge boompjes water kon geven en een paar ervan had hij al naar elkaar toe gebogen. Hij was een tipi aan het bouwen; daar had hij over gelezen.

'Neem wat boeken voor me mee,' zei hij.

'Goed.'

'En lucifers.'

'Oké.'

'En nog een banaan.'

'Jezus!'

Pas na vier of vijf dagen erkende hun vader zijn nederlaag en sleurde hem terug naar huis. James mocht zijn haar zo lang laten groeien als hij wilde, op voorwaarde dat hij het regelmatig waste en het op school uit zijn gezicht hield en dat hij niet meer mompelde als hem iets werd gevraagd. 'Ik ben terug,' kwam James later die avond melden. Hij kwam haar kamer niet binnen.

'Weet ik,' zei ze. Het was erg donker binnen en ze had al kunnen liggen slapen. 'Welkom thuis,' zei ze, maar toen was hij alweer op zijn eigen kamer verderop in de gang, was zijn deur al dicht. Vroeger hadden ze in dezelfde kamer geslapen, in een stapelbed met onder het onderste, het hare, zijn verkreukelde zak snoep, verdedigd als het ware door een kring van plastic soldaten met gerichte geweren, die hun moeder nooit leek te vinden. Ze zat altijd tegenover hem op het bovenste bed, in indianenhouding en met haar rug tegen het voetbord, vanwaar ze naar de pepermuntjes en boterbabbelaartjes dook die hij haar met tussenpozen toewierp.

'Dit is het stuk,' kon hij zeggen, 'waarop de x-men collectief tekeergaan.'

'Laat zien,' zei zij dan, waarop hij de strip omkeerde en het haar op een lerarenmanier liet zien, ook al kon ze de ontzettend ingewikkelde, hoekig getekende figuurtjes van zo ver weg nooit goed onderscheiden. Niettemin zei ze 'gaaf' tijdens het voorlezen, dat nu en dan werd onderbroken voor een overhoring.

'Iemand moet die meid een lesje leren,' zei hij, terwijl zijn lange arm naar de verkreukelde zak ging die ze naar boven hadden gehaald.

'Wat is er nog over?' vroeg ze.

'Toverballen,' zei hij.

'Geef maar op,' zei ze.

'Cycloop waardeloos broeder?' las hij voor.

'Vernietigen,' zei zij.

'Caroline de Geweldige,' zei hij. 'Die meid heeft meer hersens dan we denken.' Hij had zijn haar kort toen, min of meer gemillimeterd, sproeten en een bril die niet recht wilde blijven staan; zijn kijkglazen, noemde hij die bril, die hij haar 's avonds, vlak voordat het licht uit moest, voor de veiligheid aangaf om op het tafeltje naast haar te leggen en 's ochtends weer oppakte.

Ze wikkelde de toverbal die hij haar kant op had gegooid en zij had opgevangen uit het cellofaantje en stak hem in haar mond.

Was dit niet puur geluk? Tegenover haar broer en een mond vol snoep. Buiten hun kamer strekte de zo bewerkelijke, raadselachtige wereld zich uit, die eenvormige wereld: huis, boom, gazon; huis, boom, gazon. Ze konden ermee doen wat ze wilden, wist ze, zodra ze eenmaal groot waren en uitvlogen.

Maar in de badkamer, met het pessarium nog in haar hand, ging ze rechtop staan om haar moeder zo stevig te knuffelen als ze aandurfde en streelde ze de strakke knot alsof zij de volwassene was en haar moeder het kind.

'Stil maar, Dorothy,' zei ze. 'Stil maar.'

10 oktober, 21.45:

De proclamatie, vervolg

Ik denk over mijn leven na, probeer de puzzelstukjes aan elkaar te leggen. Ik heb gedaan wat me werd opgedragen, of liever, wat ik dacht wat van me werd verwacht. Ik had een vader op afstand, wat velen van u zullen herkennen. Het was een vreselijk verstandige man, die meestal weigerde over andere dingen te praten dan over het weer en de vraag wat er op tafel kwam; als musicus (pianist) was hij vaak weg. Mijn moeder was hertrouwd en verhuisd toen ik nog klein was. Ze was geen partij voor hem, zei hij over haar. Zodra ik kon, ging ik het huis uit en trok in bij vrienden met een klein appartement, en weer een paar maanden later ontmoette ik mijn man. Voor de grap zei hij weleens dat het lot ons had samengebracht – wat waar is (we ontmoetten elkaar via een bizar ongeluk) – en dat de goden nu eens een keer een blind date wilden. Hij was een romanticus, mijn man. Hij sprak over de goden en het lot en de wraakgodinnen alsof ze in de andere kamer zaten te eten. Ik weet eigenlijk niet of ik ooit van de man heb gehouden, maar ik erken dat ik bewondering had voor zijn diepzinnigheid (hoor mij nu!) en de moed die hij toonde (ongeveer zoals Florence Nightingale) bij wat hem in de oorlog overkwam: als krijgsgevangene overleefde hij de oorlog in Azië en pas jaren nadien werd hij vrijgelaten. Na ons huwelijk ging het leven zo zijn gangetje. En dank u, Fantast, voor dat 'vastgenageld zitten aan een voortzetting van het oude'. Als huisvrouw in de jaren zestig en zeventig zette ikzelf het oude voort, zou je kunnen zeggen, en hoewel ik veel vriendinnen had, spraken we zelden over iets anders dan de kinderen en het werk van onze echtgenoot. Ik weet niet, in alle eerlijkheid, of we iets konden. Er waren periodes waarin ik midden in de nacht wakker werd en naar de kinderen ging. Op de een of andere manier was dat de enige plek waar ik me compleet voelde en vaak ging ik bij een van de twee op bed zitten om na te denken. Dat weet ik nog uit die tijd, uit die jaren die nu zo onvindbaar lijken in de rondfladderende wanten, jassen, te klein geworden schoenen, beugelafspraken en leerlingenraadvergaderingen.

Als ik daarover nadenk, denk ik dat het al genoeg tijd kost om je keel te schrapen, waarmee ik bedoel: iets te zeggen wat waar is. Wat probeer ik hiermee te doen? Ik probeer MIJN EIGEN STEM te vinden. Ik probeer te ZEGGEN WAT IK BEDOEL. Ik BEN er. Een oefening voor de geïnteresseerden: ik heb het ergens gelezen en eerst vond ik het belachelijk klinken, maar na een tijdje zag ik de zin ervan in. Schrijf elke dag drie dingen op die waar zijn. Daarmee bedoel ik niet: mijn haar is bruin, maar eerder iets als: ik voel me het gelukkigst wanneer ik anderen help. Florence deed het precies zo en dan hebben we het over de negentiende eeuw, zo'n beetje :-). Misschien was ze onze eerste zelfhulpboekenschrijfster! Zij liet de soldaten een blije gedachte opschrijven. Eén blije gedachte, hoe ziek ze ook waren. En weet u: volgens haar ging hun toestand erop vooruit!

Maar goed, stapje voor stapje. Zie ons bijvoorbeeld eens, zoals we met elkaar praten en naar elkaar luisteren. Onszelf uiten. En we hebben nog zo'n lange weg te gaan! Pas aan het randje van de dood leven we volop. En is dat geen schande?

Liz neemt al etend op, hoort Caroline. Ze zit achter haar bureau in de werkkamer en rammelt met de kwartjes in haar hand: haar slechte gewoonte sinds ze met roken is gestopt.

'Heb je het gelezen vanochtend!' zegt Caroline. 'Er staat wat nieuws op.'

'Ook goeiemorgen,' zegt Liz.

'Mijn vraag is nu: wie denkt ze in godsnaam tegenover zich te hebben?'

'Weet ik niet,' zegt Liz kauwend. 'Het stikt van de vrouwen als zij, vrouwen die achter het circus aan lopen,' zegt Liz.

'Achter wat?' vraagt Caroline.

'Laat maar,' zegt Liz.

'Heb je het al gelezen?' herhaalt Caroline.

'Ben je gek!' zegt Liz. 'Tijd voor mams blog? Ik mag al van geluk spreken als ik even kan douchen.'

'Hoe is het met de tweeling?'

'Helemaal perfect.'

'En Suzanne?'

'Te gek gaaf.'

'Ik zou toch even kijken.'

'Nee,' zegt Liz, al te snel, en dan: 'Geen tijd.' Door de stilte die erop volgt vermoedt Caroline dat Liz een catalogus doorbladert om straks de kerstdrukte voor te zijn of met spuitbus en spons de bar in de keuken staat te poetsen. 'Ik bedoel, mam heeft toch recht op privéconversatie!' zegt ze.

'Jij je zin,' zegt Caroline.

'Ik zal het niet vertellen hoor, als je daar bang voor bent,' zegt Liz. 'Ik zeg niks.'

'Dat weet ik. Echt.'

'Hoe bedoel je?'

'Ik bedoel dat ik weet dat je niks zult zeggen. Het is alleen… god. Jij hebt de kinderen en Paul en blablabla. En die droom mag vooral niet uit elkaar spatten. Daar gaat het om. Vooral in dat te gek gave circusje van je blijven zitten om…'

'Ik moet hangen,' zegt Liz.

'Natuurlijk.'

'Prettige dag verder!'

'Zal wel lukken,' zegt Caroline, maar Liz heeft al opgehangen.

11 oktober, 20.23:

Hoi DBT. Ik geniet van de manier waarop je je uit. Je vroeg naar een waar ding, of drie ware dingen, maar hier is er een: ik ben eenzaam. Eerst was ik dat niet. Ik bedoel dat ik wilde dat hij wegging. Ik vroeg hem om weg te gaan; nee, wat ik bedoel is dat toen hij vroeg of hij weg moest gaan, dat ik toen ja zei, want toen wilde ik dat. Het zat al jaren niet lekker tussen ons. Volgens mij had hij andere relaties. Ik WEET dat hij andere relaties had, maar ja, die had ik ook. We waren het er zo'n beetje over eens dat dat moest kunnen. Maar ik veranderde van gedachten. We hadden een kind. En ik verdiende meer dan hij, wat hij moeilijk kon hebben. Nu kun je volgens mij zeggen dat ik bang ben. Ik ben nog steeds het toonbeeld van verantwoordelijkheidszin, alleen ben ik doodsbang. Dat is het kort gezegd. Denk je dat al onze daden op angst gebaseerd zijn?

– Roodborstjesnest

Caroline logt die avond een aantal keren in om te kijken wat haar moeder op haar reactie te melden heeft. Het ontgaat haar niet dat ze de telefoon kan pakken om rechtstreeks te zeggen: hé, dame, het spel is uit, of dat ze haar vragen zelfs persoonlijk kan stellen bij een kopje thee, een glas wijn of zo'n nieuw drankje dat haar moeder lekker vindt, zo'n limonadeborrel (o god!). De kwestie smeekt om een soort postmoderne, existentiële vraag die geen mens tegenwoordig meer stelt.

Caroline draait zich van haar computer weg en pakt de telefoon. Moedwillig moeizaam toetst ze het nummer van Dora in. Het is middernacht geweest en een fractie van een seconde overweegt Caroline meteen weer op te hangen. Dan herinnert ze zich dat alle studentenkamers inmiddels zijn uitgerust met een toestel met nummerweergave, en de telefoon gaat trouwens al over.

'Lieverd!' zegt ze, zodra Dora heeft opgenomen.

'Mam?' vraagt Dora. 'Is er wat aan de hand? Is alles goed?'

'Prima, schat. Prima. Niets aan de hand. Het gaat allemaal fantastisch.' Caroline wacht even. 'Fantastisch.'

'O,' zegt Dora.

'En jij? Hoe is het met jou?'

'Toe zeg. Het is laat. Ik lag te slapen. Wat is er?'

'Niets, eigenlijk. Ik bedoel, niets van belang. Ik denk dat ik je stem even wilde horen.'

'Nou, nu hoor je hem,' zegt Dora.

'Ik hoor je,' zegt Caroline.

'Mag ik dan nu ophangen?'

'Nee,' zegt Caroline, al te snel. 'Nog niet. Ik bedoel, wacht even,' zegt ze.

Er valt een lange stilte waarin Caroline haar ogen sluit en iets forceert wat aandoet als een rustige, of gelukkige houding naar haar dochter. Goede wil. Het is een trucje dat ze het eerst uitprobeerde toen Dorothy als een wervelwind door het huis joeg, razend om een cijfer, razend om niets, razend om wat ze niet kon benoemen. Dan was Caroline net thuis van haar werk, nog steeds in dat belachelijke pak met dat dasje en dat mannenoverhemd waarin ze indertijd liepen. Om halfzes 's ochtends had ze krullen gezet, maar haar haar hing er alweer bij alsof het bekaf was. Haar propvolle aktetas lag op het wandtafeltje; voordat ze naar bed gaat, kan ze nog een paar uurtjes meepikken. Veel te veel werk. Ze had veel te veel werk. Waarvoor? Voor het geld? Ja, maar ook weer nee. Het ging verder; ze kon het niet benoemen. Plezier uiteraard. Je verstand gebruiken uiteraard. En ze had haar talenten verdomme! Al een paar jaar nadat ze haar economiestudie had afgerond werd haar naam al genoemd voor de functie van vicevoorzitter. Ze hoorde tot de besten en wanneer Dorothy als klein meisje steeds vroeg waarom ze moest werken, zei ze dat ze haar hersens moest laten kraken.

'Ik moet ophangen,' zegt Dora. 'Ik moet ophangen.'

Er volgt een even duidelijke klik als wanneer iemand een deur achter zich in het slot laat vallen.

12 oktober, 01.47:

Ik ontdek dat je het het minst verwacht in het donker van de nacht, wat het ook is... spijt misschien, maar ook weer niet; het is groter, het is rusteloosheid, onvrede, op de een of andere manier dramatischer dan spijt, uitgesponnen, overdadig, op een rare manier van grote betekenis. Je hebt het wéér verkeerd gedaan, terwijl je van plan was het perfect te doen. Je ziet door de bomen het bos niet meer. En nu staat het pal voor je neus en hap je naar adem. Voelde je dat, DBT, op de rand van het bed van een van ons. En voelen de anderen het ook?

– Roodborstjesnest

Dorothy 'Dora' Louise Deel

New Haven, Connecticut, Verenigde Staten, 2007

Dora Deel

Basisgegevens

Netwerk:	Whitewood School, jaargang 2007
	Yale, jaargang 2011
Geslacht:	vrouw
Seksuele voorkeur:	bi
Geboortedatum:	03-08-1989
Zoekt:	wat ik krijgen kan
Politieke overtuiging:	terreurstaat
Religieuze overtuiging:	animistisch

Persoonlijke gegevens

Hobby's:	bergbeklimmen, kleren (schoenen), marathon lopen, decoupage, flora en fauna, diakritische tekens, ironie, The Monkees, The Beatles, de Franse cinema, fotografie, vrouwenfilms
Favoriete boeken:	*De ontnuchtering*, V. Woolf (ook de laatste twee onbegrijpelijke); *Charlotte's*

Webb; *The Phantom Toll Booth*;
W. Cather (zelfs dat rare hoofdstuk in
het midden van *The Professor's House*);
de gedichten van Elizabeth Bishop,
T.S. Eliot, al het werk van Robert
Browning (lang verhaal), S. Plath,
A. Rich, J. Gilbert. S. Olds

Favoriete citaten:

Je moed bepaalt of je leven kleiner dan
wel groter wordt – Anaïs Nin
Bij vrouwen wordt waanzin vaak
versleten voor moed – iemand anders

Over mij:

Mijn betovergrootmoeder hongerde zich
dood voor het vrouwenkiesrecht. Noem
me rebel.

Evelyn Charlotte Townsend

New York City, New York, Verenigde Staten, 1985

Ik ben nog niet dood, zeg ik tegen Susan. Ze klopt op de voordeur alsof ik dood ben. Ze ramt maar door. Ik heb haar gezegd in noodgevallen de sleutel te gebruiken en dus gebruikt ze die ook. Waar is de brand? roep ik, maar ik ben gewoon bezig. Ik zeg dat ik aan het schrijven ben. Ik heb besloten het stuk 'Grafrede voor een nog niet dode vrouw' te noemen. Ik zeg dat het zo gaat: 'Ze kwam. Ze ging.'

'Wat vind je ervan!' zeg ik.

'Haha,' zegt Susan. Als eerste van de klas daar in Michigan en nu met een volledige beurs voor Barnard voelt ze zich gerechtigd te oordelen. Ze heeft bepaalde idolen die ik helemaal niet ken en ze gebruikt soms naar mijn idee bizarre woorden, maar ik mag haar, Susan. Het is een goeie meid en ze is stukken beter dan de vorige die de faculteit op me afstuurde, dat kind dat rookte en haar kauwgum liet klappen. Het was Susans idee om notities over het leven te maken en die af en toe aan elkaar voor te lezen, om er wat pit in te brengen, in die relatie tussen ons, waardoor die niet alleen draait om voeden en gevoed worden, om verzorgster en verzorgde; vrouwen hebben elkaar meer te bieden, toch?

'Lach eens om het leven, zullen op mijn sterfbed mijn laatste woorden tegen je zijn,' zeg ik.

'Het is mijn werk om me zorgen te maken,' zegt ze.

'Ja, ja,' zeg ik.

Ze duwt me de keuken in, waar ze me met mijn knieën onder het oude slagersblok zet dat ik met Stephen Pope op de vlooienmarkt op 6th Avenue heb gekocht, met de initialen erin gesneden van mensen die we niet kenden maar van wie we graag het levensverhaal verzonnen, en laat me zien wat ze heeft meegenomen.

'Ruik jij ook iets?' vraag ik.

'Ik ruik niks,' zegt ze.

'Ik ruik wel iets,' zeg ik.

Ik vind het prettig om naar haar te kijken wanneer ze rondkijkt. Ze is betrokken en jong en hoewel ze betaald krijgt, zie ik haar als vriendin. Ik geloof dat ze me werkelijk gaat missen, dat meisje dat zich meestal kleedt als een jongen, althans zo dat je, met dat haar dat van boven paars of tegen het zwartpaarse aan is, geen verschil met een jongen meer ziet. Toen ze een paar maanden geleden kwam, had ze een piercing in haar lip. Daar werd ik iebelig van. Of ze het er alsjeblieft uit wilde halen, vroeg ik, en dat ze dat deed overtuigt me van mijn gelijk: ik zal gemist worden.

Ze gaat tegenover me zitten. 'Lees voor,' zegt ze.

'Wat?' vraag ik.

'Het gedicht. De grafrede,' zegt ze.

'Heb ik gedaan,' zeg ik.

'Er is meer,' zegt ze terwijl ze het deksel van het bord licht dat ze heeft meegenomen: haverpap of iets even smakeloos. Oud worden is afschuwelijk, zeg ik haar bij tijd en wijle, er is niets vrolijks aan. Maar vandaag is anders, vandaag schrijf ik. Vandaag is mooi. Maar wat was ik aan het schrijven? Mijn handen liggen op het papier, maar ik vergeet de dingen zo weer. Mijn handen wijzen naar het westen, zou ik haar kunnen laten zien, naar de zonsondergang. Zie je ze krommen bij de knokkels? Hoe doet een lichaam dat, de eigen botten buigen?

'Privé,' zeg ik.

'Ik zal het niet doorvertellen,' zegt ze.

'Ze kwam, ze ging,' lees ik op. 'Vroeger had ze een hart; haar hart hield ermee op. Ze beminde en ook weer niet. Woorden at ze als popcorn…'

'Dat is best mooi,' zegt ze terwijl ze het eten op een bord schept dat ze uit de kast heeft gepakt. Ze zet een glas warm water neer, wat volgens haar heel goed voor de spijsvertering is en legt mijn pillen naast mijn bord. Vijf stuks. Ze vertelt over iets wat ze vanochtend op de televisie heeft gezien, een hond die telefoonnummers heeft leren draaien. Ze zegt dat het hierbinnen te warm is, dat we een raam open moeten zetten. Ze beschrijft wat ze heeft gedroomd en zegt dat het haast niet te beschrijven is, maar hup dan maar.

Ze is bij mij omdat het beter betaalt dan archiefwerk en gemakkelijker is dan serveren of 'je weet wel', wat dat ook mag zijn; ze heeft een hoop baantjes gehad, heeft ze verteld. 'Ik houd trouwens wel van bejaarden,' zei ze, 'vooral van oude dames.' Ze vertelt me alles en ze heeft een keer een gedicht van haarzelf voorgelezen, iets persoonlijks, zei ze, dat ik zou begrijpen met het leven dat ik heb geleid. Welk leven? wilde ik haar vragen toen.

Ze pakt mijn hand vast, vouwt hem om de lepel en voert me alsof ik mezelf voer. Een flauw, smakeloos goedje, wat ze voor bejaarden kennelijk geschikt vinden: niet helemaal vloeibaar, al zou het wel door kaasdoek gaan. Toch heb ik vreselijke honger, zeg ik. Ik ben vergeten te ontbijten en ik heb heel hard gewerkt.

'De titel is het mooist,' zegt ze.

'Het vordert,' zeg ik.

Ze staat op en hangt de spiegel recht die altijd scheef hangt. Ze maakt het een en ander schoon. Ik ruik wat ik zonet rook en ik heb een brom in mijn oren. Ik ben het gewend meestal alleen te zijn en gezelschap, zelfs dat van Susan, is lastig. De laatste paar jaar kom ik niet meer boven en rijd ik heen en weer tussen de bibliotheek en de keuken en tussen de bibliotheek en de eetkamer, waar ik nu een bed heb staan dat Susan opmaakt voordat ze naar huis gaat en waar ik 's avonds in gedachten over het bospad loop van de trompe-l'oeil uit mijn vroegere kleedkamer, met de bomen en de gevallen bladeren, om er de geluiden mee te verdringen die vanuit de stad op Gramercy Park afstormen, de te drukke stad waar gevaar loert waarvan ik blij ben dat Stephen Pope het niet hoeft mee te maken. Er zijn avonden dat ik niet kan slapen en in mijn rolstoel naar de hal rijd, avonden waarop mijn geest een draai van honderdtachtig graden heeft gemaakt naar het begin, naar mijn aankomst hier. Ik was een mager, nog altijd hongerig ding. Stephen Pope nam me bij de hand. Hij zei dat ik boven de kleedkamer van zijn vrouw zou vinden, de eerste deur rechts. Hij zei dat ze ernaast een slaapkamer had gehad waar ik mocht slapen. Hij zei dat we de volgende dag wel tot andere regelingen zouden komen. Ik was als vuursteen zo hard. Misschien heb ik toen over het afgetobde deel van zijn gezicht gestreken, en anders over zijn hand, en daarmee ons allebei een eigen kant op gestuurd. Wat moest ik bewijzen? Er keek toch niemand?

Susan haalt het rolgordijn op en schuift het raam open. 'Het is een prachtige dag,' zegt ze, afgetekend tegen het heldere licht, en op het moment dat ze zich omdraait, valt ze samen met haar schaduw en is ze weg. Er verdwijnen tegenwoordig dikwijls mensen, alsof mensen alleen maar heel even in iets weerkaatsen. Kom terug, denk ik. En als ik opkijk, is Susan er weer en is het of ze de hele tijd heeft doorgepraat. 'Wandelen?' vraagt ze nu.

'Zitten,' zeg ik.

'Akkoord.'

Ze legt een brief op tafel, een envelop. 'Ik heb deze voor u mee,' zegt ze. 'Ik kreeg hem op de universiteit. Hij was naar de scheikundefaculteit verzonden. Aangetekend,' zegt ze. Ze is mijn trillende handen voor en heeft de envelop al opengesneden. Ik vraag me af of hij van een oud-student is, al krijg ik dezer dagen steeds minder van dat soort brieven. Ik bekijk de afzender. Ik kan deze brief niet lezen,' zeg ik tegen Susan. 'Dat gaat tegen mijn principes in.'

Susan kijkt over mijn schouder mee. 'Dorothy Barrett-Townsend?' vraagt ze. 'Wie is dat?'

Gramercy Park is dicht; renovatie stilgelegd, hoor ik van Susan. New York failliet. Ik houd de pieken en dalen van die stad niet meer bij, telkens weer die opgang en neergang. Stephen Pope geloofde in het communistisch gevaar, in de dreiging van de Chinezen en de Sovjet-Unie, in de mogelijke ondergang van de mensheid. Later geloofde hij nergens in. Maar Stephen Pope is dood en Susan is er nog. Ze is er nu zeven maanden en voorlopig zit het er niet in dat ze weggaat, heeft ze beloofd.

Nee, antwoordde ik de dag dat ze kwam. Verder geen familie, nee.

'Alleen u,' zei ze terwijl ze een lange sjaal van haar nek wikkelde, hoewel het augustus was en warm.

'Kijk,' zei ze, wijzend naar de blauweregen die door het raam van de bibliotheek naar binnen groeide en zich om mijn leeslamp wond.

'Dat doet hij elke middag,' zei ik.

'Cool,' zei ze. 'Mooie woning.'

'Het is thuis,' zei ik.

'Uw man?' vroeg ze. Ze stond tegen de boekenkast met de foto's. Ze moest die van Stephen Pope eruit hebben genomen.

'Een vriend. Mijn kameraad, min of meer.'

'Gaaf. U was uw tijd vast voor.' Ze streek een plukje haar achter haar oor, waar ze drie gaatjes in had. Ik heb honger. Ik wil zien wat ze mee heeft. Het is moeilijk voor me, eten. Ik ben van anderen afhankelijk.

Ik ben vierentachtig, ben geveld door een beroerte, zit op de slaapbank in wat eens mijn lievelingskamer was, de bank waarop Stephen Pope en ik een ontelbaar aantal jaren de dag doornamen: hij wat hij had gelezen en ik wat ik had waargenomen en onderwezen. Dreigend boven ons de hellende boekenkast. Op het rooster in de haard brandde een vuur. De gordijnen waren dichtgetrokken tegen de gesmoorde geluiden van buiten. Had het gesneeuwd? Nu probeer ik niet te trillen, probeer ik een goede indruk te maken; Susan is heel verstandig en heel verantwoordelijk, werd doorgebeld vanuit de faculteit. Precies wat ik zocht.

Met de foto in haar hand draaide ze zich om. 'Wanneer is hij gestorven?,' vroeg ze.

'O,' zei ik. 'Heel lang geleden. Hij was veel ouder dan ik.'

'Knappe man,' zei ze.

'Ja?'

'Een stuk,' zei ze. Ze denken altijd dat ze met een idioot te maken hebben, die jongeren; zoals ze tegen je praten.

'Zet neer,' zei ik, overdreven bits.

'Ik zet hem weer neer,' zei ze en dat deed ze. Vervolgens liep ze naar me toe.

'Neem me niet kwalijk,' zei ze toen ze voor me stond. 'Het is de eerste keer dat ik een bejaarde eten breng.'

De klok die Stephen heeft gekocht, die luid tikkende boven de haard, met zijn sierlijke Romeinse cijfers en zijn roestende wijzers, tikte volhardend door. De tijd volhardt, heb ik een keer tegen Stephen Pope gezegd.

'Je bent mooi,' zei ik.

Ze lachte en werd nog mooier. 'Dank u, professor Townsend,' zei ze.

Susan vindt een manier om Gramercy Park in te komen en duwt me naar de fontein op het plein in het midden van het park. Hij staat droog. Met een pneumatische hamer zijn ze bezig geweest iets in het graniet te kerven of te graven. Het is vroeg in het voorjaar en de perelaars lijken sprookjesbomen, vastgeprikte wolken. Vastgeprikte wolken? Woorden, of ze nu juist zijn of niet, zijn ineens even precies als getallen, maar de meeste getallen ken ik niet meer, of ik ben ze beu; mijn studenten gaan door, neem ik aan. Je bereikt maar een zekere hoogte, zou ik Susan kunnen vertellen; Susan, het bergbeklimmerstype. Hoever ben ik gekomen? Drie boeken. Zevenentwintig artikelen, waarvan een handvol omslagartikelen; mijn eerste in *Science*. Genoemd en geciteerd door andere wetenschappers, een aantal keren coauteur. Ik heb geen element aan het periodiek systeem toegevoegd, zou ik haar kunnen vertellen, hoewel ik vaak bedacht hoe ik het zou noemen als het wel was gebeurd, welk woord ik kon claimen waar spreken dikwijls al zo moeilijk is. Die lieve Susan. Ze heeft mijn werk opgezocht in de bibliotheek van Barnard. De mooiste titel vond ze *Elementen van principes*, zei ze. Ze vond het lekker abstract klinken, filosofisch. Heel Frans, zei ze. Heel Sartre, heel De Beauvoir, hoewel ze alleen de inleiding kon volgen omdat scheikunde, de hele natuurwetenschap, niets voor haar is.

Professor Townsend heeft het helemaal gemaakt! zei ze.

Ik wist over welke uitgave ze het had, over welke inleiding: die van Van de Horn met zijn overdreven tirade tegen mijn onderzoeksresultaten (hij wilde faculteitsvoorzitter worden); hij had mijn leeftijd erbij gehaald en onzekerheidsfactoren, alsof ik een soort renpaard was dat op kop kwam omdat ze het te vroeg van start hadden laten gaan en met oogkleppen op de rest van mijn team uitgeput en zonder enige hoop achterliet: van theorie naar theorema en terug, en dat steeds weer. Maar goed, de uitgever vond het mooi, zei dat de inleiding goed was voor de verkoopcijfers en daar ging het toch om!

'Waar ging het nu over?' vraag ik zomaar, en dan: 'Stephen Pope.'

Ik noemde hem Stephen Pope toen hij nog leefde, als om goed duidelijk te maken dat we vreemden voor elkaar moesten blijven en omdat ik het fijn vond klinken.

Susan legt haar boek op de bank en komt overeind om de oude plaid van Stephen Pope wat vaster om mijn benen te trekken. Ze vraagt of ik met mijn benen omhoog wil, maar zo omlaag vind ik prima, zeg ik.

'Een heerlijke dag,' zegt ze.

'Honderd procent goddelijk,' zeg ik, omdat het, anders dan eerst, zo is.

'Goed boek?' vraag ik.

'Wordsworth,' zegt ze. 'Mijn verplichte dosis dode blanke mannen.'

'O,' zeg ik.

Ik staar naar de droge fontein. De als as op het graniet verstrooide perenbloesem waait in vlagen weg.

'Ik heb de brief mee, voor als u wilt dat ik hem voorlees,' zegt ze.

'Goed,' zeg ik. Wanneer ze haar keel schraapt, zeg ik: 'Toe maar.'

'Geachte mevrouw Townsend,' leest Susan voor. 'Ik schrijf u in de hoop dat u degene bent die ik zoek, de zus van mijn vader, Thomas Francis Townsend, die helaas jaren geleden is gestorven aan overmatig alcoholgebruik. Pas kortgeleden ben ik te weten gekomen dat mijn vader een zus had. Hij was niet gelukkig en voelde evenmin enige drang om over onze familieachtergrond te praten. Hij was teleurgesteld in mij, zijn enige dochter. Misschien weet u van zijn uitzonderlijke muzikaliteit. Daarmee ben ik niet gezegend. Mijn verontschuldigingen voor het feit dat ik schrijf alsof u inderdaad mijn tante Evelyn bent, de dochter van mijn naamgenote Dorothy Townsend-Trevor, de voorvechtster van het vrouwenkiesrecht. Inmiddels weet ik iets over haar: dat ze zich heeft doodgehongerd en een zoon en een dochter achterliet, maar ik zit met heel veel vragen en zou u erg graag ontmoeten als u die Evelyn Townsend bent. Dat hoop ik echt en ik zal u altijd dankbaar blijven als u me zo spoedig mogelijk antwoordt.

Met vriendelijke groet, Dorothy Barrett-Townsend.'

'Poeh,' zegt Susan. 'Heftig, zeg.'

'Doe weg,' zeg ik.

'Bent u die Evelyn?' vraagt Susan.

'Alsjeblieft,' zeg ik. 'Doe weg.'

Misschien dut ik. Misschien ben ik klaarwakker: mama ook even een weerkaatsing, even eenvoudig uit het licht gesneden als Susan of een willekeurige voorbijganger achter het hek om het park met op het trottoir de zich voortreppende mensen die mij net zomin zien als ze haar kennen, dood als ze is, altijd al was, met haar lijf dat even gehavend was als het mijne nu is, met haar gekromde ruggengraat als een merkwaardig vraagteken. Ik heb geen toestemming gekregen om naar het ziekenhuis te gaan, maar ik ben er, ben binnengeglipt nu Juf met Thomas bezig is, elders althans, en Michael me achter op de fiets wilde meenemen als ik het stilhield. Ik houd het stil, zeg ik tegen hem. Ik zie er nog uit als een kind, ben graatmager en grof in de mond. Ik kan heel grof in de mond zijn, zegt mama, en ik moet echt beleefder worden. Ik moet mijn neus uit de boeken halen. Ik ben oud en wijs genoeg, weet heel goed dat ik moet luisteren als me wat wordt verteld, aardig moet zijn, niet omlaag moet kijken.

Ik houd van blauw en tot mijn blijdschap heb ik gelezen dat er gauw een vliegtuig over het Kanaal naar hier komt, met aan de knuppel ene Junot, een Fransman die zo dapper is, zoveel lef heeft dat er in de kranten al weken over hem wordt geschreven. Er komt een optocht kennelijk, en er komt vuurwerk.

Ik werk me naar binnen en met een hand die een piepend geluid maakt op de metalen leuning sluip ik de naar ammoniak stinkende trap op, dertien treden. Ik tel tot dertien; dat is mijn ongeluksgetal. Ik ben vlak bij haar kamer. Vorige week mocht ik op bezoek, maar mama gaat achteruit, zegt oma, en daarom mogen er geen kinderen meer komen. Onder haar raam heb ik haar staan roepen, maar iemand heeft het raam dichtgeschoven tegen de ochtendregen en mama hoorde me trouwens toch al niet meer. Ze hebben haar iets gegeven en nu hoort ze je niet meer, zei oma toen ik vorige week afscheid nam. 'Ze is bijna weg.'

Ik klim naar boven. Alleen volwassenen, zegt oma, maar ja, oma komt niet meer nu mama liever alleen is, zei ze; het woord 'alleen' sloot zich om mama als een schelp om een korreltje en werd hard als het staal van een onderzeeër. In die onderzeeër zit ze nu en je kunt net zomin bij haar komen als zij bij jou. Het is of ze ergens heen gaat; ze heeft beslist. Of ze laat gewoon de tijd voorbijgaan, wacht tot iets voorbij is. Ze zit erin gevangen, in haar eenzaamheid, in het geklonken lichte staal dat razendsnel wegbeweegt.

Iemand heeft het raam dichtgedaan. Het is warm in de kamer. Ik blijf even in oma's stoel zitten en kijk naar alles behalve haar, denk dat ik misschien toch nog het spoor van het vliegtuig zal zien omdat het vandaag gaat gebeuren, het spektakel, maar feit is dat het ver weg plaatsvindt, het vliegtuig al geland is, de toeschouwers het mysterie al bespreken, al praten over wat er aan verschrikkelijks kan gebeuren als natuur mechanisch wordt.

Ik draai me om en kijk hoe ze ademt. Ik kijk hoe ze ademt tot ik er niet meer tegen kan. Ik klauter bij haar op bed, de plek waar zij is, en als ze me betrappen, zullen ze me daar aantreffen: sorry, zal ik zeggen, ik kan nergens anders zijn.

DANKWOORD

Ik spreek graag mijn dank uit aan de volgende redacteuren: Cressida Leyshon van *The New Yorker*, Heidi Pitlor en Stephen King van *Best American Short Stories*, Don Lee en Rosanna Warren van *Ploughshares*, Hannah Tinti van *One Story* en J. D. McClatchy van *The Yale Review*. Speciale dank gaat uit naar Nan Graham en Eric Simonoff.

Writing a Woman's Life van Carolyn G. Heilbrun en *The Feminine Character: History of an Ideology* van Viola Klein zijn van onschatbare waarde geweest voor het schrijven van dit boek.

Een diepgevoeld dankjewel aan Carolyn Cooke en, zoals altijd, aan Rafael.